Viktorija Tokarjewa

Alle meine Feinde

und andere
Erzählungen
Aus dem Russischen von
Angelika Schneider

Diogenes

Originaltitel:
›Moii vragi‹, ›Iz žizni milionerov‹,
›Ničego ne menjaetsja‹, ›Svinjatšaja pobeda‹,
›Mužskaja vernost‹
Umschlagillustration: Markus Vater,
›Russian Doll‹, 2008 (Ausschnitt)
Copyright © Markus Vater,
Sammlung Christine und Martin Baltscheid,
mit freundlicher Genehmigung
der Galerie Sies+Höke,
Düsseldorf

Inhalt

Alle meine Feinde

Eines Morgens setzte ich mich an meinen Schreibtisch, nahm ein Blatt Papier und schrieb an den oberen Rand: *Alle meine Feinde.* Dann konzentrierte ich mich und zählte meine Feinde mit Namen auf.

ANKA

TANKA

WANKA

Ich dechiffriere:

Anka – das ist meine Haushälterin.

Tanka – das ist die Frau meines Vaters.

Wanka – das ist mein Nachbar auf der Datscha.

Anka – ist ein Feind im Inneren des Hauses.

Tanka – ist ein Feind außerhalb des Hauses.

Wanka – ist ein Feind direkt hinterm Zaun.

Meine Feinde sind mir ganz nah. Irgendwas ist da wohl schiefgelaufen. Man muss etwas tun. Aber was?

Soll ich in den Wald laufen zu den Partisanen? Und meine Feinde der Reihe nach umlegen?

Heutzutage ist es Mode, zum Psychoanalytiker zu gehen. Aber wozu die Zeit und das Geld aufwenden? Ich kann das selbst auseinandernehmen, ich bin meine eigene Psychoanalytikerin. ›Na dann los‹, sag ich mir, ›fangen wir an, schön einer nach dem anderen …‹

Meine Tochter hat ein Kind geboren, »Vater anonym«, wie sie amtlich hat eintragen lassen. Es ist vom ›Erstbesten‹, sozusagen. Sie hat mir erklärt, dass das alles nach ihrer Mittlere-Reife-Prüfung passiert sei. Sie hat also noch eine zweite Art Reifeprüfung gemacht, die Prüfung zur Erwachsenen.

Meine Tochter verändert sich nur wenig. Ich erinnere mich noch genau an sie als Säugling, als Krabbelkind und als Sechsjährige. Jetzt ist sie achtzehn, hat noch immer ein Kindergesicht und einen Blick, der ins Nirgendwo gerichtet ist, als ob sie irgendwohin blickt, aber nichts sieht. Sie schaut vor sich hin und denkt wohl an irgendetwas.

Man hat immer zu mir gesagt: »Was für ein liebes Mädchen, deine Tochter …« Wahrscheinlich wollte man mir nur etwas Nettes sagen, aber ich habe es mit ganzem Herzen geglaubt. Sie war ja auch wirklich lieb … So lieb und brav. Sie war fügsam und leicht zu lenken. Man konnte sie von allem überzeugen. Sie ließ sich erziehen wie ein gelehriger Delphin.

Als sie noch ein Kind war, fuhr ich oft mit ihr raus auf die Datscha. Für mich selbst war es verlorene Zeit: Langweilig war's und der Alltag schwierig dort auf dem Land. Aber wir saßen gern zusammen auf der Holztreppe am Eingang, ganz dicht nebeneinander, und noch heute erinnere ich mich an die Wärme dieser kleinen Schulter.

Und plötzlich war sie erwachsen und brachte diesen ›Erstbesten‹ mit. Ich will mir ja kein Urteil anmaßen, aber ich war immer beunruhigt und machte mir Sorgen um meine Tochter, wenn sie mit ihm zusammen war.

Eines Tages waren sie auf irgendeinem Ausflug, und meine Tochter – sie heißt Lisa – bekam eine Blinddarmentzündung. Um sie herum nichts als Berge und malerische Täler, keine medizinische Hilfe weit und breit. Kaum zu fassen, dass sie mit dem Leben davonkam.

Lisa brachte das Kind zur Welt, während er auf einem Ruderausflug mit seinen Kumpels war. Er wollte immer das wilde Leben. Aber die Ruderbootkumpels hat er dann später genauso sitzenlassen. Er wollte nicht mehr im Zelt schlafen, ohne jeglichen Komfort. Er zischte einfach ab und hinterließ seinen Kameraden vierzig Kilo Gepäck. Der Kerl verstand es wirklich, seine Lasten auf andere Leute zu verteilen.

Mir war sofort klar: Lisa war wie ein Kaninchen, das vor einer Riesenschlange sitzt.

Ich sagte zu ihr: »Heirate den bloß nicht.«

»Er hat mich auch gar nicht gefragt«, beruhigte mich Lisa.

Das hieß, das Kind würde bei mir aufwachsen. Und Lisa wäre frei wie der Wind.

Aber ich fand eine Kinderfrau. Sie hieß Anna Fjodorowna Strelzowa. Anna Fjodorowna, Rufname: Anka.

Sie erledigte alles schnell und zuverlässig, war einfach wie geschaffen für diese Dinge. Ich bin Künstlerin. Und nur das. Hausarbeit deprimiert mich, ja sie bringt mich um.

Das, wofür ich einen ganzen Tag brauchen würde, erledigte Anka in vierzig Minuten. Wenn sie nur erschien, wurde es sonniger ringsum. Mit leichten, schnellen Bewegungen legte sie die Dinge an ihren Platz zurück. Sie schaffte Sauberkeit und Ordnung, schon allein durch ihre Anwesenheit.

Und erst ihre Krautwickel – das waren echte Kunstwerke. Es tat einem geradezu leid, sie aufzuessen. Klein, sorgfältig zubereitet, schön anzusehen, mit einer besonderen Soße übergossen. Meine Krautwickel wurden immer groß wie ein Handteller. Ich drehte schon durch bei dieser Vielzahl von Vorbereitungen: erst das Hackfleisch anbraten, die Kohlblätter blanchieren, Reis kochen, Zwiebeln andünsten… Wie viel lieber würde ich in dieser Zeit eine flirrende Birke malen, mit geflecktem Stamm…

Aber das Kochen war nur die eine Hälfte. Die Hauptsache war die Enkelin. Anka liebte meine Enkelin mit überirdischer Hingabe, und diese erwiderte ihre Liebe. Mein ganzes Haus war vom Boden bis zum Dach angefüllt mit idealer, gegenseitiger Liebe. Nur Anka konnte die Kleine füttern, beschäftigen, trösten, heilen und ihr etwas beibringen.

Eines Tages wurde meine Enkelin krank. Das Fieber wollte einfach nicht sinken. Das ging so eine ganze Woche lang. Das Mädchen lag apathisch da und lutschte am Daumen. Da versank Anka in eine Depression, ja sie wollte nicht mehr leben. Aber dann, von einem Tag auf den anderen, fiel das Fieber, und Anka fasste frischen Mut, ihre Augen funkelten wieder wie zwei grüne Edelsteine. Das Leben kehrte ins Haus zurück.

Ich sah, dass Anka uns treu ergeben war, und verzieh ihr alles. Was es zu verzeihen gab? Unter anderem kleine Unverschämtheiten in Bezug auf mich. Worin sich das zeigte? Unter anderem darin, dass sie mir nichts zu essen übrigließ.

Meine Tochter lebte in Moskau, denn sie besuchte eine Fachhochschule. Mein Mann war gerade in New York, er unterrichtete an der Universität. Die ›Riesenschlange‹ war oft unterwegs und untersuchte Vulkane. Der ›Erstbeste‹ ist nämlich Vulkanologe, er erforscht das Leben der Erde. Er sagte, dass die Erde ein lebendiges Wesen sei. Und das Erdöl sei das Blut der Erde. Und dass man die Menschen nicht in Krematorien verbrennen dürfe, sondern in der Erde vergraben solle, denn alles, was stirbt – Menschen, Tiere, Pflanzen –, sei die Nahrung der Erde. Die Erde ernährt sich von uns, und im Gegenzug ernährt sie uns wieder. Der Planet war zuerst da, und die Menschen sind nur das Futter für den Planeten, mehr nicht. Vielleicht kam daher sein kühles Verhältnis zu Menschen. Nur zu sich selbst verhielt er sich leicht anders als zu einem Planeten.

Die Enkelin kam ganz nach dem ›Erstbesten‹: die Augen misstrauisch, immer eine Augenbraue hochgezogen. Sie hatte gar nichts von dem Liebreiz meiner Tochter, aber ich liebte sie trotzdem. Und über sie erfuhr ich auch etwas über den ›Erstbesten‹ und brachte allmählich ein gewisses Verständnis für ihn auf.

Ich fand in meiner Enkelin auch eigene Züge wieder, einen kleinen Teil von mir. Und wie konnte ich schließlich einen Teil von mir nicht lieben, noch dazu, wenn es der bessere Teil war, derjenige, der auf die Unsterblichkeit ausgerichtet ist?

Der Konflikt mit Anka reifte langsam und stetig heran.

Sie hatte einen freien Tag. Und wenn sie an ihrem freien Tag zur Familie ihrer Schwester fuhr, räumte sie meinen Kühlschrank halb leer. Und das nicht einmal heimlich, sondern direkt vor meinen Augen.

Ich hätte eine Bemerkung fallenlassen können, aber ich schämte mich für sie, und deshalb schwieg ich.

Als sie sich mit vollen Taschen entfernte, fing ich an, vor Wut zu kochen. Aber es direkt zu sagen hätte einen offenen Konflikt bedeutet. Es hätte Trennung bedeutet, und es hätte bedeutet, meiner Enkelin einen nahen Menschen wegzunehmen, ihr ein seelisches Trauma zuzufügen. Und wie sich so ein seelisches Trauma auf ein kleines Kind auswirken konnte, wusste man nicht. Was das für Folgen haben konnte? Na, alle möglichen. Das Kind stößt auf die Instabilität der Welt: Erst ist da ein Mensch, dann ist dieser Mensch plötzlich weg, und das Kind ist völlig hilflos. Meine Enkelin würde weinen, vor Wut brüllen und nichts verstehen. Dann sollte schon lieber ich weinen, vor Wut brüllen und nichts verstehen.

Aber ich brüllte nicht vor Wut. Ich ertrug es.

Als ich Anka mein neues Bild zeigte, zuckte sie nur die Achseln.

»Gefällt es Ihnen nicht?«, fragte ich verwundert.

Anka zuckte wieder mit den Schultern, dann sagte sie: »Ich hatte im Zeichnen immer Einser.«

Das sollte heißen, dass sie besser zeichnen könne als ich. Sie habe bloß keine Zeit dazu.

Ich schwieg beleidigt. Dann dachte ich bei mir: ›Blöde Kuh. Sie beißt die Hand, die sie füttert. Sie hätte wenigstens ein bisschen so tun können, als ob …‹

Anka rief dauernd ihre Freundinnen an: Walja, Galja, Toma, Mila Ksjuscha …

Mein Haus wurde zum Hauptquartier, in dem die Neuigkeiten aller möglichen fremden Lebensläufe zusammenkamen und ausgetauscht wurden.

Wenn Anka das Telefon klingeln hörte, ließ sie alles stehen und liegen, rannte ins Bad und schloss die Tür hinter sich ab.

Das Essen verbrutzelte auf dem Herd, das Kind schluchzte. Ich ließ alles stehen und liegen und düste zwischen Küche und Kinderzimmer hin und her. Anka nahm sich reichlich Zeit, um Datum und Ort eines Treffens auszumachen.

Dann kam sie in die Küche zurück, zufrieden mit ihrer Verabredung. Ich sagte: »Das Fleisch ist verkohlt, ich zieh dir das Geld vom Lohn ab.«

Anka machte runde Augen. »Das können Sie doch nicht machen«, sagte Anka.

»Wieso nicht? Du verdienst Geld, und ich muss mein Geld auch verdienen. Du hast wohl den Eindruck, dass ich mein Geld fürs Nichtstun bekomme…«

»Na ja, mal ein paar Bilder machen…«

»Und den Farbendunst einatmen«, ergänzte ich, »sich die Lunge vergiften.«

»Nur, wenn Sie so viele machen, weil Sie so geldgiiierig sind«, ergänzte Anka. »Ihr seid eben alle geldgiiierig.« Sie sprach das Wort mit ewig langem ›i‹ aus, in dem ihre ganz besondere Verachtung lag.

Jetzt war mir alles klar. Da war er also, der Klassenkampfhass. Wegen dieses Klassenhasses war es im Jahre 1917 zur Revolution gekommen. Das hatte das ganze Land auf den Kopf gestellt.

Anka war noch eine typische Vor-Perestroika-Frau: die Haare wasserstoffgebleicht, an den Wurzeln vier Fingerbreit herausgewachsen der dunkle Haaransatz. Vorne drei Fettkissen: zwei Brüste und der Bauch. Doch mit welcher Liebe meine kleine Enkelin sie umarmte. Für das Kind gab es nichts Schöneres, Gütigeres, Wundervolleres, Wohlriechenderes als diese Anka.

Anka war für meine Enkelin das Ideal eines Menschen. Ihre erste Liebe.

Aber meine Beziehung zu Anka blieb nicht stehen, sie entwickelte sich weiter. Die nächste Etappe war: Anka hörte auf, für mich mitzukochen. Ich kam aus dem Atelier, war hungrig und müde. Auf dem Herd köchelte Fleischbrühe mit Haferflocken vor sich hin – für den Hund. Und dann stand da ein kleines Töpfchen mit Kinderbrei – für die Enkelin.

Ich nahm mir einen Teller und tat mir von der Hundemahlzeit auf. Es schmeckte gar nicht schlecht. Es war gutes Fleisch dabei, und Haferflocken mag ich in allen Varianten.

Ich hatte mich also satt gegessen. Aber was aß eigentlich Anka?

Ich fing an, die Vorratsregale zu durchstöbern, und fand zugedeckte Kohlrouladen und sogar Pilaw. Für sich kochte sie also extra. Und mich ließ sie außen vor.

Ich rief meine gute Freundin Sweta an. Sie hörte mir zu und fragte: »Wer wohnt eigentlich bei wem? Sie bei dir oder du bei ihr?«

»Na ja, sie eigentlich bei mir.«

»Also dann schaffe mal Ordnung.«

Aber Ordnung schaffen hätte geheißen, sie rauszuwerfen. Und eine Neue finden zu müssen. Und wo findet man eine neue Haushälterin? Und wie würde diese andere sein?

Vielleicht eine Alkoholikerin oder die Helfershelferin einer Diebesbande? Wenn die dann Diebe ins Haus ließe, dann würde viel mehr verschwinden als eine Wurst aus dem Kühlschrank.

Ich beschloss, mit meiner geliebten Tochter zu sprechen, aber ihre Stimme war sofort hart wie Bronze.

»Was heißt denn da ›rauswerfen‹?«, fragte sie streng. »Und was wird mit Sascha?« (So heißt meine Enkelin.) »Willst du mit ihr herumexperimentieren? Kommt nicht in Frage.«

»Aber ich bin doch schließlich auch ein Mensch«, erinnerte ich sie.

»Und wie alt bist du?«

»Achtundvierzig.«

»Und Sascha?«

»Drei.«

»Na bitte…«

Ich seufzte. Ich bin nun mal der pflegeleichte Typ. Von mir braucht man keine großen Aufrechnereien zu erwarten, ich bin nicht nachtragend.

Ich rief meinen Mann in Los Angeles an. Ihm gefiel es dort und mir nicht.

»Sie spucken auf mich«, sagte ich zu meinem Mann. »Ich darf hier bloß bezahlen.«

»Dann komm zu mir«, sagte mein Mann.

»Und was soll ich bei dir machen?«

»Dasselbe wie zu Hause. Bilder malen.«

Ich schwieg. In Amerika kann ich nicht malen. Etwas verändert sich da in meinem Gehirn. In Amerika male ich wie ein Zombie, als wenn das nicht ich wäre, sondern sonst wer, der den Pinsel führt…

»Ich kann sie doch nicht im Stich lassen«, sagte ich.

Und das ist das Wesentliche. Ich bin ein verantwortungsvoller Mensch. Ich stehe zu meinen beiden Mädchen, zu dem kleinen wie zu dem großen. Wenn ich sie im Stich ließe, würde ich mich ja genau wie der Vulkanologe aufführen.

Anka begriff wohl, dass ihre Stellungen gesichert waren, und machte sich daran, die Burgtore zu stürmen. Ich fing langsam an, sie zu fürchten. Es kam mir vor, als könnte sie mich jederzeit beschimpfen, ja sogar schlagen.

Mein Blutdruck stieg immer mehr. Die Ärzte sagten, das sei die Reaktion der Gefäße auf ständigen Stress. Man müsse den Stress beseitigen, dann würde sich auch der Blutdruck normalisieren.

Den Stress beseitigen hieße Anka beseitigen, und Anka beseitigen hieße meine Enkelin schädigen. Und wenn ich zwischen meiner Enkelin und mir wählen müsste… Aber niemals würde ich es auch nur zu dieser Wahl kommen lassen. Meine Enkelin war wichtiger, denn sie war noch klein, hilf- und schutzlos. Und ich war groß, eine reife Frau und selbstgenügsam. Mir blieb nichts übrig, als zu warten. Worauf, wusste ich nicht, aber ich wartete. Fügsam stand ich einfach da, wie ein Pferd im Regen.

TANKA

Tanka ist die Frau meines Vaters, Igor Konstantinowitsch Wolkow.

In meiner Kindheit sah ich ihn selten. Mein Vater war mit der Wissenschaft beschäftigt. Das Thema Unsterblichkeit trieb ihn um. Der Mensch lebt von Anfang an nach einem Programm: Er wird geboren, entwickelt sich, bildet sich vollständig aus – das ist die erste Phase. Dann erblüht er, blüht und verblüht – die zweite Phase. Und dann – wird er älter und stirbt.

Mein Vater wollte im Organismus ›die Uhr des Lebens‹ finden und die Leitung kappen, die die zweite Phase mit der dritten verbindet, das Erblühen mit dem Alter. Und so eine Leitung gibt es. Und wenn man sie rechtzeitig unterbräche, würde sich die Blüte des Lebens bis in die Unendlichkeit ausdehnen. Das wäre dann die Unsterblichkeit. Und wer weiß, ob es sie nicht schon früher einmal gegeben hat. Moses, der die Juden durch die Wüste führte, soll vierhundert Jahre alt geworden sein. Und Sarah soll ihren Erstgeborenen mit neunzig bekommen haben. Vielleicht ist das ein Mythos. Aber vielleicht war es doch Realität.

Mein Vater kam diesem Rätsel immer mehr auf die Spur, doch dann ließ er sich vom Ruf der Liebe ablenken. Er flog seiner Familie davon, wie ein Vogel, und baute sich ein neues Nest. Aber auch aus dem neuen Nest flog er aus, oder er fiel hinaus, oder er wurde hinausgestoßen, wonach er zu trinken anfing und sein menschliches Antlitz verlor.

So, ohne Antlitz, griff ihn Tanka auf, wärmte ihn, wusch ihn und deckte ihn mit ihrem Rock zu.

Unter Tankas Rock kam mein Vater wieder zu sich, machte sich an seine Doktorarbeit und bekam einen Staatspreis verliehen. Der Präsident unseres Landes steckte ihm ein Abzeichen ans Revers seines Jacketts. Mein Vater lächelte zerstreut und hielt eine Dankesrede. Er dankte dem Präsidenten und seiner Frau Tanka.

Tanka bekam die Zeit des Ruhmes schlecht, und sie wurde

hochnäsig. Vielleicht war sie aber auch schon immer so gewesen, ich kann es ja nicht wissen.

Ihre Hauptaufgabe im Leben war, meinen Vater und mich so weit wie möglich voneinander fernzuhalten, bis wir das Gesicht des anderen am besten ganz vergessen hätten.

Wenn ich anrufe, fragt sie immer: »Was ist denn jetzt? Was willst du?«

»Mit meinem Vater sprechen.«

Aber Tanka glaubt mir nicht. Sie glaubt, dass ich ihrer beider Geld will, ihre Datscha oder Zugriff auf die Privilegien, die er inzwischen durch den Staatspreis hat: Zutritt zu einem bestimmten Krankenhaus etwa oder einen Gutschein für einen Kuraufenthalt in einem Sanatorium.

Mir ist klar, dass ich um Tanka nicht herumkomme.

»Wie geht es ihm?«, frage ich.

»Dem Alter entsprechend«, antwortet Tanka.

Das bedeutet, dass es meinem Vater nicht gelungen ist, die Drähte zum Altwerden zu kappen. Er ist in die dritte Phase eingetreten.

»Die Ärzte sagen, er hat eine Ischämie«, berichtet Tanka.

»Und was ist das?«, frage ich erschrocken.

»Eine Gefäßverengung. Ein Infarkt droht.«

»Vielleicht sollte ich zu ihm kommen?«

»Wozu?«

»Um ihn zu sehen.«

»Wieso?«

»Na ja, ich bin schließlich seine Tochter«, erinnere ich sie.

»Na und?«

Tja, da fällt mir nun wirklich nichts mehr ein.

Es gab eine Zeit, in der Tanka bei meinem Vater Punkte sammeln wollte. Damals versuchte sie, mir zu gefallen, und gab mir einen selbstgestrickten Schal samt Mütze. Sie *schenkte* mir etwas. Es war ein Zeichen der Freundschaft. Ich meinerseits suchte aus meinen frühen Bildern die *Pusteblumen* heraus und brachte sie ihr als Geschenk. Ich male überhaupt gern Pusteblumen, diese durchsichtigen Sphären. Es ist eine Art von Vollkommenheit, die mich fasziniert.

Ich nahm damals das Bild und fuhr zu Tanka. Was ich da sah, beeindruckte mich ein für alle Mal: Mitten im Wohnzimmer lag eine Partie Schafswolle. Daneben stand ein Spinnrad aus vergangener Zeit. Hinter dem Spinnrad saß Tanka. Sie saß da und spann wie Arina Rodionowna, Puschkins Amme.

Wozu das denn? Gab es in den Geschäften nicht fertig gesponnene Wollknäuel? Aber dann reimte ich mir zusammen: Die Wolle kostete im Geschäft zehnmal so viel.

Nach einer gewissen Zeit zogen mein Vater und Tanka in eine neue Wohnung. Wieder lag der Wollhaufen in einer Ecke, und das Spinnrad stand daneben. Viele Leute dachten, das hätte was mit Dekoration zu tun. Niemandem kam in den Sinn, dass ein antikes Spinnrad ein echtes Produktionsmittel war, für ein landwirtschaftliches Produkt. Hätte bloß noch gefehlt, dass Tanka auf dem Balkon Schafe gehalten und sie selbst geschoren hätte …

Während der Perestroika-Zeit verdiente mein Vater nichts. Wissenschaftler waren damals überflüssig.

Mein Mann reiste schleunigst nach Amerika. Dort arbeitete er in aller Ruhe und wurde adäquat bezahlt. Und er musste niemandem etwas beweisen.

Mein Vater konnte sich von seinem Labor nicht losreißen. Und wollte es auch nicht. Es gab da diese große Gemeinschaft von Herzen und Hirnen. Sie verfolgten eine gemeinsame Sache und dienten ihr. Eine gemeinsame Sache, das ist ein Lebenssinn. Und wer wirft schon den Sinn seines Lebens weg? Das wäre ja dasselbe, wie seinen Glauben über Bord zu werfen.

Tanka spann Wolle, was das Zeug hielt, Flusen schwebten im Raum umher. Tanka hustete.

Mein Vater bekam eine Art Sozialhilfe. Tanka spann Wolle zu dicken Fäden und strickte Mützen und Schals.

Als Künstlerin sah ich, dass sie zweifellos Geschmack und Stil hatte. Aber wer trägt heutzutage solche schweren Wollschals und -tücher. Und vor allem, wo?

»Die Ausländer kaufen es«, sagte Tanka. »Ich verkaufe diese Dreieckstücher an einen Kunstgewerbesalon. Wenn du willst, gebe ich dir … dieses hier.«

Tanka zeigte mir ein graues, locker gehäkeltes Dreieckstuch, das einem Fischernetz ähnelte, mit gelben und rostfarbenen Blumen darauf. Jede Blüte war einzeln aufgehäkelt.

»Schön«, bemerkte ich.

»Hundert Dollar«, sagte Tanka.

Ich erstarrte und schwieg. Ich trage keine Wolltücher, ich bin nicht groß genug dafür. Und außerdem: In Anbetracht unserer Beziehung hätte sie es mir billiger verkaufen können. Oder sogar schenken.

Mein Vater trat ins Zimmer.

»Schau mal, wie schön«, sagte Tanka.

Ich stand da, das Tuch um die Schultern.

»Nein, das steht dir nicht«, sagte mein Vater. »Du siehst damit aus wie Asutschena.«

»Wer ist denn das?«, fragte Tanka.

»Eine alte Zigeunerin«, erklärte ich, »aus der Oper *Aleko*, nach Puschkin.«

»Wie bitte?«, fragte Tanka verständnislos.

»Der Zigeuner lärmende Schar durch Bessarabien zieht…«, zitierte mein Vater. »Es spielt in Bessarabien«, sagte er und steckte sich eine Pfeife an.

Mein Vater raucht einen ganz bestimmten Tabak, mit Whisky- und Kirschduft. Ich atmete ihn genüsslich ein. Dieser Geruch ist für mich der Geruch meines Vaters.

»Wovon sollen wir leben, wenn du einen Infarkt bekommst?«, fragte Tanka sinnierend.

»Wieso soll *ich* einen Infarkt bekommen?«, fragte mein Vater leicht beleidigt. »Vielleicht bekommst *du* ja einen?«

»Bei mir wäre das nicht schlimm«, sagte Tanka. »Ich bin gesund. Aber deine sämtlichen anderen Organe sind schon angegriffen.«

Mein Vater zuckte die Achseln.

An der Wand hing eine Fotografie von Tanka als junge Frau. Sie sah damals aus wie Marilyn Monroe, nur besser. Strenger, nicht so süßlich. Sie war auch jetzt noch schön, wenn man genau hinsah. Das einzig Störende war ihr Gesichtsausdruck. Auf ihrem Gesicht lag ständige Besorgnis: Würde er einen Infarkt bekommen oder nicht? Würde jemand ihre Schals kaufen oder nicht?

Mein Vater dachte über die Unsterblichkeit nach. Sein Kopf war in den Wolken. Was auf der Erde geschah, interessierte ihn nicht. Alles Irdische ruhte auf Tankas Schultern.

Manchmal bewirtete mich Tanka. Aber ich aß nichts. Ich hatte Angst, mich zu vergiften. Tanka setzte einem nur vor, was man schon hätte wegwerfen müssen. Zum Beispiel schlecht gewordene Wurst. Sie holte ein Stück heraus, betrachtete es und roch daran. Dann schnitt sie die äußere grünliche Schicht ab, und die nächste Scheibe, schon weniger grünlich, aber genauso glitschig, bot sie mir an.

Ich schämte mich für sie – nicht für die Wurst, sondern für Tanka – und überlegte mir Ausreden, um nichts essen zu müssen. Zum Beispiel, ich sei auf Diät. Oder: Ich hätte schon gefrühstückt (oder zu Abend gegessen). Obwohl ich eigentlich hätte sagen sollen: ›Iss du mal zuerst selbst davon. Und ich schaue, ob du's überlebst oder nicht.‹

Ich sah mir Tanka genauer an. Was sie umtrieb, war nicht einfach Geiz. Sie diente vielmehr einer Idee. Die Idee war: die Sparsamkeit der Mittel. Tanka stand immer wie ein Soldat auf Posten, stand Wache für jede einzelne Kopeke.

Es ist meine Überzeugung, dass jemanden zu bewirten ein großes Vergnügen ist, für beide Seiten. Für den, der isst, und ganz besonders für den, der bewirtet, für den, der gibt. Geben ist seliger denn nehmen. Aber Tanka hatte andere Prioritäten. Bloß nichts geben. Niemandem. Niemals. Sie hatte dafür ein Motto: »Wieso bin ich denen was schuldig?«

Sie war nie jemandem was schuldig. Alle waren ihr was schuldig. Wofür? Dafür, dass sie eine Marilyn Monroe war, und sogar noch schöner? Dafür, dass Wolkow ein vom Staat ausgezeichneter Preisträger war. Und überhaupt…

Es wurde Sommer. Tanka und der Vater reisten in den Süden. Nach Jalta. Meine Tochter Lisa wollte auch dorthin. Sie fuhr gemeinsam mit einer großen Gruppe von Studenten.

Aber ich wollte nicht, dass Lisa in einem Zelt hauste und auf der Erde schlief. Ich hatte Angst um ihre Nieren.

»Aber alle haben doch Nieren, und alle schlafen auf dem Boden«, entgegnete Lisa vernünftig.

»Fremde Nieren interessieren mich nicht. Und deine sind schon angeschlagen.«

»Wieso?«, fragte Lisa erstaunt.

»Du warst als Kind krank. Die Nieren sind dein Schwachpunkt.«

»Dann wohne ich im Hotel. Besorge mir ein Zimmer.«

»Das ist unmöglich. Wie soll ich dir, hier in Moskau sitzend, ein Zimmer in einem Hotel in Jalta besorgen?«

»Soll Opa das machen. Vielleicht will er ja mal was für seine Enkelin tun?«

Ich überlegte. Den Vater bitten hieß Tanka bitten.

Und Tanka macht mich fertig. Nach einem Gespräch mit ihr bin ich eine Zeitlang völlig neben der Spur, renne von einer Zimmerecke zur anderen, rede mit mir selbst und ziehe wütende Grimassen. Tanka kostet mich meine eigene Gesundheit.

Tanka hat eine stehende Wendung: »Wolkow muss man schonen und schützen.« Und sie schützt ihn – hauptsächlich vor Lisa und mir. Wie ein Hund bewacht sie seinen Freiraum und verbellt alle außerhalb. Insbesondere mich.

»Ruf deinen Großvater selbst an«, schlug ich vor.

Lisa fing an zu weinen. Sie weint unschön, genau wie ich. Ihr Gesichtchen verzog sich nach allen Richtungen. Ich schaute ihr zerknautschtes, liebes, noch halb kindliches Gesicht an – und ergab mich.

»Na gut, ich versuche, dir ein Zimmer zu beschaffen.«

Also rief ich in den Kinostudios von Jalta an. Dort war eine Bekannte von mir Redakteurin.

»Inna, du musst mir im August ein Hotelzimmer ergattern.«

»Na, hör mal, was redest du da! Wie soll ich dir mitten in der Hauptsaison ein Zimmer beschaffen?«

»Mach, was du willst. Geh hin, verführ jemanden, bestich, lüge, ganz egal. Ich brauche ein Einzelzimmer. Verstehst du?«

Inna schwieg einen Moment. Vielleicht ging sie in Gedanken ihre Möglichkeiten durch. Dann sagte sie finster: »Ich kann's versuchen, aber nicht versprechen.«

Am nächsten Tag kam ein Anruf aus Jalta.

»Du wirst lachen«, sagte Inna, »aber ich hab dir tatsächlich ein Einzelzimmer ergattert.«

»Wie hast du denn das gemacht?«

»Ein Schauspieler ist nicht zu Dreharbeiten gekommen. Das Zimmer ist frei geworden.«

»Und wieso ist er nicht gekommen?«

»Er ist gestorben.«

»A-ach so«, sagte ich und wiegte den Kopf.

Es war natürlich schrecklich, dass jemand gestorben war. Aber andererseits war das Zimmer nun wirklich frei. Der Schauspieler hätte auch später kommen können, und in diesem Fall hätten sie das Zimmer besetzt gehalten.

»Ich wusste doch, dass du einen Ausweg findest«, sagte ich. Ich war die Dankbarkeit in Person.

Am selben Abend rief Tanka an, und ohne auch nur ›guten Tag‹ zu sagen, wechselte sie sofort in die oberen Tonlagen.

»Dass Lisa sich bloß nicht einfallen lässt, bei uns im Hotelzimmer zu wohnen...«

Ich wollte ihr sagen, dass Lisa sowieso nicht daran dachte, aber ich kam gar nicht zu Wort. Tanka war wie ein gebrochener Staudamm.

»Bei uns wohnt bereits die Witwe Magamba, von ihm hast du wahrscheinlich schon gehört, das war der Direktor des Hirnforschungsinstituts, der Himmel sei ihm gnädig. Er ist gestorben, wir können seine Witwe nicht im Stich lassen. Deshalb haben wir sie nach Jalta eingeladen. Sie hat schon zugesagt, und sie wird in unserer Suite mit uns wohnen. Und wir sind sowieso schon zu dritt. Unsere Haushälterin Raja fährt mit. Wolkow hat es nicht gern, wenn Außenstehende...«

Tanka verschluckte sich an ihren eigenen Worten und hustete. Ich nutzte die Sekundenpause und fragte: »Woher weißt du überhaupt, dass Lisa nach Jalta fährt?«

Tankas Hustenanfall zog sich hin. Sie wollte ihr Agentennetz nicht offenlegen.

»Lisa hat ein eigenes Einzelzimmer«, verkündete ich.

Tanka hustete noch ein paarmal, dann fuhr sie fort: »Tschemberdshi hat so viel für uns getan, wir können seine Witwe doch unmöglich im Stich lassen, das wäre nicht richtig.«

»Magamba«, korrigierte ich.

Tanka verschluckte sich. Sie hatte sich verhaspelt: Wessen Witwe war es nun? Ich begriff, dass es gar keine Witwe gab. Aber das war ja auch schon egal.

»Du bist wohl taub geworden«, sagte ich. »Lisa will ja gar nicht bei euch wohnen. Sie hat ein Einzelzimmer.«

»Wie denn das?«, beeilte sich Tanka nun, meine Quellen herauszubekommen.

»Einfach so. Weil ich es ihr besorgt habe.«

»Kannst du mir nicht auch eins besorgen? Wolkow arbeitet nachts, und ich sehe dann fern. Das ist sehr unbequem …«

»Na, dann soll Wolkow dir doch eins besorgen«, schlug ich vor.

»Er hasst es, jemanden um etwas zu bitten, sich zu erniedrigen … Und dir macht es doch nichts aus.«

Wolkow war also ein stolzer Mensch. Aber an mir konnte man sich ja die Füße abtreten. Ich hätte gern den Hörer hingeknallt, nachdem ich ihr noch ein paar besonders nette Worte gesagt hätte, aber mein Vater tat mir leid. Tanka würde sich bei ihm beschweren, seine Nerven in ihrer Faust zerkrümeln, und mein Vater hatte schon ein krankes Herz. Besser, ich schluckte es runter. Meinetwegen sollte er nicht sterben.

»Ich überlege es mir«, sagte ich.

Eine Wischiwaschi-Antwort. Ich würde darüber nachdenken, ob ich jemanden darum bat oder nicht. Wolkow war ein stolzer Mensch, aber sicher doch, und ich, so stellte sich heraus, war ein unentschlossener Mensch. Ich würde darüber nachdenken – und nichts tun. Es war genau dasselbe, wie zu sagen »geh doch zum Teufel«, nur ohne Streitereien und Verluste.

Tanka ist im Jahr des Pferdes geboren. Des Feuerpferdes. Sie muss immer über jemanden hinwegtrampeln. Vor Wolkow hat sie Respekt, andere gibt es nicht, die stehen zu weit weg, außerhalb ihrer Reichweite.

Bleibe nur noch ich. Ich hätte mich natürlich hinter meinem Mann verstecken können. Aber mein Mann ist in Amerika.

In Georgien gibt es den Ausdruck ›ohne Patron‹, das bedeutet so was wie: ohne Hausherr. Eine Frau ›ohne Patron‹ ist wie ein herrenloser Hund. Jeder kann einen Stein nach ihr werfen.

Lisa und ihr Vulkanologe fuhren nach Jalta, verbrachten dort den ganzen August, und im Herbst trennten sie sich dann endgültig.

Der Vulkanologe verteidigte seine Interessen und war nicht imstande, an etwas anderes zu denken als an sich selbst. Aber eine Familie, das sind viele ›Selbste‹, und man muss an jedes einzelne Selbst denken.

Eines Tages rief mein Vater an und bat mich, zu ihm zu kommen.

»Ist Tanka zu Hause?«, fragte ich.

»Tanka kommt in ein, zwei Stunden.«

Mir war klar, dass ich mich dann in zwei Stunden wieder verziehen würde.

Ich fuhr also hin. Die Tür wurde von Raimonda geöffnet, so nannte ich ihre Haushälterin Raja. Raimonda liebte es, ihre Zahnprothese zur Schau zu stellen, indem sie sie herausnahm und sagte: »Da, schau her, ich, die Nachfahrin eines Leibeigenen, habe so etwas …«

»Na, da hast du aber was gefunden, um anzugeben«, kommentierte ich.

Raimonda liebte mich mit ihrer ganzen ergebenen, aufrichtigen Seele, und sie bewirtete mich immer mit Toast und Marmelade. Tanka hatte ihr verboten, irgendwelche Lebensmittel aus der Küche zu nehmen. Die Marmelade brachte Raimonda von zu Hause mit, sie hatte sie selbst aus eigenen roten Johannisbeeren gekocht. Es war ihre ureigene Marmelade.

Ich meinerseits hatte ihr einmal indischen Schmuck geschenkt, aus günstigen, aber echten Steinen. Raimonda fiel fast in Ohnmacht vor so viel Schönheit.

Mein Vater rief mich in sein Arbeitszimmer und sagte: »Mein Liebes, ich bereite mein Testament vor.«

»Wieso?«, fragte ich.

»Ich muss ins Krankenhaus.«

»Und weiter?«

»Operation am offenen Herzen.«

»Solche Operationen sind jetzt Routine. Wie ein Blinddarm«, sagte ich sorglos, obwohl mir innerlich ganz kalt wurde.

»Ich weiß. Aber für alle Fälle … Kurz gesagt, ich will dir die Datscha vermachen.«

»Und was ist mit Tanka?«, fragte ich, denn jetzt wurde mir nicht wegen meines Vaters, sondern wegen Tanka ganz kalt.

Die Datscha meines Vaters war inzwischen zusammen mit dem Land auf dem sie stand, eine riesige Summe wert. Tanka hatte diese Datscha umgebaut, ausgebaut, verschiedene Innenarchitekten engagiert, ihre ganze Seele da hineingelegt.

»Tanka wird durchdrehen«, sagte ich.

»Ich hinterlasse ihr die Stadtwohnung und Geld. Das reicht für sie.«

Die Wohnung in einer ruhigen Gegend des Stadtzentrums, in einem soliden stalinistischen Gebäude, war heutzutage auch fast eine Million Dollar wert. Aber Tanka würde das eine wie das andere wollen. Sie würde alles wollen.

»Du stirbst sowieso nie«, sagte ich mit Überzeugung. »Du warst immer da und wirst ewig bleiben.«

»Schön wär's«, lachte mein Vater.

»Und wozu eine Operation? Du lebst ja, also leb doch einfach weiter.«

»Ein Herzinfarkt droht. Man muss es noch vor dem Infarkt schaffen.«

Also war Tankas Angst doch berechtigt gewesen.

Wir schwiegen einen Moment.

»Ich habe eine Datscha«, erinnerte ich ihn. »Was soll ich mit zwei?«

»In einer wohnst du, und die andere vermietest du«, sagte mein Vater. »Du musst doch von was leben…«

»Aber ich arbeite doch…«

»Du sollst nicht arbeiten, sondern etwas erschaffen. Und nicht an Geld denken müssen…«

Raimonda kam ins Zimmer geschwebt, ein Tablett in den Händen. Sie stellte alles ab, sah uns an und ging verständnisvoll hinaus.

»Es ist noch zu früh zum Weinen«, sagte mein Vater. »Vielleicht geht ja alles gut.«

Plötzlich merkte ich, dass ich weinte.

»Tanka bringt mich um«, sagte ich. »Sie heuert einen Killer an. Der wird mich erschießen.«

»Sie bringt dich nicht um. Sie ist besser, als du denkst. Ich bin ihr für alles sehr dankbar. Und ich sag dir noch etwas: Ich liebe sie. Aber dich liebe ich noch mehr. Du bist mein eigen Fleisch und Blut. Und Blut ist stärker als Wasser.«

Also hatte Tanka ganz umsonst versucht, mich abzuwerten. Sosehr sie Wolkow auch umsorgte, er sah doch in eine andere Richtung.

Wir tranken schweigend Tee.

Schließlich stand mein Vater auf. Er nahm das Testament hervor.

»Steck es ein«, sagte er.

»Hast du Angst vor Tanka?«, hakte ich nach.

»Nein. Ich will sie bloß nicht kränken.«

»Sie wird es ja doch erfahren.«

»Irgendwann schon, natürlich.«

Ich nahm das Testament und steckte es in die Tasche. Im nächsten Moment drehte sich ein Schlüssel im Schloss der Wohnungstür. Tanka war zurückgekommen.

Sie trat ins Arbeitszimmer und betrachtete uns lauernd, mit einem Blick wie ein Marder. Ich habe noch nie einen Marder gesehen, aber mir schien, dass sie genau so schauen: zielgerichtet, durchdringend und raubtierartig.

Da sah ich zu, dass ich nach Hause kam.

WANKA

Wanka, Iwan Petrowitsch Panassjuk, ist mein Nachbar auf der Datscha. Er wohnt direkt hinter dem Zaun.

Seit ewiger Zeit haben wir eine gemeinsame Landgrenze. Wie es dazu kam, ist eine lange Geschichte. Schon damals war der Sozialismus zu Ende, der Kapitalismus war noch nicht richtig bei uns angekommen, es herrschte völliges Tohuwabohu in Geschäftsdingen und in den Köpfen der Menschen. Ich wusste damals zum Beispiel nicht, dass man einen Landvermesser rufen konnte, und ließ mich auf ein Roulettespiel ein, indem ich Wanka die Zaunpfähle setzen ließ.

Da kam Wanka und begann, das Land mit Schritten abzumessen, wobei er sich, mit seinem runden, weiblichen Hintern wackelnd, von mir wegbewegte. Wanka ging zuerst gerade, dann schwankte er plötzlich wie ein Betrunkener in Richtung meines Grundstücks. Und setzte einen Pfahl. So wurde die Zaunlinie nicht gerade, sondern schräg.

Das gefiel mir nicht. Ich wollte ihm das sagen. Wir traten auf den Weg hinaus. Dort stand ein Fräulein vom Landkomitee. Wann hatte Wanka die denn gerufen? Das Fräulein schrieb etwas auf. Wanka unterschrieb. Alle schauten auf mich. Ich unterschrieb auch, denn alle warteten, und es war mir unangenehm, sie aufzuhalten.

Ich bin das Produkt meiner Epoche, aufgewachsen in Angst und Schrecken. Ich fürchte jedwede Obrigkeit, sogar dieses harmlose junge Mädchen. Als ich auf dem Weg stand, wurde mir klar, dass die Sache jetzt gelaufen war, nun war alles amtlich dokumentiert.

Der Zaun wuchs schnell. Er stand da und zeugte von Wankas Hinterlist. Er erinnerte mich ständig an das Bild: Der energische Wanka geht schnell vorwärts, wackelt mit dem Hintern, und ich stehe mit offenem Mund da, ungeschickt und unbeweglich wie ein Schneemann mit dem Eimer auf dem Kopf. Man hatte mich direkt vor meinen Augen angeschmiert, geschickt, fröhlich und fies.

Ich brannte vor Hass.

Und ich war voller Verachtung. Nicht für Wanka selbst, sondern für so viel rattenhafte Gier, es kam mir vor wie ein Motto unserer Zeit: ›Wer kann, der darf.‹ Und der darf dann *alles*!

Wenn ich Wanka nur hinter dem Zaun sah, wurde mir schon schlecht. Ich konnte dann nur noch langsam reden, stand da wie mit Blei übergossen. Mir wurde klar, dass ich so nicht weiterleben wollte. Also rief ich einen Landvermesser. Wanka ließ ihn nicht auf sein Grundstück. Offensichtlich hatte er etwas zu verbergen. Oder anders gesagt: Warum wollte er wohl das Nachmessen nicht erlauben, noch dazu, da es ja auf meine Kosten geschah?

Ich beschloss, vor Gericht zu gehen, aber man erklärte mir, dadurch würde nichts als ein Wettstreit der Bestechungsgelder in Gang gesetzt. Wanka käme und würde ein hübsches Sümmchen bezahlen, und wenn ich mehr gäbe, würde er auch noch mal was drauflegen, genau wie bei einer Auktion. Die heutigen Gerichte haben sich in ein privates Business verwandelt, die Wahrheit interessiert keinen. Interessant ist lediglich das Honorar.

Wie Wanka überhaupt sein Geld verdiente, war mir unklar, irgendetwas mit Kaufen-Verkaufen. Er war es gewohnt zu feilschen, zu bluffen, ein Schnäppchen zu machen, ein Gegengeschäft einzufädeln. All das waren seine Arbeitsinstrumente, so wie Pinsel, Farben und Leinwand die meinen waren.

Wanka war dazu gar kein so schlechter Psychologe, er kannte sich aus mit Menschen. Er wusste, dass er mich auf einem Zahn knacken konnte wie einen Sonnenblumenkern.

Zumal ich niemanden hinter mir stehen hatte. Wenn ich nur meinen Mann hier gehabt hätte, oder einen Sohn, oder einen Bekannten, der ein Gauner gewesen wäre. Wenn so ein korpulenter, schweigsamer Kerl mit Knarre Wanka ein paar Takte geflüstert hätte, hätte der sofort gezittert wie Espenlaub. Aber ich hatte keinen solchen Beschützer. Das führte schließlich dazu, dass ich immer seltener hinaus auf meine Datscha fuhr.

Manchmal malte ich mir in der Phantasie aus, dass irgendetwas mit Wanka passieren würde, und weg wäre er! Den Tod wünschte ich ihm nicht, denn das ist Sünde. Er sollte einfach wegziehen. Von mir aus sollte er sogar reich werden und nach London übersiedeln, wie ein Oligarch. Dann würde ich die Zaunpfähle versetzen, und die Grenzlinie wäre wieder gerade und stolz, fast wie ein Ausrufezeichen.

So lebte ich und erging mich in Tagträumereien: Eines Tages käme ich auf die Datscha, und Wanka wäre nicht mehr da. Wo er wäre? Na, völlig egal, Hauptsache weg! Und alles wäre wie immer: die grünen Tannen, die wie durchsichtigen Birkenzweige, »der Himmel ist wieder blau«, wie Vyssotzki einmal gesungen hat. Aber Wanka wäre weg! Obwohl er klein war, und rund wie ein Ball, nahm er doch sehr viel Raum ein – und er war gleichsam radioaktiv: Er tat gar nichts, stank nicht mal, aber er vergiftete alles ringsumher.

Wozu gab es solche Menschen? Aber wenn es die schon gab, dann mussten sie doch zu irgendetwas nütze sein. Oder vielleicht doch nicht?

Der arme Wanka hatte keine Frau und keine Kinder. Keinerlei Nachkommen. Das hieß, der liebe Gott ließ diesen Zweig verdorren. Mit Wanka wäre alles zu Ende.

In Wankas Leben schien es mir nichts Helles zu geben. Er ist ein Raubtier, und ich bin eine Grasfresserin. Er ist stärker als ich. Das bedeutet, ich kann den Zaun erst nach seinem Tod geraderücken. Doch er ist zehn Jahre jünger als ich, und nach der Logik der Dinge wird er wohl länger leben. Aber ich habe Nachkommen: eine Tochter und eine Enkelin. Sie werden Wanka überleben und meinen Traum verwirklichen. Die Gerechtigkeit wird erst nach meinem Tod wiederhergestellt werden, aber das ist immerhin besser als nie.

In unserem Land haben wir siebzig Jahre lang auf Gerechtigkeit warten müssen, oder vielleicht warten wir sogar hundert. Aber trotzdem wird diese Zeit einmal kommen. Und dann werden alle krummen Zäune gerade stehen.

Mein Problem kann sich zwar nicht mit der großen Weltgeschichte messen, aber trotzdem …

Manchmal schaue ich von meinem oberen Stockwerk auf das Nachbargrundstück: Wanka steht mit einem idiotischen weißen Panamahut da und schreit in ein Mobiltelefon. Er scheint sich mit jemandem abzusprechen, sich vorzubereiten auf einen seiner üblichen Coups. Seine Stimme klingt hoch, ekelhaft, als würde darin flüssiges Fett auf und nieder wogen. Ist es denn möglich, dass irgendjemand so einen liebt? Dass jemand dieses Eierkopfgesicht küsst?

Ich sehe nie Besuch bei ihm, keine Frauen, noch nicht einmal Männer. Ob er wohl fürchtet, dass er umgebracht werden könnte? Vielleicht hat er Verfolgungswahn?

Ich würde mit meinem Hass gern eine kleine Pause einlegen.

Ich hasse ja nicht nur, ich liebe auch. Ich liebe meinen Hund, beispielsweise.

Ein Hund steht über solchen Begriffen wie Dankbarkeit. Er liebt mich einfach. Bloß dafür, dass es mich gibt in seinem Leben. Und natürlich dafür, dass ich ihn füttere, und dafür, dass er jemanden hat, den er lieben kann. Ohne Liebe vertrocknet die Hundeseele nämlich.

Wir gehen jeden Tag spazieren. Ohne das geht es nicht. Oh! Was für Spuren ... was für Gerüche! So viel Freiheit. Mal hier, mal da kann man betörende Speisereste finden oder sich von den Spaziergängern was erbetteln.

Mein Hund – ein Rüde namens Foma – ist gut genährt. Er bekommt jeden Tag Futter, immer zur gleichen Zeit. Aber es ist eine Sache, etwas zu bekommen, und eine ganz andere, etwas selbst aufzuspüren: es zu erschnüffeln, es auszubuddeln. Oder zu erbetteln.

Foma ist ein alter Bettler, da kann man nichts machen. Ein schlecht erzogener Hund. Aber ich kann nun mal nicht erziehen. Niemand hört auf mich. Offenbar sitzt in mir ein löchriger Wille. Kinder und Hunde spüren das genau.

Foma ist ein Feigling. Wenn sich ihm ein ernstzunehmender Hund nähert, versteckt er sich hinter meinen Beinen. Wenn eine bösartige Bestie auf Foma zufliegt wie ein Geschoss, stelle ich mich vor ihn, schneide dem Hund den Weg zu Foma ab. Eigentlich übernehme ich dann die Wachfunktion eines Hundes.

Sofort kommt das Herrchen des bösartigen Köters angerannt, zerrt ihn weg, versucht, die Wogen zu glätten, indem er den Hund schlägt oder mit den hinterletzten Worten beschimpft. Und schon ist der Konflikt beigelegt. Dann kriecht

Foma hinter meinem Rücken hervor und bellt den Beleidiger an, als wolle er sagen: ›Dir hätte ich es schon zeigen können, wenn ich gewollt hätte, ich hatte bloß keine Lust, mich auf so was einzulassen.‹

Ich sehe Foma vorwurfsvoll an und frage ihn: »Na, schämst du dich nicht?«

Foma schaut mich mit seinen rotbraunen Augen an, hechelt durch seinen offenen Rachen, zeigt seine jungen, sauberen Zähne – und wedelt mit dem Schwanz. Ich kann ihm einfach nicht böse sein. Und wozu auch, schließlich ist ja alles gutgegangen.

Foma schmiegt sich zur Versöhnung an meine Knie. Er ist ein so offener, naiver und bezaubernder – ›Mensch‹ möchte ich fast sagen, obwohl er keiner ist. Er ist kein Mensch, er ist viel besser. Die Hundeseele, das ist die höchste Stufe der Entwicklung.

Ich lerne von Foma, nehme Lebenslektionen bei ihm. Er liebt es, sich mit seinesgleichen zu unterhalten, ja er wirft sich geradezu in eine Freundschaft hinein. Er erwartet von anderen Hunden nichts Böses. Wenn er einen Unbekannten erblickt, geht er langsam auf ihn zu, wedelt mit dem Schwanz, wodurch er ein Zeichen seiner guten Absichten gibt. Für ihn ist das Wichtigste: der Spaziergang, das Futter, die hohe Liebe zum Frauchen und die niedrige Liebe zum Hundeweibchen.

Seine Pflicht ist es, den Hof zu bewachen, vorbeifahrende Autos anzubellen – und einfach zu leben. Die pure Daseinsfreude. Das Leben selbst – das ist das Glück. Foma hat immer einen zufriedenen Ausdruck um die Schnauze. Er versteht es, glücklich zu sein.

Aber manchmal bellt Foma nachts. Oh! Welch tiefe Verzweiflung quillt dann aus seiner Seele. Ich wache auf und höre ihm zu. Was will er bloß? Ob Hunde auch Depressionen haben? Aber Foma ist ein Straßenköter, ein einfacher Kerl. Wo soll der denn diese Dostojewskij-artigen Gemütszustände herhaben?

Vielleicht regt ihn der Mond auf? Oder er verzehrt sich nach der Liebe der Nachbarhündin?

Ich kann bei diesem Geheul nicht mehr schlafen, es macht einen krank in der Seele, aber ich bin auch zu faul, unter der Decke hervorzukriechen, ins Erdgeschoss hinunter- und auf den Hof hinauszulaufen und ihm eine Strafpredigt zu halten.

Und am nächsten Morgen ist wieder alles beim Alten. Foma schaut mich mit fragenden Augen an: »Wann gehen wir spazieren?«, und wackelt aufmunternd mit den Ohren dazu. Der Schwanz wackelt ebenfalls, hin und her, hin und her, wie ein Metronom.

Alles ist wie immer. Das Leben geht weiter.

Foma hat einen einzigen Feind: den Schäferhund Jack. Jack hasst Foma mit glühender Verachtung. Ich kenne auch den Grund. Eines Tages ist Jacks Herrchen, der äußerst sympathische Nikolaj, bei uns stehen geblieben, hat Foma gelobt und ihn sogar hinter den Ohren gekrault. Vor Jacks Augen hat Nikolaj einem fremden Hund eine Gunst erwiesen. Das war schon alles. Mehr war nicht.

Was ist dabei wohl in Jacks Gehirn passiert? Vielleicht hat er sich selbst die Direktive gegeben: töten, auslöschen, vernichten. Die Eifersucht der Hunde ist nicht wie die der

Menschen. Ein Mensch ist letzten Endes fähig, das Objekt seiner Liebe auszutauschen. Er ist erst schrecklich eifersüchtig, dann verlässt er ihn oder sie. Aber ein Hund kann das nicht. Ein Hund ist seinem Herrchen treu bis in den Tod, und noch darüber hinaus. Für einen Hund ist sein Herrchen Gott. Also muss er den beseitigen, der zwischen ihm und seinem Gott steht.

Foma begriff schnell, dass das ein besonderer Fall war, es half nichts mehr, sich hinter mir zu verstecken. Er versuchte, vor Jack wegzulaufen. Und wie! Seine Beine bewegten sich so schnell, dass man sie gar nicht mehr sah. Es war, als ob Foma tief über den Boden fliegen würde. Der Wind ließ seine Ohren flattern, drückte die langen Haare an seiner Schnauze zurück. Foma hatte begriffen: Er musste rasen wie ein Wahnsinniger, wenn er überleben wollte.

Doch Jack rannte in derselben Geschwindigkeit hinter Foma her. Mir wurde klar: Wenn Jack Foma einholt, dann hab ich keinen Hund mehr.

Jacks Herrchen, Nikolaj, schrie Befehle und lief den beiden hinterher.

Foma war inzwischen bis zu unserem Grundstück gerannt, raste darauf zu wie der Blitz und übersprang den hohen Zaun. Das war's. Er war zu Hause. Das eigene Territorium – das galt als heilig.

Jack bremste ab – und verschluckte sich fast an seinen Hundeflüchen. Er schrie Foma hinterher: »Na warte, irgendwann kommst du wieder raus, dich erwische ich schon noch …«

Foma antwortete hinter dem Zaun: »Na, das werden wir ja sehen …«

Doch eines Tages erwischte Jack Foma tatsächlich und schaffte es, ihm ein handtellergroßes Stück Fell samt Haut aus der Seite herauszureißen.

Die Wunde infizierte sich. Foma kam nicht mehr aus seiner Hundehütte heraus und hatte leichten Schüttelfrost. Ich versteckte Antibiotika-Tabletten in seiner Wurst. Aber er spuckte sie aus.

Jacks Herrchen kam zu mir aufs Grundstück und behandelte Foma mit den Medikamenten, die er hatte.

Ich scherzte düster: »Nikolaj, sei mir nicht böse, aber wenn mein Hund draufgeht, werde ich deinen erschießen.«

Nikolaj schenkte mir einen Blick aus seinen wasserblauen Augen. Er glaubte das tatsächlich. Sein Gesicht nahm einen leidenden Ausdruck an.

»Dann erschieß lieber mich«, erwiderte er.

Nikolaj liebte seinen Jack mehr als sein Leben. Jack war ein Rassehund, klug und schön. Man hätte ihn mitten ins Hundegesicht küssen können. Mein Foma dagegen war schmutzig, zerzaust, eine Promenadenmischung. Aber ich brauchte keinen anderen Hund. Ich brauchte nur diesen.

Als Foma krank wurde, stand mein Leben still. Alle Farben verblassten. Ich setzte mich vor seine Hundehütte und rief ihn: »Foma, na, jetzt komm schon raus, bitte ...«

Er hob die Schnauze, seine trüben Augen sahen mich kaum an. Er hatte offensichtlich hohes Fieber.

Der Tierarzt kam und gab ihm eine Spritze. Foma ließ es über sich ergehen. Der Arzt sagte, es tue dem Tier nicht weh. Hunde hätten eine andere Schmerzgrenze als Menschen, sie liege höher.

Zehn Tage später war Foma wieder gesund. Und alles

wuchs nach: Es bildete sich neue Haut, und auf dieser neuen Haut wuchs neues Fell.

Fomas Lebensfreude kehrte zurück, und eines schönen Tages brachte er eine Freundin mit auf mein Grundstück. Wahrscheinlich hatte sie selbst sich ihm an die Fersen geheftet. Es war ein Straßenköter, der wie ein Schakal aussah. Sie kam auf hohen dünnen Beinen daher, war ganz dürr und hatte spitz zulaufende Ohren. Ich gab ihr sofort einen Namen: Emmka. Dieser Name passte irgendwie zu ihr. Sie war Emmka und sonst nichts.

Emmka war gerade läufig. Wie man mir erklärt hatte, musste sie in dieser kurzen Zeitspanne trächtig werden. So war nun mal ihr Hundeprogramm.

Emmka und Foma verloren keine Zeit. Ich sah sie nicht nur, ich hörte sie auch.

Emmka stöhnte hinter den Bäumen, aber nicht vor Lust, sondern deshalb, weil Foma ein zu großes Männchen für sie war.

Foma erfüllte seine Begattungspflicht eifrig und genau. Nach einiger Zeit ging Emmka weg, wobei sie mit dem schmalen Hinterteil wackelte. Sie erinnerte mich an eine dürre Prostituierte, die aus dem Gebüsch kommt und ihren Rock richtet.

Ich wartete darauf, dass Emmka meinen Hof verlassen würde. Sie und Foma passten als Paar nicht zusammen, und ich fühlte mich wie eine Schwiegermutter, die die Braut leicht verachtet. Aber Emmka machte keinerlei Anstalten zu gehen. So blieb mir nichts anderes übrig, als sie zu füttern.

Emmka erwies sich als ungezogen, uncharmant und frech. Sie kam angelaufen und stahl mir in der Küche Essen vom Tisch. Sie tat das diskret, aber zielstrebig, wie eine professionelle Diebin.

Mir ging auf, dass das ihre einzige Waffe war: Wenn sie nicht so dreist gewesen wäre, wäre sie schon längst krepiert. Emmka schloss sich meinem Spaziergang mit Foma an. Als wir auf ein Feld hinausgingen, fing Emmka an, Mäuse zu fangen. Sie setzte sich auf die Hinterbeine und erstarrte. Dann plötzlich – paff! Ein Satz, und Emmka kam mit einer Maus zwischen den Zähnen aus dem Gras.

Ich weiß nicht, ob Hunde generell Mäuse fressen. Emmka fraß sie jedenfalls. Sie kaute auf der Maus herum wie auf einem Stück Brot, verschlang sie samt Kopf, Eingeweiden und Schwanz.

Mir wurde ganz flau. Das einzig Gute war: Jetzt fürchtete ich Jack nicht mehr. Mir schien, wenn er jetzt auftauchte, dann würde Foma zusammen mit Emmka diesem Gegner die Stirn bieten können.

Foma und Emmka rannten voraus durch das smaragdgrüne Gras, spielten, liebkosten sich, ich würde sogar sagen – sie küssten sich. Ein Gedanke blitzte in mir auf: Sollte Emmka eben bleiben. Aber mein Herz gab keine Ruhe. Emmka hatte nun mal eine fürchterliche Stimme, so hysterisch heulend, und sie hatte unmögliche Manieren und ein unangenehmes Äußeres.

Früher hatte ich gedacht: Ein Hund kann gar nicht widerwärtig sein. Ein Hund ist einfach ein Hund. Aber nun stellte sich heraus, dass kein Hund dem anderen gleicht, alle sind grundverschieden.

Selbst wenn Jack böse und gnadenlos war, so rang er mir doch ein Gefühl von Achtung ab; und er war, objektiv betrachtet, tatsächlich ein wunderbares Tier.

Aber Emmka… Ich wartete nur ab, bis sie nicht mehr läufig wäre, und ich sie mit dem Besen vom Hof jagen könnte.

Dann war die Brunft endlich vorbei. Foma wurde gleichgültiger gegenüber Emmka, ja ich würde sogar behaupten, er mied sie. Denn er versteckte sich vor ihr in seiner Hundehütte.

Doch Emmka hatte nichts weniger im Sinn, als zu gehen. Denn sie war trächtig geworden und wollte hier ihre Kinder austragen, meine Hundeenkel.

Aber was sollte ich mit denen dann machen? Sie zu ertränken wäre ich nicht imstande, und jemandem dafür Geld zu geben, dass er es tat – dazu wäre ich auch nicht fähig gewesen. Was erwartete mich da? Es würden sieben Welpen zur Welt kommen, sieben kleine Schakale. Und nach einer gewissen Zeit würde es noch mal sieben geben. Ich müsste ein Tierheim eröffnen.

Ich nahm den Besen und scheuchte Emmka aus dem Tor. Sie lief weg, aber nach zwanzig Minuten war sie wieder da.

Ich rief den Arbeiter Semjon an. Er legte Emmka eine selbstgebastelte Leine um und führte sie bis ins Nachbardorf.

Abends war Emmka zurück.

Ich ging zum Wächter Jurka, einem dreißigjährigen, gutaussehenden Kerl. Ich sagte: »Jurka, fahr diesen Hund bis an den Kilometerstein einhunderteins. Und setze ihn neben einem Baum aus.«

»Früher setzte man am Kilometerstein einhunderteins die Nutten aus«, erinnerte Jurka.

»Und sieh zu, dass ein Feld daneben ist«, sagte ich noch zu Jurka. Denn ich rechnete damit, dass Emmka dann irgendwie zurechtkäme.

»Wessen Hündin ist das überhaupt?«, fragte Jurka verständnislos.

»Es ist eine Zugelaufene.«

»Na, wozu dann Benzin verschwenden? Wenn Sie wollen, erledige ich das, das ist ganz einfach«, schlug Jurka vor.

»Wie?«, fragte ich und sah den schönen Jurka gequält an.

»Na, wie schon …«, sagte Jurka ausweichend.

»Nein, spinnst du?«, rief ich erschrocken. »Fahr sie weit weg, und setze sie aus. Was willst du dafür?«

Jurka nannte einen bescheidenen Preis.

»Ich gebe dir das Doppelte«, versprach ich.

»Gut«, sagte Jurka. »Morgen früh komme ich mit dem Auto.«

Ich konnte die ganze Nacht nicht schlafen. Gewissensbisse quälten mich. Eine trächtige Hündin ihrem Schicksal zu überlassen … Aber andererseits: Ich mag es nicht, wenn ich nicht selbst entscheiden kann. Ich hatte Emmka nicht hergerufen. Sie selbst hatte beschlossen, sich bei mir einzunisten. Und jetzt hatte sie beschlossen, bei mir zu gebären. Aber ich habe auch eine Meinung, meine Wünsche und meine Pläne. Scheinbar waren um mich herum alle frei und stolz und zielstrebig, bloß ich nicht. Und sogar eine herrenlose Hündin diktierte mir ihre Bedingungen.

Aber auch ich bin frei und zielstrebig. Ich kann auch mal etwas *nicht wollen*.

Ich schloss fest die Augen, versuchte einzuschlafen. Aber ich konnte nicht. Worte sind bloß Worte. Und in Wirklichkeit ging es hier um eine hilflose, trächtige Hündin.

Am Morgen kam Jurka mit dem Auto.

Ich brachte für Emmka eine Servelatwurst heraus, um sie ein letztes Mal zu füttern. Emmka fraß nicht. Sie spürte etwas. Und ich spürte, wie nervös sie war. Mir war auch schon ganz mies.

Und Foma? Er kam aus seiner Hütte, fraß Emmkas Servelat auf und ging wieder hinein. Sein Blick war unergründlich. Als wollte er sagen: deine Angelegenheit, das ist deine Sache. Ich habe meine Hütte und fertig.

Foma sah alles und machte keinerlei Anstalten, Emmka zu verteidigen, hatte noch nicht einmal Mitgefühl mit ihr, und das nach allem, was zwischen ihnen gewesen war.

Männer sind doch wirklich Mistkerle. Das ist eben ihre Natur.

Vielleicht ist es aber auch so, dass ein Hund die Handlungen seines Herrchens nicht beurteilt. Das Herrchen ist der Oberkommandierende. Alle anderen sind einfache Soldaten.

Jurka hob die leichte Emmka hoch und steckte sie in den Kofferraum.

Das Auto fuhr los.

Mir lag ein Stein auf der Seele, doch ich wollte die düsteren Bilder vertreiben. Also ging ich spazieren. Ich schritt weit aus. Foma lief voraus, er war bester Laune. Er hatte Emmka schon vergessen. Sie war nur noch blauer Dunst für ihn. Und ich dachte: ›Na, wenn es ihm schon egal ist, kann es mir doch auch …‹

Eine Woche später traf ich Jurka. Er war gerade unterwegs, um Bier zu kaufen.

»Und, hast du sie weggebracht?«, fragte ich.

»Ja, klar – wieso?«

»Warum hast du nicht angerufen?«

»Ich hab die ganze Woche durchgesoffen.«

Ich schwieg einen Moment, wartete auf eine Fortsetzung.

»Wissen Sie, wie sie mich angesehen hat?«

»Wer?«

»Na, Emmka natürlich … Sie sah mich an, als wollte sie sagen: Verlass mich nicht, du bist meine letzte Hoffnung …«

»Gab es ein Dorf in der Nähe?«

»Na ja …«

»Na, was jetzt, gab's eins oder nicht?«

»Na ja, schon …«

»Und ein Feld?«

»Natürlich. Wo gibt es schon ein Dorf ohne Felder?«

Jurka und ich verabschiedeten uns. Ich ging weiter und dachte: Erst will er sie kaltblütig umlegen, und dann besäuft er sich eine Woche lang, nachdem er sie bloß ausgesetzt hat. ›Verlass mich nicht, du bist meine letzte Hoffnung …‹ Jurka ist doch wirklich ein Romantiker. Ich versuchte, nicht mehr an Emmka zu denken.

Drei Monate vergingen. Ich fuhr mit ein paar Freunden in einen ausländischen Kurort in den Urlaub. Nach Slowenien. Dort waren viele Italiener. Die Frauen kamen mit Brillantschmuck zum Abendessen.

Ich erspähte einen unserer berühmten Politiker. Er wohnte

in Russland in der Nachbarschaft unserer Datschensiedlung, am anderen Ufer des Flüsschens.

Abends trafen wir uns in der Lobby meines Hotels, wir spielten eine Art Lotto. Man musste ja irgendwie die Zeit totschlagen. Zwischen den Tischchen bewegten sich seltsame Typen mit südländischem Aussehen. Italiener kamen hier nicht nur als Touristen her, sondern auch zum Stehlen.

Ich erzählte meinen Bekannten eine Kurzfassung der Emmka-Geschichte. Sie saß mir immer noch im Nacken und quälte mich. Ich wollte sie irgendwie loswerden, und wenn es nur mit Worten war.

»Ach… Ich kenne diesen Hund«, sagte der Politiker. »Eine herrenlose Hündin. Eine braune, nicht wahr?«

»Sie sieht einem Schakal ähnlich, die Emmka«, präzisierte ich.

»Wir nannten sie Schutschka. Sie hat ein halbes Jahr bei uns gewohnt. Ich habe ihr eine Decke gegeben. Meine Frau hat sie gefüttert.«

»Und dann?«

»Dann wurde es heiß, wir fuhren in den Sommerurlaub. Da haben wir sie weggebracht. Haben sie ins Auto gepackt und sie weggefahren.«

»Und wieso habt ihr sie nicht behalten?«, fragte ich.

»Na, wozu brauchen wir sie noch? Wir haben ja schon einen eigenen Hund.«

Das entlastete mich. Also war nicht nur ich so. Also war mein Verhalten praktisch die Norm. Na, Gott sei Dank…

Irgendwo streunt jetzt die herrenlose Emmka herum. Sie fängt sich auf einem Feld Mäuse. Niemand will ihr Herrchen sein. Ein typisches Frauenschicksal.

Ob Hunde wohl Einsamkeit fühlen? Oder ob sie das anders empfinden? Aber schließlich kann man auch als Obdachloser Lebensfreude verspüren...

Eines Tages ging ich mit Foma in einem Park mit vielen Linden spazieren. Es wurde langsam dunkel.

Vor mir sah ich einen Menschen mit einem großen Hund. Ich hatte Angst um Foma. Es gefällt mir nicht, wenn man ihn ›zittert und reißt‹, wie meine kleine Enkelin sagt, was heißen soll: ›ihn zum Zittern bringt und in Fetzen reißt‹.

»Ist Ihr Hund aggressiv?«, rief ich schon von weitem.

»Nein, nein, kommen Sie ruhig näher«, ließ sich das Herrchen vernehmen. »Mein Hund ist schon alt...«

Foma und ich näherten uns und erblickten den alten Hund.

Um seine Schnauze blitzten graue Haare, sein Blick war finster, ein bisschen abwesend. Die Knie des Hundes waren groß wie Tennisbälle. Unter dem Bauch hing ein weiteres Tennisbällchen.

»Was ist denn das?«, fragte ich.

»Ein Hoden hat sich gelöst«, antwortete der Besitzer.

Ich wiegte mitfühlend den Kopf.

»Ich führe ihn vor dem Schlafengehen noch Gassi. So schnappt er ein bisschen Luft und schläft besser.«

»Wie alt ist er?«, fragte ich.

»Siebzehn. In Menschenjahren wären das mehr als hundert.«

»Woher wissen Sie das?«

»Das weiß doch jeder. Ein Hundejahr entspricht sieben Menschenjahren.«

Ich überschlug rasch das Alter meines Hundes Foma. Er war fünf Jahre alt. In Menschenjahren gerechnet waren das: fünfmal sieben, also fünfunddreißig. Ein Mann in der Blüte seiner Jahre.

Vorsichtig umkreiste Foma den Hund, in der Hoffnung, mit ihm Bekanntschaft zu schließen, mit ihm zu spielen. Aber von dem Hund ging Kälte aus, der Geruch des Todes, der Geruch des Endes. Er schaute sich nicht einmal nach Foma um. Das Leben war für ihn nicht mehr interessant. Der Hund war endgültig und unwiderruflich müde.

Foma verstand das und trat diskret beiseite. Dann lief er weiter. Er wollte ausbrechen aus diesem Dunstkreis von Leid.

»Haben Sie hier eine Datscha gemietet?«, fragte ich. »Oder wohnen Sie ganz hier?«

»Wir haben die Datscha wegen Hermes gemietet. Und wir wohnen hier«, sagte der Mann. »Meine Frau hat auch Arthrose. Die Knie tun ihr weh. Hermes und sie haben die gleiche Krankheit.«

Ich nickte mitfühlend. Am liebsten hätte ich tief geseufzt.

Aber ich ging weiter, und erst dann seufzte ich tief.

Während ich mich entfernte, dachte ich: Es wird doch nicht, eines Tages, auch mir … Dann beschloss ich, diesen Gedanken nicht zu Ende zu denken. Warum sich vor der Zeit damit beschäftigen.

Bei Marschak stehen die Zeilen: »Der Tod kam ganz sachlich und überwältigte das Leben.«

Der Stichtag wird kommen. Das Lebensprogramm wird auf ›Endphase‹ umschalten. Mensch wie Hund leben dann gemäß dem neuen Programm. Und das ist gar nicht schrecklich. Der Tod kommt ganz sachlich.

Wenn man nur hinter den Vorhang schauen könnte. Vielleicht ist es *dort* ja schön, und man sollte nicht die Toten, sondern die Hinterbliebenen bedauern ...

Wen ich noch liebe?

Meine Enkelin Sascha. Meine Enkelin – das bin ich, noch mal von vorn. Da bin ich nicht die Heutige, vom Leben Zerschlissene. Sondern die, als die Gott mich ausgedacht hat.

Sascha besucht eine Privatschule. Ich gehe manchmal zu ihren Schulfeiern, die entweder bei einem Schuljubiläum stattfinden oder an Neujahr.

Nach dem feierlichen Eröffnungsteil werden die Zeugnisse verteilt. Dann gibt es ein Konzert – alles ganz wie früher.

Auf der Bühne tanzt die Armenierin Anusch, ein zwölfjähriges, graziöses Mädchen. Sie trägt eine Art Badeanzug und ein Chiffongewand darüber, das in der Taille gerafft ist. Wenn ich sie ansehe, kommen mir Gedanken an Scheherazade und die Gärten der Semiramis. Anusch ist wunderhübsch. »Ein Genius reinster Schönheit«, wie es bei Puschkin heißt. Da gibt es nichts Überflüssiges. Schwarz wie die Nacht sind die Augen. Schwarz wie schwere Seide ist auch ihr Haar. Dazu lange, geschmeidige Finger und ein Schwanenhals.

Anusch bewegt sich, stimmt sich ganz auf die Musik ein, wird wie die Musik selbst. Sie weiß natürlich, dass sie hübsch ist. Und der Saal weiß das auch. Alle schauen wie gebannt zu. Schönheit verzaubert nun mal.

Meine Enkelin schaut unter der leicht gesenkten Stirn hervor. Dann fragt sie finster: »Gefällt dir Anusch?«

»Nein!«, sage ich spontan.

Wenn ich ja gesagt hätte, hätte Sascha das sofort als Verrat meinerseits verstanden. Genau nach dem Eifersuchtsschema Nikolaj – Jack. In Anwesenheit von Sascha darf ich mich keinesfalls für andere begeistern.

»Nein, sie gefällt mir nicht«, sage ich nochmals.

»Wieso?«, fragt Sascha ungläubig.

»Ach, weißt du … Die weiße Farbe ist die komplexeste. Sie zerlegt sich in die sieben Spektralfarben des Regenbogens. Aber Schwarz zerlegt sich in nichts. Das ist das Fehlen von Farbe. Die völlige Leere.«

»Ja und?«, fragt Sascha verständnislos.

»Bei Anusch ist alles schwarz: die Augen, die Haare, die Brauen, die Wimpern. Ist doch langweilig. Und du funkelst in allen Farbtönen, wie ein wertvoller Edelstein. Deine Haare sind golden, die Augen grau-golden, die Augenbrauen rötlich …«

Meine Enkelin hört zu, aber sie glaubt mir nicht. Sie schaut mich misstrauisch an.

»Ja, ja, so ist das …«, sage ich, mache ganz ehrliche Augen und nicke, um das Gesagte zu unterstreichen.

Das Konzert ist zu Ende, alle stehen auf.

Da kommt Lisa auf uns zu. Sie hat in einer der hinteren Reihen gesessen, offenbar ist sie zu spät gekommen.

»Sag das alles der Mama«, befiehlt Sascha.

Ich wende mich Lisa zu und fange an: »Anusch ist ganz schwarz wie eine Krähe. Aber unsere Saschenka funkelt in allen Farben, wie ein Vögelchen, ein Kanarienvogel …«

Meine Tochter sieht mich erstaunt an, aber dann begreift sie alles.

»Natürlich«, sagt sie. »Sascha ist auch wunderschön …«

»Nicht ›auch wunderschön‹, sondern ›am schönsten‹«, korrigiere ich.

Sascha beobachtet meine Miene genau, sucht nach einem bösen Scherz. Aber ich trage völlige Ernsthaftigkeit zur Schau. Ich finde, man muss ein Kind über den Schellenkönig loben. Denn im Leben braucht man einen großen Vorrat an Selbstsicherheit.

Den Freitag, Samstag und Sonntag verbringt Sascha bei mir auf der Datscha.

Ich lerne mit ihr für die Schule, spaziere mit ihr durch die malerische Umgebung und fühle dabei die ganze Zeit, dass mein Herz nun im Gleichgewicht ist. Normalerweise quält sich meine verzweifelte Seele immer mit irgendetwas ab, aber wenn Sascha neben mir ist, kommt meine Seele zur Ruhe. Ich weiß plötzlich, wofür ich gelebt habe und wozu. Genau dafür, dass so eine Sascha entstehen konnte, neidisch und grellbunt, ein Mädchen, das haargenau weiß, was es braucht. Sie braucht Freude, und sie ist bereit, diese Freude woraus auch immer zu gewinnen: aus dem Essen, aus der Freundschaft, aus dem Streit.

Zustände wie Langeweile und Sehnsucht erträgt Sascha nicht. Sehnsucht können nur Erwachsene ertragen, besonders alte Leute.

Abends, wenn ich Sascha ins Bett bringe, sage ich: »Gute Nacht. Ich habe dich sehr lieb.«

»Ich dich noch mehr.«

»Aber ich dich noch viel mehr«, widerspreche ich.

»Und ich hab dich so lieb, dass du sogar Angst davor hast.«

»Wie soll das denn gehen…«

»Einfach so…«

Da laufe ich in die Mitte des Schlafzimmers und brülle lauthals, in vollstem Entzücken: »Uaaaah…!!!!«

Sofort springt Sascha aus ihrem Bett, stellt sich mir gegenüber auf und bemüht sich, mich zu überschreien.

Zusammen stoßen wir triumphierende Liebesschreie aus. Unsere Liebe fliegt durch das geöffnete Oberfenster, schwingt sich in den Himmel hinauf, und weiter in den Kosmos. Und dort bleibt sie für immer.

Außerdem liebe ich meine Arbeit. Ich liebe diesen Zustand, wenn ich in ihr aufgehe.

Ich habe nie Drogen ausprobiert, aber ich denke: der Zustand eines Künstlers im Schaffensprozess – das ist wie auf Drogen. Ich bin weder *hier* noch *dort*. Zwischen Himmel und Erde. Ein dritter Zustand.

Und unwillkürlich denke ich: Aber wie leben denn die anderen? Womit füllen sie die Segel ihres Bootes? Und dann beneide ich mich selbst. Denn mir ist klar: Nichts kann diesem Zustand gleichkommen, wenn man im Ozean der Luft dahinfliegt, ohne Propeller und ohne Steuerrad.

Und dann tue ich gern gar nichts. Faulheit, das ist Selbsterhaltungstrieb pur.

Es tut so gut, in der Sonne zu liegen und wie ein Hund mit den Augen zu blinzeln und an gar nichts zu denken.

Den Himmel betrachten und die Wipfel der Bäume. Seine Nächsten lieben. Und niemanden hassen.

Anka. Tanka. Wanka.

Ich träumte von der Zeit, da meine Feinde verschwinden, sich aus meinem Leben davonmachen würden. Eines Tages würde ich aufwachen, und sie wären nicht mehr da.

Und so geschah es tatsächlich.

Meine Feinde verschwanden, aber nicht auf einen Schlag, sondern einer nach dem anderen, schön der Reihe nach.

Zuerst fiel Anka weg.

Meine Enkelin wuchs heran, sie kam in die Schule. Ein Kindermädchen rund um die Uhr war nicht mehr nötig. Wir nahmen eines, das stundenweise kam und wieder ging.

Zu guter Letzt hatte sich Anka auch noch mit meiner Enkelin zerstritten. Sie schrien einander an, von Gleich zu Gleich, obwohl die eine sieben und die andere dreiundsechzig Jahre alt war. Neunmal so alt.

Sascha war gewachsen und gehorchte nicht mehr widerspruchslos. Anka sah das als Verrat an.

Schließlich ging Anka weg, ließ all ihre Sachen da, nahm nur ihre Handtasche und ihren Lohn.

»Ich komme später, um meine Sachen abzuholen«, sagte Anka und marschierte auf ihren kurzen Beinen davon.

Ich sah ihr nach, blickte auf ihren Hinterkopf. Am Scheitel waren Haare ausgefallen, die Kopfhaut schimmerte durch. Das ist eine Alterserscheinung. Es verschwindet irgendein Hormon. Das Alterungsprogramm fängt an zu laufen.

Arme Anka…. Sie tat mir plötzlich leid. Sieben Jahre lang hatte sie ein fremdes Leben gelebt, das Leben meiner

Enkelin. Sie haben zusammen gegessen, nebeneinander geschlafen, haben sich miteinander unterhalten.

Anka musste sich auf das Niveau einer Wilden begeben, denn Kleinkinder sind Wilde. Sie wiederholen in ihrer Entwicklung die Morgendämmerung der Menschheitsgeschichte.

»Was hast du da bloß angestellt?«, fragte ich meine Enkelin.

Sie stand mit versteinerter Miene da. Na, das war mir ein Früchtchen! Aber ich schaffte es einfach nicht, sie nicht zu lieben. Sogar ihre Mängel entzückten mich und erschienen mir als Vorzüge.

Anka kam nach zwei Wochen, um ihre Habseligkeiten abzuholen. Sie war angespannt, fürchtete wohl, ich würde ihr die Sachen nicht geben, die ich ihr einmal geschenkt hatte. In den gemeinsamen Jahren hatte ich Anka großzügig beschenkt, um ihr die schlechten Angewohnheiten abzugewöhnen. Und ihre schlechten Angewohnheiten besserten sich tatsächlich jedes Mal etwas, nur nicht für lange.

Ich legte alle meine Gaben zusammen, Küchengeräte, Bilder, Körbe mit Kleidung, und stellte sie in den Flur. Anka sah es, und ihr Gesicht verzog sich zu einer Leidensmiene. Sie sagte nicht »danke«, oder »verzeih«. Sie schaute mich mit einem Blick an, in dem all das lag: das Danke, das Verzeih – und noch etwas, wofür es keine Worte gab.

»Das Wichtigste ist, dass wir nicht im Bösen auseinandergehen«, sagte Anka und presste die Faust an die Brust.

Wie recht sie doch hatte! Das Böse lässt die Seele verdorren, tötet jedes Talent, trocknet die Gefäße aus, zerreißt Herz und Hirn, löscht das Leben aus. Ich weiß nicht, ob es eine Hölle in der anderen Welt gibt, aber in der hiesigen Welt gibt es sie gewiss. Der Hass, das ist die Hölle. Anka sah mich an, in ihren Augen sammelten sich Licht und Farbe, in ihnen leuchtete ihre ganze Seele auf.

Ich werde diese Augen nie vergessen, ich werde sie ganz sicher einmal malen, wurde mir nun klar.

Alles, was mir lieb und teuer ist, versuche ich auf dem Papier oder auf der Leinwand festzuhalten, damit es nicht dem Chaos anheimfällt, damit es für immer bleibt.

Nach einem Monat kam eine andere Haushälterin, die jeden bei Vor- und Vatersnamen nannte. Und auch wir nannten sie nur Nadjeshda Iwanowna. Sie tat ihre Arbeit schweigend, saß nicht bei meinen Gästen und bohrte auch nicht zwischen den Zähnen herum. Nadjeshda Iwanowna nervte überhaupt nicht, sie entzog mir keinerlei Energie. Sie arbeitete still die vereinbarten Stunden ab, dann zog sie sich an und ging nach Hause, nicht ohne sich höflich zu verabschieden.

Für Nadjeshda Iwanowna war es wichtig, ihre Arbeit zu tun und am Monatsende ihren Lohn zu bekommen. Alles andere war Firlefanz. Und wenn sie eines Tages käme und das Haus wäre gerade abgebrannt, dann würde sie bloß auf dem Absatz kehrtmachen und sich in der Agentur eine neue Arbeit und neue Chefs suchen. Ihr war es vollkommen gleichgültig, wer ihr den Lohn zahlte.

Anka war unmöglich, aber sie war nun mal ›meine Anka‹, und ich vermisste sie. Was bedeutet das, dass sie ›die Meine‹ war? Das ist wohl, wenn die Lebenslinien zweier Seelen ein und dieselbe Ausrichtung haben.

Eines schönen Tages begriff ich plötzlich, wieso Anka aufgehört hatte, für mich zu kochen. Sie erfüllte den Job einer Kinderfrau, und Essen kochen war eine Extra-Arbeit, die auch extra zu bezahlen war. Ich hatte, naiv, wie ich manchmal war, gedacht: wenn Anka schon für zwei kocht, wieso kann sie nicht ein paar Kartoffeln mehr schälen, für mich. Es stellte sich aber heraus, dass dieses ›ein paar Kartoffeln mehr schälen‹ einen Zusatzlohn erfordert hätte. Ich hatte das nicht erraten. Und sie hatte es nicht gesagt. Sie hatte wohl gewollt, dass ich selbst zu dieser Erkenntnis käme, durch ihr Verhalten draufgestoßen. Ich dagegen hatte ihr Verhalten als Flegelhaftigkeit verstanden und gelitten. Und sie hatte mein Verhalten als Geiz verstanden und hatte ebenfalls gelitten. Aber sie hatte ausgehalten, weil ich nun mal ›die Ihre‹ war und weil sie meine Enkelin liebte.

Und nun stellte sich heraus: Man hätte es einfach sagen müssen, und alles wäre in fünf Minuten geklärt gewesen, vielleicht sogar in drei. Drei ganze Minuten konnten sieben Jahre eines Lebens verderben.

Ich wartete darauf, dass Anka mich anrufen würde. Aber sie rief nicht an, und ich wusste weder ihre Adresse noch ihre Telefonnummer.

Sie war aus dem Nirgendwo gekommen und wieder ins Nirgendwo verschwunden.

Als Zweiter verschwand Wanka.

Wanka verkaufte sein Grundstück. Es gingen Gerüchte um, dass er große Schulden gemacht und dass man ihn handfest unter Druck gesetzt habe.

Hinter meinem Zaun siedelte sich eine neue Familie an,

die sofort die Bäume fällen ließ. Es klangen die Äxte – buchstäblich wie in Tschechows *Kirschgarten*.

Die Nachbarn machten den Boden frei, um Kartoffeln zu pflanzen.

»Können Sie die denn nicht kaufen?«, fragte ich vorsichtig.

»Können wir schon«, sagte die Ehefrau des Hausherrn. »Aber die kann man nicht essen. Es wachsen einem davon sekundäre Geschlechtsmerkmale.«

»Wieso das denn?«, fragte ich erstaunt.

»Weil die Lebensmittel jetzt alle genetisch manipuliert sind.«

Die Nachbarn verbrannten Laub und verräucherten so den gesamten Luftraum bis zum Horizont. Ich erstickte fast, hustete und fragte vorsichtig: »Wieso lassen Sie das nicht abtransportieren?«

»Keine Panik«, sagte der Nachbar. »Der Rauch verfliegt schnell …«

Mir wurde klar, dass sie es keinesfalls abtransportieren lassen wollten. Dazu musste man nämlich einen Lastwagen mieten, und das war teuer.

Meine neuen Nachbarn feierten gern Partys, kippten jede Menge Wodka, stritten sich lauthals und prügelten sich sogar. Ich erriet, dass der neue Besitzer genau der Kerl war, bei dem mein früherer Nachbar in der Schuld stand.

Unsere Hunde kläfften sich über den Zaun an. Sie riefen sich in ihrer Hundesprache Beleidigungen zu, verbissen sich in den Zaun in einem Paroxysmus des Hasses. Eines Tages kam der Kerl mit einer Pistole in der Hand heraus und schoss meinem Foma geradewegs in die Pfote. Foma jaulte mit fast menschlicher Stimme auf.

»Sind Sie verrückt?«, rief ich, durch Fomas Schmerz mutig geworden. »Was erlauben Sie sich ...«

»Bloß keine Panik«, sagte der Nachbar düster. »Staub legt sich schnell wieder ...«

Mir wurde klar, dass ich mich da besser nicht weiter reinhängte ...

Der Tierarzt kam und zog die Kugel aus der Hundepfote. Der Knochen war heil geblieben.

Wo bist du, Wanka, Iwan Alexejewitsch, du kleines rundes Brot? Hol der Teufel den Zaun! Soll er stehen, wie er will, Hauptsache, es ist Ruhe. Stille.

Alle meine Feinde, warum habt ihr mich verlassen?

Ich sehnte mich nach meinen Feinden. Es stellte sich nun heraus, dass Feinde notwendig sind wie Bakterien. In völliger Sterilität kann nichts Lebendiges wachsen.

Dann starb mein Vater.

Um zehn Uhr morgens rief Tanka an und sagte: »Es ist etwas Unwiederbringliches passiert.«

Ich fragte: »Wann?«

Sie antwortete: »Heute Morgen um fünf.«

»Und wieso rufst du mich erst um zehn an?«

»Ich wollte dich ausschlafen lassen.«

Nicht nur, dass Tanka mich nicht mehr schnitt, ja sie schonte mich sogar. Denn um so eine Nachricht zu verdauen, muss man wirklich bei Kräften sein.

Wir verabschiedeten meinen Vater im Trauersaal des Krematoriums.

Er lag mit geschlossenen Augen da, ein Seidentuch um

den Hals. Er hatte immer gern Halstücher anstelle von Krawatten getragen.

Die Hauptsache an seinem Gesicht waren immer die Augen gewesen, hellgrau, wie ein Kristall. Aber jetzt waren sie geschlossen, wirkten klein und tief in den Höhlen versunken.

»Das ist er nicht...«, schluchzte Tanka, sah sich verstört um. »Das ist nicht er...«

Mich überfiel eine Starre, alles, was hier geschah, kam mir so völlig sinnlos vor. Ich fürchtete, dass die Umstehenden meinen Zustand bemerken würden.

Ich weinte nicht, und mir war klar, dass sich das nicht gehörte.

Tanka weinte auch nicht. Sie ging um den Sarg herum und berührte ihn mit den Händen. Der Sarg war aus hartem Holz. Tanka schrak zusammen: Es würde für meinen Vater darin doch unbequem sein.

Der Leichenschmaus verlief fröhlich, wenn man so sagen kann. Der gedeckte Tisch war von nie gesehener Eleganz und Schönheit. Es standen alle erdenklichen Gerichte da, sogar schwarzer Kaviar, Austern, Aal und gebratenes Spanferkel.

Ich kannte Tanka kaum wieder. Sie hatte doch tatsächlich eine fünfstellige Summe ausgegeben, keinesfalls weniger.

Die Gäste waren hungrig und aßen mit gutem Appetit. Sie erinnerten sich an den Toten mit lichter Trauer.

Es gab keine leeren Floskeln, es gab keine Trauerklischees wie beispielsweise ›von uns gegangen ist...‹, ›auf ewig bewahren wir sein Andenken‹...

Vaters Freund Walka Archipow (er ist schon siebzig, nennt sich aber immer noch Walka) beugte sich zu mir und sagte: »Wenn ich mal sterbe, werden nicht so viele wunderbare Menschen zu mir kommen.«

Ich wusste nicht, wie reagieren. »Aber wieso denn nicht?«, sagte ich dann ganz liebevoll.

»Und du? Wirst du kommen?«

»Ich komme ganz sicher«, versprach ich.

Ich dachte, Walka mache Spaß. Aber er scherzte nicht. Er wusste, dass ›es‹ bald geschehen würde.

Man erinnerte an lustige Vorfälle im Leben meines Vaters. Ich begriff, dass das richtig war. Meinem Vater war es gleichgültig, und für die Leute war es angenehmer so.

Meine Tochter Lisa stand auf und hielt eine Rede.

»Ich habe seine Unterstützung immer gespürt. Sein Talent und sein lebhaftes Wesen haben mir geholfen, nie aufzugeben...«

Wann hatte sie denn aufgeben wollen? Wie wenig ich doch meine Tochter kannte. Sie war für mich immer noch klein. Dabei war sie schon groß, ein Massiv mit Felsspalten und Abgründen, in die man sich stürzen oder denen man etwas entgegensetzen konnte. Mein armes Mädchen...

Es erhob sich der Schüler meines Vaters, Lenja Poshidajew. Ich hatte ihn immer erotisch attraktiv gefunden. Auch jetzt gefiel er mir noch: schlank, biegsam, ein bisschen kahl, mit schönem Mund. Von ihm gingen Klugheit, Talent und männliche Energie aus. Wenn ich so einen Mann hätte, den würde ich gegen nichts in der Welt eintauschen. Ich würde meine Leinwände und Pinsel hinwerfen und ihm die Socken waschen.

Neben ihm saß seine Frau, die »Kratzbürste« Sinotschka. Ich sah besser aus, fand ich.

Aber wie konnte ich nur an so etwas denken, bei der Totenfeier für meinen Vater. Er hat sich übrigens nie für mein Liebesleben interessiert. Er war mit seinem eigenen beschäftigt.

Poshidajew hielt eine astreine Rede und sagte, dass die Schüler das Werk ihres Lehrers fortsetzen würden. Sie würden das Geheimnis der Langlebigkeit finden, würden die Leitungen zum Tod kappen. Diese Leitungen müsse man schon im Mutterleib, im vorgeburtlichen Stadium unterbrechen. Nach der Geburt wäre es zu spät. Da sei der Mensch schon fertig angelegt.

Poshidajew schloss mit den Worten: »Alle werden wir dort hingehen, wo er jetzt ist ...«

Da wurde mir plötzlich leichter ums Herz. Etwas öffnete sich in meiner Seele. Poshidajew hatte nichts Besonderes gesagt, aber er hatte dem Tod den Rang eines nicht wiedergutzumachenden Unglücks abgesprochen. Der Tod gehört in den Lebenszyklus. Der Tod ist eine Lebensangelegenheit, wie paradox sich das auch anhören mag.

Es gab Tee. Ich ging in die Küche, um zu helfen.

Tanka stellte Tassen auf ein Tablett.

»Ich wollte dir sagen ...«, hob sie langsam, mit fast tonloser Stimme an. »Nimm du die Datscha, du hast schließlich das Kind. Meine Porträts im Schlafzimmer kannst du einfach abhängen.«

Ich hatte mit Entsetzen an das Testament meines Vaters gedacht, oder besser gesagt daran, dass ich Tanka davon in Kenntnis setzen musste ... Und nun stellte sich heraus, dass das gar nicht nötig war. Die alte Tanka war wohl zusammen mit meinem Vater gestorben. Nichts Weltliches und Materielles interessierte sie mehr.

Oder aber: *Das* war die wahre Tanka. Ich hatte sie zwanzig Jahre lang gehasst. Offenbar hatte ich sie einfach nicht gekannt.

Mein Vater war der Grund unserer Rivalität gewesen. Es hatte einen permanenten Machtkampf gegeben. Tanka und ich hatten uns da schweigend hineingestürzt, wie die Küchenschaben in eine offene Konservendose. Nun war die Konservendose weg, und schon verhielten wir uns nicht mehr wie Küchenschaben, sondern wie Menschen – wir wandten uns einander zu und fingen endlich an, uns gegenseitig zu betrachten.

Dann verging die Zeit ohne meinen Vater. Sie unterschied sich wenig von der Zeit davor. Es war einfach etwas Grundlegendes nicht mehr da, wie wenn ein Motor verstummt ist.

Lisa hatte einen neuen Freund mit dem altmodischen Namen Wowa. Das war alles, was ich wusste. Sie hatte ihn mir nicht vorgestellt.

»Bring ihn doch mal mit«, bat ich Lisa.

»Wozu denn?«, fragte Lisa.

»Zum Anschauen«, sagte ich.

»Was hast du denn damit zu tun? Das geht dich doch gar nichts an. Das ist mein Privatleben.«

»Und ich habe gar nichts damit zu tun?«

»Das Privatleben heißt Privatleben, weil es privat ist; damit niemand sich einmischt.«

Lisa ist nicht gerade feinfühlig. Aber vielleicht liegt es

nicht an Lisa, sondern an mir. Ich zerstöre alles um mich herum. An mir ist etwas, das andere davon abhält, zu nah an mich heranzutreten. Wie bei Hochspannungsleitungen: ›Vorsicht! Lebensgefahr!‹

Ich hatte mit einem Mal viel freie Zeit. Ich hatte die Muße, über mich und über andere nachzudenken. Über Tanka beispielsweise.

Plötzlich wurde mir klar, dass Tanka, im Gegensatz zu mir, nicht gefallen wollte. Die meisten Menschen – vor allem Frauen – wollen gefallen, einen guten Eindruck machen, sogar auf Leute, die sie kaum kennen. Dafür steht ein ganzes Arsenal zur Verfügung: Lächeln, Stimme, Frisur, Kleidung, Schmuck, schauspielerische Fähigkeiten.

Tanka wollte nicht gefallen. Sie bellte, genau wie mein Hund, jeden Vorübergehenden an. Ein Hund beschützt so sein Herrchen, und Tanka hatte so ihren Mann beschützt. Dass sich nur ja keiner zu nah an ihn heranwagte, es könnte ihn sonst ›zerbröseln‹. Und sie hatte ihn schließlich mit so viel Mühe ›zusammengesetzt‹.

Es gab eine Zeit, da sah man meinen Vater nie nüchtern. Dann gab es eine Zeit, da lief er vor Tanka weg wie ein Hase vor dem Adler. Und sie immer hinterher, mit derselben Geschwindigkeit. Wolkow war kein typischer Gelehrter, war nicht zerstreut und in sich gekehrt. Er war ein hübscher Mann, ein Schürzenjäger, der im Leben nichts hatte anbrennen lassen.

Tanka spann Wolle, atmete die Fusseln ein, hustete, verdiente Geld. Mit aller Kraft hatte sie versucht, gute Bedingungen für ihren geliebten Wolkow zu schaffen. Alles andere interessierte sie nicht.

Tanka verstand es, zu lieben. Und ich? Was hatte ich für meinen Mann getan?

Ich hatte ihn einsam gemacht. Und er war weggelaufen, wie ein Hund, den man nicht füttert. So blieb ich allein zurück mit meinen Feinden. Und dann waren die Feinde weg.

Vor mir lag die vollkommen sterile Einsamkeit. Aber sie drückt mich nicht nieder. Einsamkeit – das ist der Preis für das Talent. Der Preis für das Auserwähltsein, für die Freude an der schöpferischen Arbeit.

Aber vielleicht habe ich auch unrecht. Vielleicht ist die Einsamkeit der Preis für die Fehler. Doch ich habe ein Recht auf Fehler. Nur ein Pilot, der ein riesiges Passagierflugzeug fliegt, darf keine Fehler machen.

Dann rief mich Walka Archipow an. »Geh doch mal bei Tatjana Alexandrowna vorbei«, sagte er.

»Wer ist das denn?«, fragte ich verständnislos.

»Na, die Witwe deines Vaters.«

»Ach, du meinst Tanka?« fragte ich.

»Na ja, wahrscheinlich …«

»Was ist denn los?«

»Geh mal hin. Sie hat eine schwere Depression. Man muss irgendwas machen.«

Die Wohnungstür war nicht abgeschlossen.

Bei meinem Erscheinen wandte Tanka nicht mal den Kopf. Sie saß tief im Sofa versunken da und starrte die Wand an.

»Sitzt du schon lange so da?«, fragte ich.

Tanka antwortete nicht. Ihr war nicht nach Reden zumute.

Ich wählte Walka Archipows Nummer.

»Vielleicht sollten wir sie in eine Klinik bringen?«, fragte ich. »Ich kann mich ja nicht einfach danebensetzen. Und sie so allein lassen kann ich auch nicht.«

»Eine Klinik wäre schrecklich«, sagte Walka. »Man gibt denen dort fast nichts zu essen und schlägt sie.«

»Aber was soll ich machen?«

»Da muss man mal überlegen.«

Ich legte auf. Man muss überlegen ... Wer wird überlegen? Und wie lange?

Tanka sah gar nicht verrückt aus. Sie wollte einfach nicht mehr leben. Sie saß da und wartete, dass alles von selbst zu Ende ginge.

Sie hatte stark abgenommen und sah wie ein Kind aus, das man am Bahnhof vergessen hat abzuholen.

Ich ging ins Badezimmer, nahm ihre Zahnbürste, Gesichtscreme und alles, was auf der Ablage stand. Ich warf die Sachen in eine Plastiktüte. Dann kehrte ich ins Wohnzimmer zurück und sagte: »Komm mit zu mir. Du kannst auf Sascha aufpassen und ihr das Stricken beibringen. In einem Monat fangen die Ferien an, dann ziehen wir raus auf die Datscha. Wir pflanzen Blumen.«

Tanka schwieg, aber ich sah, dass sie zuhörte.

»Diese Nadjeshda Iwanowna ist ja keine schlechte Frau«, fuhr ich fort. »Aber sie ist doch ein fremder Mensch. Ihr ist alles gleichgültig. Das Kind spürt das. Sascha braucht eine richtige Großmutter. Du kannst als ›richtige Großmutter‹ bei uns anfangen.«

Tanka bewegte sich nicht, aber sie verdrehte die Augen in meine Richtung.

»Sascha ist Koljas Urenkelin«, fuhr ich fort. »Sie sieht ihm auch ähnlich, wie aus dem Gesicht geschnitten. Warum willst du Kolja hinterhersterben, wenn du seinen Spross bewässern kannst?«

Da löste Tanka die Lippen voneinander und fing an zu sprechen: »Störe ich dich denn nicht?«

»Wir übersiedeln sowieso bald auf die Datscha. Das ist doch dein Haus. Deine Urenkelin. Wenn hier jemand jemanden stört, dann eher ich dich. Aber ich werde mich ganz ruhig verhalten.«

Tanka starrte immer noch vor sich hin, doch ihr Gesichtsausdruck hatte sich verändert. Sie kam wie hinter dem Spiegel hervor, in die Realität zurück.

»Ich tue dir wohl leid?«, fragte Tanka.

»Ich tue mir selber leid. Wen hab ich denn noch außer dir?«

Ich ging auf Tanka zu. Ihr kleines Gesicht war überzogen von feinen Fältchen. Ich hätte sie in die Arme nehmen und fest an mich pressen mögen. Aber ich fürchtete, dass das zu heftig für die geschwächte Tanka wäre.

»Komm mit, hier lassen wir alles, wie es ist. Später schicken wir eine Putzfrau zum Großreinemachen«, ordnete ich an.

»Nichts da, wir räumen selbst auf«, entgegnete Tanka mit dünner Stimme. »Geld hat keine Augen, wie man so sagt.«

Der Hunger nach Leben erwachte in Tanka offensichtlich zusammen mit dem Geiz. Leben und Geld waren für Tanka ein und dasselbe, oder wie Zwillingsbrüder.

Es ging ihr nicht darum, zu leben und für sich allein zu sparen. Tanka fand Erfüllung in der Liebe zu einem Nächsten. Jemanden lieben und ihm dienen.

Sie würde allen meinen Bildern Beine machen, und sie würden in der ganzen Welt herumspazieren. Mit Tanka an meiner Seite konnte mir nichts passieren.

Anka... Wanka... Tanka...

Ich drehte das fast leere Blatt Papier um und schrieb:

Verzeiht, verzeiht, verzeiht mir. Und auch ich verzeihe euch, und auch ich verzeihe euch.

Das Böse behalte ich nicht im Gedächtnis, das verspreche ich euch, aber ihr, ihr sollt mir auch verzeihen...

Das ist aus einem Gedicht von Alexander Wolodin.

Doch ich muss meine eigenen Worte finden, um vor meinen Feinden zu bereuen. Ich stelle mir vor, wie sie sich wundern und verächtlich lächeln. Wozu braucht Anka meine Reue? Sie braucht eher Geld. Und Wanka? Der denkt sowieso nicht an mich. Er hat sein Grundstück verkauft, zusammen mit seiner Vergangenheit. Und ich bin ein Teil seiner Vergangenheit.

Die Reue brauche nur ich, um meine Seele einmal richtig durchzuputzen und zu lüften, wie eine vernachlässigte Wohnung.

Also tue ich, was ich tun muss, und *dort* – dort wird es sein, wie es eben ist.

Meine Hand schwebt über dem leeren Blatt. Ich suche nach Worten. Aber es kommt mir nichts anderes in den Sinn als:

Verzeiht, verzeiht, verzeiht mir. Und auch ich verzeihe euch, und auch ich verzeihe euch...

Aus dem Leben der Millionäre

Auf Einladung meines Verlags flog ich nach Paris. Neben mir saß die Übersetzerin Nastja, auf Französisch lautete ihr Name Anastasie. Eigentlich war sie Russin, aber sie hatte einen Franzosen geheiratet und lebte nun in Paris. Ihre Eltern und ihre Freundinnen waren in Moskau geblieben, und sie sehnte sich nach ihnen. War sie in Moskau, bestürmten sie die russischen Schriftsteller, die nach der Perestroika im Westen groß in Mode gekommen waren. Nastja fuhr hin, wühlte im Fundus an Schriftstellern wie in einer Schublade und wählte die beste Ware aus. Das war ihr Business.

Da die Schriftsteller meist Männer waren und meine Übersetzerin siebenunddreißig Jahre alt – sich somit in der Phase des hormonellen Wirbelsturms befand –, war die Suche und Auswahl immer auch mit allerlei fröhlichen Abenteuern verbunden.

Nastja zog bei mir Erkundigungen ein, fragte vertraulich: »Ist Iwanow verheiratet?« Ich bejahte. »Und Sidorow?« Ich bejahte erneut. Alle Moskauer Schriftsteller waren aus irgendeinem Grund verheiratet. Aber Anastasie selbst war ja auch verheiratet. Ich glaube, sie suchte unbewusst eine Liebe mit Fortsetzungsmöglichkeiten und Zukunftsperspektiven. Eine Frau liebt Perspektiven, auch wenn sie sie gar nicht wirklich braucht.

Anastasie hatte walnussbraunes Haar, war ganz stilvolle Blässe und meist beige gekleidet. Sie hatte einen hohen Busen und eine schlanke Taille. Sie zog sich gut an, trug Sachen aus den allerteuersten Geschäften, aber immer war irgendwo ein Fleck auf der Brust, oder es fehlte ein Knopf. Doch diese Nachlässigkeit machte auch ihren Charme aus. Sie gefiel den Männern wahnsinnig gut.

Wahnsinnig, im wahrsten Sinn des Wortes: Die Männer verloren den Kopf, wurden unberechenbar und taten alles, was Anastasie wollte. Auch das gehörte zu ihrem Business. Sie arbeitete in einem kleinen Verlag und war dort für alle Geschäfte zuständig.

Das Flugzeug startete. Ich sah, wie ein Mann, der weiter vorn saß, sich bekreuzigte; dann streckte er die eine Hand nach vorn und hob sie an – er bekreuzigte das Flugzeug. Mir wurde traurig zumute, ich weiß selbst nicht, warum. In ein Flugzeug zu steigen ist immer eine Gratwanderung. Ob man sich anders fühlt, wenn man in einer Gruppe stirbt? Ob es anders ist, als allein zu sterben? Oder genau dasselbe…

»Ich liebe meinen Mann«, sagte Anastasie plötzlich. Offensichtlich war auch sie aufgewühlt.

Das Flugzeug hob ab und nahm Kurs auf Paris. Genau gleichzeitig schwang sich in Grönland ein Hurrikan in die Lüfte – man taufte ihn später Oskar – und flog ebenfalls in Richtung Paris. Aus verschiedenen Ecken der Welt flogen Oskar und das Flugzeug auf die Hauptstadt Frankreichs zu.

»Ich liebe ihn leidenschaftlich«, fügte die Übersetzerin mit belegter Stimme hinzu.

»Warum fährst du dann immer von zu Hause weg?«, wunderte ich mich.

»Er hat etwas mit seiner Sekretärin. Sie heißt Paulette. Aber sag es niemandem.«

»Woher weißt du das?«

»Sie verbringen mehr als acht Stunden miteinander bei der Arbeit, jeden Tag. Sie sind also immer zusammen.«

»Na und? Das ist seine Arbeit.«

»Wenn die Leute ständig zusammen sind, verschmelzen sie zu einer Einheit. Er kommt nur zum Übernachten nach Hause.«

»Das ist schon viel«, sagte ich. »Wohin er auch fliegt, er landet immer wieder auf seinem Heimatflughafen.«

»Ich will kein Flughafen sein. Ich will der Himmel sein. Er soll zu mir, in mir fliegen und nicht auf mir landen.«

»Wie lange seid ihr verheiratet?«, fragte ich.

»Zwanzig Jahre. Er war mein erster Mann, und ich war seine erste Frau. Er sucht wohl eine neue sexuelle Erfahrung.«

Der letzte Satz klang wie eine zu wörtliche Übersetzung. Und ich verstand, dass Nastja, wenn sie aufgeregt war, anfing, auf Französich zu denken.

Nie hätte ich bei Anastasie solche Abgründe vermutet. Ich dachte, sie nehme alles viel leichter, auf die französische Art eben. Zwischen ihren langen Beinen verbarg sich ein kleines Dreieck, ähnlich dem Bermudadreieck, in dem so viele Männer spurlos verschwunden waren. Alle, außer einem – ihrem Ehemann.

»Hast du Angst, dass er dich verlässt?«, fragte ich.

»Nein. Davor habe ich keine Angst. Er liebt unsere Tochter sehr.«

»Na, dann bleibt er doch bei dir…«

»Aber er wird an die andere denken.«

»Soll er doch denken, was er will, Hauptsache, er bleibt bei dir.«

»So denken nur Russen.«

»Aber du bist doch selbst eine Russin«, erinnerte ich sie.

»Ja, ja, der Spatz in der Hand ist besser als die Taube auf dem Dach… Nein, es ist besser, zu sterben, als so zu leben.«

»Nein«, sagte ich. »Es ist besser, so zu leben, als zu sterben.«

So war ich erzogen worden: Das Wichtigste war die Familie. Die musste man um jeden Preis erhalten, sogar um den Preis der Selbsterniedrigung. Eine Krise geht vorbei, aber die Familie bleibt.

Anastasie war es gewohnt, die Erste zu sein. Und dass man ihr Dreieck gegen ein anderes tauschte, empfand sie wie den Tod mitten im Leben. Sie stemmte sich mit all ihren Kräften dagegen. Aber es nützte nichts.

»Ich liebe ihn leidenschaftlich«, wiederholte sie.

Bei diesen Worten trafen Oskar und das Flugzeug aufeinander. Oskar umarmte die Maschine und drückte sie heftig an sich. Das Flugzeug zappelte wie ein Fisch auf dem Trockenen.

Das Licht ging aus. Jemand schrie auf.

Nastja rutschte auf ihrem Sitz hin und her und begann, in ihrer Tasche herumzukramen.

»Hast du einen Bleistift?«, fragte sie.

»Wozu?«

»Ich schreibe meinem Mann einen Abschiedsbrief. Er soll Paulette nicht heiraten. Niemals.«

»Sehr egoistisch«, sagte ich.

Mir wurde schlecht. Es kam mir vor, als ob sich meine Leber in Richtung Hals bewegte. Das Flugzeug hatte jäh an Höhe verloren.

Ich wollte sie fragen, wer ihrem Mann denn den Brief übergeben sollte, wenn das Flugzeug abgestürzt wäre. Obwohl, ein Blatt Papier zerbricht ja nicht, und vielleicht würde man es tatsächlich zwischen all den bunten Bruchstücken, zwischen Menschen- und Flugzeugteilen finden.

Die Japaner beteten schweigend. Ich schloss die Augen und begann ebenfalls, zu Gott zu sprechen. Doch ich kannte keine Gebete, deshalb bat ich Gott einfach auf die menschliche Art: »Ach, mein Lieber, ach bitte …« Mit diesen Worten hatte mich früher meine kleine Tochter angefleht, sie nicht in den Kindergarten zu bringen, und dabei hatte sie die Hände gefaltet wie zum Gebet.

Die Japaner schwiegen mit geschlossenen Augen, die Europäer schrien. Doch wie sich herausstellte, war ihr Geschrei ganz unnötig. Der Pilot hatte das Flugzeug nur abrupt sinken lassen, hatte es in einen anderen Luftkorridor manövriert und so Oskars Umarmung entrissen. Er setzte es wohlbehalten in Paris auf und wischte sich vermutlich den Schweiß von der Stirn. Vielleicht hat er auch einen Schluck Cognak genommen.

Alle applaudierten: die Japaner, die Amerikaner, die Afrikaner, die Weißen, die Gelben und die Schwarzen. Und er hörte in seiner Kabine den Applaus und konnte sicher kaum aufstehen, weil seine Beine weich wie Watte waren.

Oskar kreiste weiterhin über der Stadt, fegte Dächer von den Häusern und entwurzelte Bäume.

Das Flugzeug konnte nicht bis an den Flugsteig heranfahren. Alle mussten über die Gangway auf das Rollfeld hinunterklettern. Unten stand eine lange Kette von Rettungsleuten in orangefarbenen Westen bereit, um die Passagiere in Empfang zu nehmen. Oskar versuchte, die Menschen niederzumähen, aber die Retter blieben fest nebeneinander stehen, jeweils im Abstand von einem Meter. Der Erste warf mich in die Arme des Zweiten, wie einen Volleyball, dieser schob mich in die Arme des Nächsten. Und so weiter bis zum Flughafengebäude.

Endlich war ich drinnen. Ich hatte es hinter mir. Ich lachte, aber in meinen Augen standen Tränen. Es ist eben nicht besonders angenehm, wie ein Ball herumgeschubst zu werden.

Einer der Retter kam auf mich zu und fragte mich: »Ist Ihnen schlecht? Sie sind ja ganz bleich.«

»Nein, ich fühle mich gut«, sagte ich.

Wir gingen zur Gepäckausgabe. Anastasie nahm ihre große Reisetasche vom Gepäckband. Wir warteten auf meinen Koffer, aber der kam nicht.

Wir standen da und warteten. Das leere Band hatte schon drei Runden gedreht. Von meinem Koffer keine Spur.

»Bleib mal hier stehen«, sagte Nastja und ging weg, um das Ganze zu klären.

Nach einer halben Stunde kam sie wieder und sagte, dass es wegen des Hurrikans Probleme mit den Computern gegeben habe und mein Koffer sehr wahrscheinlich gerade auf dem Weg nach Kanada sei.

»Und was machen wir jetzt?«, fragte ich erschrocken.

Im Koffer lagen meine besten Sachen. Praktisch alles, was ich besaß, befand sich in diesem Koffer.

»Sag danke, dass es nur den Koffer erwischt hat«, meinte Nastja.

»Danke«, sagte ich.

Wir gingen an einen Schalter und begannen, Formulare auszufüllen, gaben eine Beschreibung des Koffers ab, seiner Farbe und Form. Die Französin, die sich unserer annahm, ähnelte mit ihrem langen, arbeitsamen Gesicht einem Pferd.

Mir war immer noch schlecht. Offenbar kam mein Körper nicht über den Schrecken hinweg. Ich hatte schon alles vergessen, aber mein Organismus noch lange nicht.

Trotzdem wusste ich, dass alles Schlechte hinter mir lag. Vor mir lagen vier Tage Paris, ein Auftritt im Fernsehen, ein Treffen mit Journalisten. Anastasie sollte mich groß herausbringen, mich bekannt machen. Mich erwarteten Notre Dame, der Eiffelturm, Zwiebelsuppe und ein Einkaufsbummel durch die Galeries Lafayette.

Ich kannte Frankreich aus französischen Filmen, aus den Liedern von Yves Montand und Charles Aznavour, und durch das perlmuttfarbene Antlitz von Catherine Deneuve. Jetzt musste ich meine Vorstellungen und die Wirklichkeit miteinander in Einklang bringen.

»Und wo werde ich eigentlich wohnen?«, kam mir plötzlich in den Sinn.

»Bei Maurice.«

»Ist das ein Hotel?«

»Nein. Das ist ein Vorname. Maurice ist mein Freund.«

»Aber gehört es sich nicht, mich in einem Hotel unterzubringen?«, fragte ich kühl.

»Doch. Aber der Verlag muss sparen«, erklärte Nastja.

Mir war klar, dass man darüber in Moskau hätte reden müssen, jetzt war es zu spät. Jetzt war ich schon in Paris. Ich wollte ja schließlich nicht umkehren. Damit hatte man gerechnet. Jetzt würde ich eben bei Maurice auf dem Sofa schlafen müssen.

»Wie alt ist er?«, fragte ich.

»Sechzig«, antwortete Nastja. Sie dachte nach und verbesserte: »Dreiundsechzig.«

Wieso nahm ein älterer Mann eine fremde Frau bei sich auf?

»Ist er dein Liebhaber?«, fragte ich.

Anastasie antwortete nicht, ihr Gesicht war besorgt.

»Das Flugzeug hatte zwei Stunden Verspätung. Hoffentlich hat er gewartet und ist nicht wieder weggefahren.«

Kein Maurice, kein Hotel, kein Koffer. Und so was nannte sich Paris …

Wir gingen durch den Zoll, traten hinaus in die Wartehalle.

Anastasie machte einen langen Hals wie ein Vogel. Ihr Gesicht spannte sich an, in Erwartung der bevorstehenden Probleme. Wohin sollte sie mich bringen? In ein Hotel – das würde dreihundert Franc am Tag bedeuten, oder zu sich nach Hause, mitten in ihre Familie? Aus der Freundin war ein lästiges Anhängsel geworden.

»Da ist er!«, rief Anastasie plötzlich. »Maurice!« Sie schrie, als führte man sie geradewegs zu ihrer Exekution. »Maurice!«

Sie lief nach rechts. Maurice war groß, trug einen langen Regenmantel und ein Béret. Er ging ihr entgegen. Sie umarmten sich, und ich spürte, dass sie Geliebte waren. Oder ehemalige Geliebte. Nur deshalb hatte Maurice sich bereit erklärt, mich für vier Tage bei sich aufzunehmen. Er hatte ihr aus der Klemme geholfen.

Ich musterte Maurice nicht eingehend, nahm aber trotzdem alles auf einen Blick wahr. Das Vorteilhafteste an ihm waren seine Größe und die Kleidung. Alles andere taugte nichts: die runden, kaum blinzelnden Augen, die kräftige Nase, das ausgeprägte Kinn und die schlaffe Haut darunter machten ihn einem Truthahn ähnlich. Einem alten Truthahn.

Anastasie stellte uns einander vor. Ich nannte meinen Namen, er streckte mir eine große, warme, trockene Hand entgegen, die mit einem Truthahn keinerlei Ähnlichkeit hatte.

Nastja teilte ihm mit, dass der Koffer verlorengegangen war, das verstand ich aus dem Wort *bagage,* das auf Russisch genauso klingt. Maurice machte ein bekümmertes Gesicht. Nastja und er gingen daran, meine Angelegenheiten zu regeln.

Er konnte zwar mein Kofferproblem jetzt nicht lösen, aber er hatte ein sehr gutes Gespür für das, was in einem anderen Menschen vor sich geht.

Sie eilten davon und kamen ziemlich schnell wieder.

»Heute finden sie ihn nicht mehr«, sagte Nastja. »Aber bis zu deiner Abreise ist er wieder da.«

»Aber was soll ich für meinen Fernsehauftritt anziehen?«, fragte ich.

Über mein Gesicht legte sich ein tragischer Schatten. Maurice bemerkte das und fragte, wo das Problem sei. Ich erkannte das Wort *problème,* das auf Russisch sehr ähnlich klingt. Nastja antwortete. Ich verstand das Wort *robe,* was Kleid heißt.

Anastasie fand eine Lösung: »Du ziehst dir einfach ein russisches Tuch über die Schultern, dann siehst du wie eine Matrioschka aus.«

Maurice betrachtete mit kindlicher Aufmerksamkeit unsere Gesichter. Er verstand kein Wort Russisch. Ich hatte schon bemerkt, dass man im Westen alle möglichen Sprachen spricht, aber nur selten kann einer Russisch.

Wir verließen das Flughafengebäude. Anastasie schritt kräftig aus, fast hüpfte sie. Sie war froh, dass sich – für sie – alles gut gefügt hatte: Das Flugzeug war gelandet, Maurice hatte sie abgeholt, jetzt würden wir in einem Restaurant zu Abend essen und viel trockenen Weißwein trinken. Anastasie litt Eifersuchtsqualen, doch hinderte sie das nicht daran, ein pralles, buntes Leben zu führen: zu reisen, im Verlagsgeschäft mitzumischen, Literatur zu übersetzen, mit Maurice eine Affäre zu haben und ihn auszunutzen. Und ihr gelang alles, die Übersetzungen eingeschlossen. Sie war auf jedem Gebiet begabt.

Ich lief neben ihr her wie das hässliche Entlein. Im Allgemeinen war ich mit meinem Aussehen zufrieden, und ich war es nicht gewohnt, die zweite Geige zu spielen, aber neben Anastasie hatte ich absolut keine Chance. Ihr Äußeres war, abgesehen von dem, was die Natur vorgegeben hatte, wie von einem genialen Designer entworfen, und dieser Designer war ihr Leben. Mein Designer war das Moskau der Perestroika.

77

Anastasie konnte sich eine Beziehung mit einem alten Truthahn leisten, oder mit einem jungen Schönling, oder sogar mit einer lesbischen Frau, denn sie allein war Herrin über ihr Leben. Herrin über sich und ihr Dreieck. Sie war ein freier Mensch. Ich dagegen war noch voller sowjetischer Moralvorstellungen wie ›Gib keinen Kuss ohne Liebe, Küsse ohne Liebe sind eine Gemeinheit‹. Aber neben der Liebe existiert auf der Welt noch etwas anderes: Leidenschaft, Begierde, Vernarrtheit. Das ist es, was ein Leben reich und funkelnd macht wie ein Feuerwerk am dunklen Himmel. Doch solche ›Kleinigkeiten‹ wie Begierde oder Leidenschaft waren in der kommunistischen Moral nicht vorgesehen. Und obwohl das alte Ideologiegerüst längst zusammengekracht ist, wirken die sowjetischen Ideen weiter bis an unser Lebensende, wie der Staub in den Lungen eines Bergarbeiters.

Ich ging neben Anastasie her und verstand alles. Darin lag meine Stärke. Wenn man seine Situation einschätzen kann und seinen eigenen Stellenwert in dieser Situation, macht man sich wenigstens nicht lächerlich.

Maurice führte uns zu einem dunkelblauen, langgestreckten Auto, einem Jaguar.

»Ist das sein Auto?«, fragte ich verwundert.

»Er hat drei Autos«, sagte Nastja.

»Wieso? Ist er so reich?«

»Er ist – unter uns gesagt – Millionär.«

Wir zwängten uns in das Auto, ich saß neben Maurice, Anastasie saß hinter mir, auf dem sichersten Platz.

Wir fuhren los. Die schönen Hände von Maurice berührten das Lenkrad. Ich sah ihn von der Seite an.

Wenn man Puschkin sähe, ohne seinen Namen zu kennen, was würde man wahrnehmen? Einen schwächlichen, schmalbrüstigen, kleinen Mann mit olivbraunem Gesicht und lilafarbenen Lippen. Aber wenn man wusste, dass das Puschkin war, achtete man weder auf seine Statur noch auf einzelne Gesichtszüge. Man verneigte sich vor der Energie des Genies und bedauerte, dass er noch vor der eigenen Geburt gestorben war. Es wäre gut, wenn so ein Mensch unsterblich wäre. Die Natur müsste eine Ausnahme machen für solche Wesen.

Es war nicht genau das Gleiche, aber ähnlich ging es mir mit Maurice. Seine kaum blinzelnden Augen kamen mir ungeheuer klug vor, als könnten sie Probleme von allen Seiten betrachten, und vor allem in ihr Inneres vordringen. Die schlaffe Haut unter dem Kinn störte nicht. Er hätte sich einer Schönheitsoperation unterziehen können. Doch wozu? Er war ja keine Frau, sondern ein Mann. Und nicht irgendein Mann, sondern ein Millionär. Ein Herr seines Lebens.

Maurice zog unter dem Sitz zwei Pralinenschachteln hervor. Eine hielt er mir hin, die andere Anastasie. Ich war hungrig und schob mir sogleich ein paar Pralinen in den Mund.

»Stopf dich nicht voll«, sagte Anastasie auf Russisch, »wir gehen jetzt abendessen.«

»Was?«, fragte Maurice.

»Ach, nichts«, sagte Anastasie. Und ich begriff, dass sie keine Verräterin war. Sie hatte auf eine Gelegenheit verzichtet, auf meine Kosten gut dazustehen.

Ich verschloss die Schachtel. Gerade hob ich den Blick, als ich sah, wie ein graues Stück Metall durch die Luft flog. Es flog lautlos, ganz langsam auf das Auto zu, genau auf Augenhöhe. Ich begriff sofort, dass Oskar von einem nahen Gebäude ein Stück des Dachs abgerissen hatte und dass dieses Dachstück und wir gleich an ein und demselben Punkt zusammentreffen würden.

Das Eisenstück flog auf die Frontscheibe zu. Ich schrie auf und bedeckte mein Gesicht mit den Händen. Man hörte einen dumpfen Schlag gegen das Glas, dann das Dröhnen des abrutschenden Metalls.

Maurice rief leise »Ach …« und hielt an. Er stieg aus und sah nach. Die Frontscheibe hatte auf der Beifahrerseite einen Kratzer, das war alles. Offensichtlich waren die Scheiben des Jaguars besonders hart, so stabil wie Metall.

Wenn ein Stück Eisen gegen mein Moskauer Auto geprallt wäre, hätte ich meine Nase oder ein Auge verloren. Und hier war ich mit einem leisen ›Ach‹ davongekommen, und das stammte noch nicht einmal von mir, sondern von Maurice.

Maurice stieg wieder ins Auto und sagte etwas zu Anastasie.

»Er fragt, wie du gern essen möchtest: japanisch, chinesisch oder französisch.«

Ich überlegte. Im japanischen und chinesischen Restaurant würde man mit Stäbchen essen müssen, damit kam ich nicht zurecht, und ich würde anfangen, mit den Händen zu essen, sofern man mir keine Gabel gäbe.

»Ganz egal«, sagte ich und sah Nastja an, sollte sie die Entscheidung doch treffen.

»Dann wie gewöhnlich«, sagte Nastja. Anscheinend hatten Maurice und sie ein Lieblingsrestaurant.

Wir saßen in einem kleinen chinesischen Restaurant.

Der Wirt kam auf Maurice zu. Er war unerwartet groß für einen Chinesen, war wohl ein Mischling, halb Franzose, halb Chinese. Aber Haare und Augen hatte er eindeutig aus dem Osten. Er sprach französisch, und ich schnappte das Wort *poisson* auf, was Fisch bedeutet. Offenbar redete Maurice mit dem Wirt darüber, vor wie vielen Stunden der Fisch gefangen worden war und ob mit dem Angelhaken oder mit einem Netz. An einem Angelhaken quält sich ein Fisch lange, bis er tot ist, und deshalb riecht er nach verfaulten Wasserpflanzen. Aber ein Fisch, der mit dem Netz gefangen wird, begreift gar nicht, wie ihm geschieht, und deshalb riecht er nur nach Wasser, nach Sonne und Anglerglück.

Dem Chinesen schien das Gespräch mit Maurice Spaß zu machen, er war so vertieft, dass er uns Frauen gar nicht ansah. Wir interessierten ihn nicht. Ihn interessierte nur sein Stammkunde, der Millionär.

Anastasie zog einen kleinen Spiegel hervor und überprüfte ihr Make-up. Ihre walnussfarbenen Haare standen in einer Wolke um ihren Kopf und glänzten nur so vor Gesundheit. Ihr Ausschnitt war tief, man sah den nach unten führenden Pfad zwischen ihren Brüsten, ihre Lippen glühten, als wenn sie lange geküsst hätten. Das geheimnisvolle Dreieck glühte auch, und sie saß darauf wie auf einem Schatz. Dabei tat sie gar nichts Besonderes, sie sah nur vor sich hin, mit starren, etwas hervorstehenden Augen.

Maurice blieb davon unbeeindruckt, oder er konnte sich bloß gut beherrschen. Die schönen Hände lagen ruhig auf der weißen Tischdecke. Die kräftigen Finger waren auf der ganzen Länge gleich breit. Meine Gedanken konnte niemand

erraten, und ich dachte bei mir: So wird wohl auch sein
›Hauptfinger‹ geformt sein – kräftig und gleichmäßig, von
unten bis oben. Ich hatte irgendwo gelesen, dass die Natur
die Finger und das Zeugungsorgan nach demselben äuße-
ren Bauplan baut. Was soll sich die Natur auch immer
Neues ausdenken, bei ein und demselben Menschen ver-
wendet sie eben mehrmals dieselbe Schablone.

Ein Kellner erschien, der klein und dünn war wie ein
Pfeil. Seine Hände bewegten sich wie in einem schönen Tanz
auf dem Tisch hin und her. Da war keine einzige überflüssige oder ungenaue Bewegung. Was Maurice wohl als Trink-
geld dalassen würde? Ich habe einmal gehört: Je reicher ein
Mensch ist, umso geldgieriger wird er. Wenn ich Millionärin wäre, würde ich mich mit wohltätigen Dingen befassen,
denn das Geben bringt wirklich mehr Frucht als das Nehmen. Aber ich werde nie Millionärin sein. Ich verdiene meinen Lebensunterhalt mit ehrlicher, schöner Arbeit. Und mit
ehrlicher Arbeit verdient man keine Millionen.

»Was für ein Geschäft hat er?«, fragte ich meine Übersetzerin.

»Schwermetalle.«

»Und was macht er mit ihnen?«

»Na, ausgraben tut er sie jedenfalls nicht selbst.«

Nastja war aus irgendeinem Grund gereizt. Wahrscheinlich, weil Maurice sich ihrem Dunstkreis entzog. Er atmete
sie nicht ein, ließ sich von ihrer erotischen Ausstrahlung
nicht einlullen. Er saß da wie hinter einer Gasmaske, und
sie wusste nicht, wie sie ihn betören konnte.

Der Kellner stellte eine flache Schüssel mit Ente auf den
Tisch und einen großen Salat. Alle Farbschattierungen von

Grün bis Lila gab es in diesem Salat, und er war nicht mit dem Messer geschnitten, sondern mit den Händen in Stücke zerteilt. Die Ente schwamm in einer süßsauren chinesischen Soße. Sie hatte fast kein Fett, nur feinstes Entenfleisch. Ich nahm einen Bissen und schloss die Augen. Was für ein Glück, zu essen, wenn man hungrig ist.

Aber man musste auch ein Gespräch führen.

»Was hat Maurice für eine Ausbildung?«, fragte ich Nastja.

»Er ist Autodidakt. Er stammt aus einer sehr einfachen Familie. Man hat ihm keinerlei Bildung mitgegeben.«

Ich betrachtete wieder Maurices Hände, die schwer und bäuerlich wirkten. Und auch seine Augen waren bäuerlich. Er war zwar ein Franzose, aber eben doch ein Bauer.

Da saß ein Mann, der sich selbst groß herausgebracht hatte. Und ich saß neben ihm und spürte seine Durchsetzungskraft, an der ich mich gleichsam hätte festhalten können. Sie war wie ein Geländer, wenn man eine steile Treppe hinuntergeht.

Im Allgemeinen gehe ich ohne Geländer, hinauf genauso wie hinunter. Daraus besteht mein Leben: rauf ohne Geländer – und runter ohne Geländer.

Woran ich mich festhalte? An meinem Schreibtisch, an meiner alten, fast antiken Schreibmaschine. Da gibt es einen Haufen Manuskripte, und einen singenden Punkt in diesem Haufen. Wir drei, ich, die Schreibmaschine und dieser Punkt, hatten es bis nach Paris geschafft. Und jetzt saßen wir mit einem Millionär in einem Restaurant, der wohl zu den reichsten Männern seines Landes gehörte.

Der Kellner brachte den Fisch, begann ihn vor unseren Augen zu zerlegen und entfernte die Gräten. Es war eine bühnenreife Leistung. Er hätte im Zirkus auftreten können, oder in einer Revue.

Maurice wohnte im eigenen Haus, in einer kleinen Straße mit nur sechs Häusern daran, die ebenfalls ihm gehörte.

Eigene Häuser hatte ich schon gesehen. Ich besitze selbst ein Haus außerhalb der Stadt. Nicht so eines wie Maurice, aber immerhin ein Haus. Doch eine eigene Straße hatte ich noch nie gesehen. Ich hätte mir nicht einmal vorstellen können, wie so etwas aussah.

Maurice fuhr an den Schlagbaum und öffnete ihn mit seinem Schlüssel. Der Schlüssel war klein, wie der Autoschlüssel, und der Schlagbaum war zierlich, rot-weiß gestreift und sauber wie ein Spielzeug.

Der Schlagbaum ließ sich leicht hochheben, der Jaguar fuhr in die Straße, Maurice stieg aus dem Auto und schloss den Schlagbaum wieder wie eine Pforte.

Wir hielten vor dem Haus. Es hatte drei Stockwerke. Unten waren die Küche, das Wohnzimmer und das Kaminzimmer. Keinerlei Türen, keinerlei Zwischenwände. Alles ein einziger großer Raum.

Im zweiten Stock waren die Schlafzimmer. In der dritten Etage lagen die Gästezimmer.

»Er hat einen Designer kommen lassen, um das Haus einzurichten«, berichtete Nastja.

Ich sah mich um.

»Hat er keine Frau?«, fragte ich.

»Doch, Madeleine«, sagte Nastja. »Sie ist auf dem Land in ihrem Wochenendhaus.«

»Ist sie jung?«

»Um die fünfzig.«

»Schön?«

»Sie sieht wie eine Georgierin aus.«

Georgierinnen gibt es verschiedene: ausgesuchte Schönheiten und großnasige Vogelscheuchen. Auf einem antiken Tischchen erblickte ich eine Fotografie im schweren Silberrahmen: Der junge Maurice und eine junge Frau sahen sich innig an. Sie fraßen sich geradezu mit den Augen auf.

»Ist sie das?«, fragte ich.

»Das ist sie«, bestätigte Nastja leicht gereizt.

Ich betrachtete Madeleine genau. Ihr Gesicht wirkte vergeistigt, und irgendwie sah man ihr an, dass sie aus einer guten Familie stammte. Sie strahlte Bildung und Erziehung aus.

Der junge Maurice sah aus wie ein junger Truthahn. Na, wennschon. Auch ein Pfau sieht einem Truthahn ähnlich. Ich sehe einem Hund ähnlich. Nastja einer Katze. Alle sehen irgendjemandem oder irgendetwas ähnlich.

»Haben sie Kinder?«, fragte ich.

»Einen Sohn«, sagte Nastja. »Er ist vierzig.«

»Wie denn das? Sie ist fünfzig und der Sohn vierzig?«, fragte ich neugierig.

»Es ist *sein* Sohn, aus erster Ehe«, sagte Nastja. »Ein berühmter Visagist. Er schminkt Filmstars und Fotomodelle.«

»Ist er auch reich?«

»Reich und schön. Und homosexuell.«

»Na klar«, sagte ich.

Mir war aufgefallen, dass alle berühmten Modeschöpfer und Filmkritiker schwul waren. Und die Frauen – die Models – waren flachbrüstig und schmalhüftig wie Jungs, weil sie eine homosexuelle Ästhetik widerspiegelten.

Maurice schlug vor, mir das Gästezimmer zu zeigen. Wir gingen in den dritten Stock. Die Einrichtung bestand aus einem breiten Bett neben der Tür, einer Duschkabine aus Glas und einem Schreibtisch auf der anderen Seite, neben dem Fenster. Ein bisschen weiter weg stand ein Heimtrainer. Schlafzimmer, Arbeitszimmer und Fitnessraum in einem.

Also konnte man morgens aufstehen, Sport treiben, dann eine Wechseldusche nehmen und sich an die Arbeit setzen. Und vor dem Fenster wiegte sich ein Kastanienzweig im Wind.

Das war alles, was man wirklich brauchte: Sport, Arbeit und Einsamkeit.

Es war schon elf Uhr abends, nach Moskauer Zeit ein Uhr nachts. Maurice wünschte mir *bonne nuit* und ging.

Ich duschte und legte mich schlafen. Doch ein lautstark ausgetragener Streit drang von unten zu mir herauf. Nastja und Maurice klärten ihre Beziehung, ohne sich vor einem fremden Menschen zu genieren. Die Worte prasselten wie Hagel auf ein Dach.

Dann sprach Maurice gedämpft. Ich fing die Worte auf: »*Tu ne voulais pas prendre le risque.*«

›Du wolltest das Risiko nicht eingehen.‹ Maurice hatte offenbar doch versucht, Nastja zu überreden, ihren Mann zu verlassen und damit ein Risiko einzugehen. Aber Nastja hatte ihren Mann nicht einfach verlassen wollen, noch dazu, um dann eventuell vor dem Nichts zu stehen. Wenn Maurice ihr einen Antrag gemacht hätte, dann vielleicht… Wenn er ihr nicht das Risiko, sondern Herz und Hand angetragen hätte, dann wäre es etwas anderes gewesen. Aber Maurice hatte Madeleine, und Nastja ihren Mann. Es macht Angst, von den vertrauten Ufern wegzuschwimmen, denn man könnte ja untergehen, und Nastja verteidigte sich, indem sie angriff.

Maurice liebte sie sicher. Warum sonst hätte er mich als Gast in sein Haus aufgenommen? Ich existierte als Teil ihrer Beziehung, als Teil eines Liebesabkommens. Und jetzt gingen sie wahrscheinlich miteinander ins Bett, würden sich weiter streiten und schließlich versöhnen. Und bei Maurice würde sich alles aufrichten, würde sich mit Leben füllen, und er würde sich jung fühlen. Das war es, was ein Millionär vor allem brauchte: das Gefühl, dass sich seine Sonne nicht auf den Sonnenuntergang zubewegte. Sie sollte dort stehen bleiben, wo sie war. »Ach, ein Weilchen nur, lass mich noch stehen am Abhang«, wie es in einem Lied von Vyssotzki heißt. Das war wichtiger als Geld. Obwohl ... Eigentlich ist alles wichtig.

Ich hatte mich immer gerühmt, jeglichen Belagerern meiner Weiblichkeit zu widerstehen, hatte darin eine große Tugend gesehen. Aber jetzt wurde mir auf einmal klar, dass es gar keine Belagerer gab. Es war wie in dem Witz über Big Joe, den keine Frau einfangen konnte. Er war nicht einzufangen, weil ihn gar keine einfangen wollte. Meine Tugendhaftigkeit war so überflüssig wie ein vertrocknetes Stück Käse. Und meine Manuskripte auf dem Schreibtisch waren nur ein Haufen Schrott.

Da war ich in Paris, mit meinem singenden Punkt in der Brust. Na und? Ich lag allein da wie die arme Waise Chasja aus dem Märchen. Allein dazuliegen, das ist was fürs Grab. Solange man lebt, sollte man zu zweit im Bett liegen, vergehend vor Zärtlichkeit, und an einer festen, warmen Schulter einschlafen.

Am Morgen kam Maurice zu mir ins Zimmer hinauf, er trug ein Tablett mit Kaffee und Rosinenzopf. Anscheinend trank man hier seinen Kaffee im Bett und putzte sich die Zähne erst später. Maurice brachte mir den Kaffee höchstpersönlich. Offensichtlich hatten er und meine Übersetzerin sich glorreich versöhnt. Anastasie hatte sich angestrengt, und ich erntete die Früchte.

Maurice setzte das Tablett auf dem Bett ab.

»*Non, non...*«, versuchte ich zu protestieren, denn ich kann nicht im Bett essen.

Maurice verstand nicht: Wieso *non*? Er stellte das Tablett auf den Tisch. Sein Gesicht nahm einen verstörten Ausdruck an, und in diesem Augenblick konnte ich ihn mir sehr gut als Kind vorstellen, wie er ungeachtet mütterlicher Ermahnungen barfuß lief und seine Hand in ein Fass mit Regenwasser tauchte.

Maurice bedeutete mir, dass er bis zwölf Uhr beschäftigt sei, dass wir uns aber um Punkt zwölf ins Auto setzen und zu seiner Frau in das Landhaus fahren würden.

»Und Nastja?«, fragte ich.

»*Elle est partie à la maison*«, antwortete Maurice. Und ich erriet, dass sie wohl nach Hause gefahren war.

»*Quand?*«

»*Hier.*«

Also hatten sie sich nicht versöhnt. Oder sie hatten sich sehr schnell versöhnt und er hatte sie nach Hause gefahren. Vielleicht hatte er sie auch nicht nach Hause gebracht und

sie war allein weggegangen, man konnte es nicht wissen...
Sie hatte kein Risiko eingehen wollen. Und er hatte die Sache nicht weiter in die Länge ziehen wollen. Eine Frau und eine Geliebte – dafür braucht man viel Freizeit und Gesundheit. Für Maurice war Zeit gleich Geld. Und auch seine dreiundsechzig Jahre diktierten ihm seinen Tagesablauf.

Aber das Interessanteste war nicht das, sondern unsere Unterhaltung. Ich kann kaum ein Wort Französisch, und doch verstand ich alles, was er sagte. Ich schnappte das ein oder andere Wort auf, und alles Übrige ergab sich daraus. So unterhielten sich wohl die Hominiden. Unverständliche Laute, aber es ist auch so alles klar. Ich glaube, Gedanken sind materiell, und man kann sie auffangen, wenn man den inneren Empfänger auf die Frequenz des Gesprächspartners einstellt.

Maurice ging aus dem Zimmer. Ich setzte mich auf den Heimtrainer und trat in die Pedale. Der kleine Computer neben dem Lenker zeigte die Umdrehungen an, den Puls und die Zeit. Man konnte die Anzeige verfolgen oder einfach aus dem Fenster schauen. Draußen war September, der Kastanienzweig wiegte sich vor dem Hintergrund des Himmels hin und her. Hellblau und grün. Der Zweig war kräftig und grün, aber nicht mehr für lange. Auch ich befand mich im September meines Lebens, doch ich fühlte mich wie im April. »Die Tragödie des Menschen ist nicht, dass er alt wird, sondern dass er innerlich jung bleibt.« Wer hat das gesagt? Ich weiß es nicht mehr. Ich war ein Aschenputtel, das nicht bis zum Ball gelangt war. Die Bücher, die ich geschrieben hatte, das waren meine guten und schlechten Linsen. Aber meine Beine waren leicht, die Gelenke beweglich, das Herz schlug, und mein Blut floss mit dem richtigen Druck durch die Adern...

Eine Hausangestellte erschien. Dem Aussehen nach hätte sie Mexikanerin sein können. Sie hatte ein dunkelbraunes Gesicht mit groben Zügen. Und sie hatte wohl gute Laune, denn sie sang die ganze Zeit.

Die Mexikanerin sah mich an und fragte: »*Vodka? Caviar?*«

Ich verstand, dass für sie Russland gleich Wodka und Kaviar war.

Ich hob hilflos die Hände. Ich hatte keinerlei Mitbringsel bei mir. Ich hatte ja nicht einmal einen Koffer oder Kleider zum Wechseln.

Die Mexikanerin verstand, aber das trübte ihre Stimmung nicht im Geringsten. Sie ging ins Nachbarzimmer zum Bügeln und sang von der Liebe. Ich fing das Wort *corazón* auf – Herz.

Ich hätte gern gewusst, ob die Mexikanerin von Natur aus eine Frohnatur war oder ob es sich bei ihrer guten Laune um einen Bestandteil des Arbeitsvertrags handelte. Eine Hausangestellte musste ihre Probleme wohl vor der Haustür stehen lassen, wie Straßenschuhe.

Ich hätte sie natürlich fragen können. Aber ich konnte die Frage nur auf Russisch stellen. Also sagte ich bloß: »Mexiko?«, und zeigte mit dem Finger auf sie.

»*No hay trabajo*«, antwortete die Hausangestellte. »*Trabajo – Paris.*«

Ich erriet: Keine Arbeit, Arbeit gab es nur in Paris.

Die Straße war wunderschön, wie alle europäischen Straßen. Maurice und ich saßen diesmal in einem weißen Jaguar, den dunkelblauen hatte er wohl zur Reparatur gebracht.

Maurice hatte das schnelle Auto gut im Griff. Das Fahren schien ein Kinderspiel für ihn zu sein. Das Auto fuhr ruhig und gleichmäßig dahin.

Wir schwiegen. Die Geschwindigkeit vereinte uns. Unser Schweigen war ein gemeinsames.

Ich dachte, wie schön es doch war, neben einem Millionär zu sitzen, lange und weit fort zu fahren und an nichts denken zu müssen.

Maurice war ein guter Kerl. Er hätte sich ja gar nicht um mich kümmern müssen, aber er brachte mir Kaffee ans Bett, fuhr mich aufs Land, um mich seiner Frau vorzustellen. Weshalb tat er das? Vielleicht wollte er seine Frau durch meinen Besuch zerstreuen. Ich war immerhin eine Schriftstellerin, ein seltenes Exemplar. In seiner näheren Umgebung gab es so etwas nicht. Er hatte alles, aber so eine wie mich hatte er nicht. Maurice kaufte Blumen für seine Frau und reichte sie mir. Wieder war ich eine Karte in seinem neu gemischten Spiel.

Aber vielleicht war auch alles viel einfacher: Ich verstand ihn, und er fand es nett, mit mir zusammen zu sein.

Ich fragte: »Hast du Freunde?«

»Zwei«, antwortete er. »Einer ist gestorben, und der andere lebt in Amerika.«

»Also hast du gar keinen mehr«, sagte ich.

»Zwei«, wiederholte er. »Der, der gestorben ist, zählt auch.«

Alles klar. Er war einsam. Er war ein einsamer Millionär.

In seinem Leben gab es keinerlei freundschaftlichen Beistand. Der Freund, der in Amerika lebte, war weit weg. Und der Tote war noch weiter weg. Maurice wärmte sich also an der Liebe.

»Liebst du Anastasie?«, fragte ich.

Maurice fing an, schnell zu sprechen, wurde nervös, wiederholte mehrmals das Wort *Étiophie …*

»Was? Wie?«, fragte ich nach.

Maurice öffnete ein Fach im Auto und nahm ein paar Farbfotos heraus. Auf allen Fotos war eine dunkelhäutige junge Frau zu sehen. Sie und die junge Sophia Loren hatten eine frappierende Ähnlichkeit. Dieser Mund von Ohr zu Ohr, die weißen Zähne, die Augen einer Pantherin.

»*Étiophie …*«, wiederholte Maurice.

»Ist das ihr Name?«

»*Non. La géographie …*«

Plötzlich begriff ich. Äthiopien. Das Mädchen war Äthiopierin.

Ich sah sie nochmals an. Ich hatte gehört, dass die Äthiopier dunkelhäutige Semiten seien. Sie war tatsächlich eine strahlende semitische Schönheit.

»Weiß Nastja davon?«

»*Non.*«

Nastja wusste es nicht. Aber selbst wenn sie es gewusst hätte, wäre auch nichts mehr zu machen gewesen.

»*C'est la femme pour moi.*«

In diesem Fall war das Spiel für Nastja aus. Deshalb war sie so nervös. Aber wieso hatte Maurice mich dann als Gast bei sich aufgenommen? Einfach so. Maurice war ein guter Kerl. Nastja hatte ihn gebeten, und er hatte eingewilligt.

Ich seufzte stoßweise. Schließlich war ich Nastjas Freundin und nicht die der Äthiopierin.

»Wo habt ihr euch kennengelernt?«, fragte ich.

»Im Himmel«, sagte Maurice. »Ich habe sie im Flugzeug gesehen, und dann half ich ihr, das Gepäck vom Förderband herunterzunehmen.«

Meine schriftstellerische Phantasie schob mir folgendes Bild vor Augen: Er nahm ihr das Gepäck ab und brachte sie nach Hause. Im Taxi. Dann trafen sie sich abends, und sie stellte sich als Klasseweib heraus. Dann mietete Maurice ihr eine kleine Wohnung, die man in Paris *studio* nennt. Sie kauften ein breites Bett, oder besser, kein Bett, sondern eine Matratze, die von Wand zu Wand geht, damit man sich darauf herumwälzen konnte, und wenn man auf den Boden fiel, tat es nicht weh, weil man nicht tief fiel.

In Äthiopien herrschte jetzt eine Hungersnot, und in Paris gab es Millionäre und Luxus. Die Äthiopierin packte das arme Glied von Maurice, verschlang es mit ihrem Schlitz, der außen schwarz und innen rosafarben war, wie eine reife Frucht. Und jedes Mal gab sie sich Mühe, als müsste sie ein Examen bestehen. Sie musste Klasse zeigen.

Vielleicht war alles auch anders, im Großen und Ganzen aber doch ähnlich.

»Was macht sie?«

»*Elle est mannequin. Topmodel.*«

Aha, Epidemie und Hunger fielen also weg. Sie war wohl eine teure, gut gedrechselte Holzstatue, mit einem Schuss Prostituierte, die Millionäre auf ihren Reisen begleitete. Mulattinnen waren jetzt besonders in Mode, man nannte sie *café au lait,* Milchkaffee.

Vielleicht war sie aber weder das eine noch das andere, sondern einfach eine normale, moderne junge Frau, die mit Haut und Haar beruflich engagiert war. Ein Topmodel verdient ein Heidengeld, die braucht keine fremden Millionen. Obwohl, fremde Millionen kann man ja immer gebrauchen. Die Haute Couture ist ein knallhartes Geschäft, ein hart verdientes Brot. Die Äthiopierin war am Ende des Tages sicher erschöpft wie ein Ackergaul. Von wegen Studio, sie hatte bestimmt ihre eigene Villa. Aber wozu brauchte sie dann Maurice, mit seinen dreiundsechzig Jahren?

Aber was wusste ich denn überhaupt, wer Maurice war? »Ach, wie in der Neige unserer Jahre wir doch so zärtlich und so abergläubisch lieben«, wie es in einem Lied heißt. Vielleicht war es ja Maurice, der Klasse zeigte, von der die Jungen keine Ahnung hatten. Vielleicht war er ihr ein und alles: Vater, Geliebter und Beschützer. Sie war ja hier allein. Weit weg von ihrer Familie.

»Wie alt ist sie?«, fragte ich und gab ihm das Foto zurück.

»Fünfundzwanzig.«

»Und Ihre Frau?«

»Fünfzig. – O ja…«, seufzte Maurice. »Das war eine *grand amour*. Wie die Niagarafälle.«

»Und wohin sind sie denn geflossen, die Niagarafälle?«

»Ich weiß es nicht.«

Die Liebe fließt immer irgendwohin. Das ist die Tragödie Nummer zwei im Leben. Tragödie Nummer eins ist, dass das Leben so schnell vergeht. Die Vergänglichkeit des Lebens und das Wegfließen der Liebe… Aber vielleicht ist das normal, vielleicht ist der Mensch von Natur aus polygam. In der Tierwelt weiß ich nur von den Wölfen und den Schwänen, dass sie sich fürs ganze Leben paaren. Alle anderen paaren sich in der Brunftzeit zur Fortpflanzung, damit die Nachkommenschaft gesichert ist. Und dann tschüss, auf Nimmerwiedersehen. Weiter nichts. Das ist ganz normal.

In Gedanken zählte ich die Lieben von Maurice durch: erste Frau, zweite Frau, Anastasie, die Äthiopierin. War das für einen Menschen um die sechzig etwa viel? Natürlich war es viel. Aber nicht zu viel. Viele meiner Bekannten hatten in einem Jahr mehr aufzuweisen als Maurice in seinen sechzig.

Ein Reh sprang über die Straße.

»Wir sind da«, sagte Maurice.

Das Auto hielt bei seinem Landhaus.

Das Haus stand auf einem Grundstück, so groß wie der Kaluschsker Landkreis. Offenbar hatte Maurice sein Geld hauptsächlich in Immobilien angelegt, in Häusern und Land. Er hatte seinen eigenen Wald, seinen Fluss, eine alte Mühle. Einen Zaun gab es nicht, denn um ans andere Ende zu gelangen, hätte man schwimmen und auf wechselnden Pferden reiten müssen.

Das Haus war einfach gebaut, aber von guter Qualität – die Einfachheit der Millionäre – und weiß verputzt. Es bestand aus zwei Gebäuden, die im rechten Winkel zueinander standen, jeder Flügel war etwa dreißig Meter lang. Das Haus war im bäuerlichen Stil gehalten. Da hatte wohl Maurices Sehnsucht nach der Vergangenheit, nach seinen Wurzeln, mitgespielt.

Maurice stieg aus. Sofort lief ihm ein Hund entgegen, groß wie ein Kalb, weiß mit grauen Pfoten. Er legte Maurice die Pfoten auf die Schultern. Maurice tätschelte ihm zärtlich den Kopf und redete beruhigend auf ihn ein. Es war ein schönes Bild, diese gegenseitige, ideale, reine Liebe.

Wir gingen ins Haus. Maurices Frau begrüßte uns, eine kleine, elegante, jugendlich wirkende Frau mit grimmigem Gesicht. Sie sah tatsächlich einer georgischen Aristokratin ähnlich, obwohl ihr Haar nicht schwarz, sondern kastanienbraun war.

Sie reichte mir die Hand, nannte ihren Namen, und ich tat das Gleiche. Madeleine bemerkte trocken, dass sie mein Buch gelesen habe. Anastasie hatte es ihr geschenkt. Das Buch hatte sie erstaunt, hatte einen starken Eindruck hinterlassen, und deshalb wollte sie mich kennenlernen und mit mir sprechen.

Höflich legte sie mir ihre Gedanken zu meinem Buch dar, wie bei einem offiziellen Empfang. Ich hörte ihr mit leicht geneigtem Kopf zu. Wenn ich mich sehr konzentrierte, konnte ich die Wörter erraten und verstand im großen Ganzen, was sie meinte. Ich verstand sogar ein bisschen mehr, als ihr lieb sein konnte. Nämlich, dass Maurice ihre Wärme und ihren Körper nicht mehr wollte. Er liebkoste die Äthiopierin, die dunkel war wie Ebenholz. Madeleine litt still. Sie war noch nicht alt und doch schon überflüssig.

Maurice stand neben uns. Aber Madeleine sah ihn nicht an. Sie demonstrierte Gleichgültigkeit und Entfremdung. Er tat, als ob er es nicht merkte.

Madeleine nahm mich mit, um mir ihre Orangerie zu zeigen. Sie züchtete Blumen. Sie hatte dreißig verschiedene Sorten Phlox und zehn Sorten Rosen.

Die Phloxsorten waren lila und orange, weiß und schwarz, glatt und zerzaust. Madeleine blieb neben jeder Pflanze stehen, wie neben einem lebendigen Menschen.

Blumen sind mir gleichgültig. Ich liebe Musik und Bücher. Aber ich verstand, dass ich mein Desinteresse auf keinen Fall zeigen durfte, und verdrehte entzückt die Augen. Nur einmal, beim Anblick einer schwarzen Rose, riss ich aus echter Ergriffenheit die Augen auf. Eine schwarze Rose – ein Symbol für Trauer. In dieser Blume war feierliche, traurige Schönheit erstarrt.

Nach dem Gewächshaus zeigte mir Madeleine ein Schwimmbecken. Der Boden war mit türkisfarbenen Platten ausgelegt, und das Wasser schimmerte blaugrün wie ein Smaragd.

Ich stellte mir vor, wie sie morgens ins Wasser stieg, klein und adrett, wie sie schwamm und schwamm, mit der Bewegung ihre Sehnsucht verdrängend. Danach würde sie cremefarbene Rosen schneiden und in eine Vase stellen oder in einen silbernen Kübel.

Ich ertränke meine Sehnsucht in Büchern, sie in Blumen. Es ist sehr wichtig, etwas zu haben, worin man sie ertränken kann. Aber vielleicht braucht man weder Rosen noch Bücher. Stattdessen nur die Treue eines Schwans… Es wäre interessant gewesen, Madeleine zu fragen: Was willst du lieber, Reichtum oder Liebe?

Ihr Gesicht war verschlossen. Ich glaube, sie hätte geantwortet: Ich will Reichtum und Liebe. Brot und Rosen.

Wir kehrten zum Haus zurück. Während unserer Abwesenheit war Madeleines Freundin Françoise mit ihrem Mann Charles gekommen.

Alle setzten sich zu Tisch. Eine Hausangestellte hatte ich nicht bemerkt, aber vielleicht hatte sie alles vorbereitet und war dann gegangen.

Es gab Rebhühner, die morgens im eigenen Wald geschossen worden waren.

Natürlich jagte Madeleine nicht selbst, sondern einer der Angestellten, der nur dafür zuständig war. Von den vielen Beilagen erinnere ich mich bloß noch an den Spinat und das Lauchgemüse. Beides sollte sehr gesund sein.

Die Freundin, Françoise, hatte einen Apfelkuchen mitgebracht. Ihre Augen waren dunkelblau mit etwas Gelb in der Mitte, genau wie die Blüte eines Veilchens. Sie war Hebamme im nahe gelegenen Krankenhaus und sehr fröhlich, hatte ein rundes Gesicht und wartete nur darauf, dass man ihr sagte: »Ach, was haben Sie für interessante Augen.«

Und alle sagten es ihr.

Ich hatte immer geglaubt, Millionäre seien nur mit Millionären befreundet, aber es stellte sich heraus, dass sie befreundet waren, mit wem sie wollten.

Charles, in Cordjeans, sah aus wie einer unserer Ingenieure aus der Sowjetzeit. Er hatte überhaupt nichts Französisches an sich.

Charles redete mehr als die anderen, aber bei ihm konnte ich nichts verstehen. Nicht einmal das Thema seiner Monologe fand ich heraus. Das war seltsam. Bei Maurice verstand ich alles und bei Charles gar nichts. Anscheinend verliefen unsere Kraftlinien in verschiedenen Richtungen. Er war einfach nicht mein Fall.

Françoise kicherte, aber Anzeichen von Klugheit oder Dummheit konnte ich an ihr nicht feststellen. Françoise hätte sich genauso gut als klug wie als dumm herausstellen können. So ein Äußeres kann dem einen ebenso wie dem anderen dienen.

Maurice und Madeleine sahen sich nicht an und redeten nicht miteinander. Ich erriet, dass Maurice seine Liebe zu der Äthiopierin nicht verheimlichte, sich nicht verstellen wollte. Madeleine hatte nur zwei Möglichkeiten: Entweder alles so akzeptieren, wie es war, sich damit abfinden, um den Status der Millionärsgattin zu behalten. So tun, als wäre nichts. Oder: revoltieren, protestieren, klare Verhältnisse schaffen, mit Zähnen und Klauen um ihr Glück kämpfen.

Doch Madeleine hatte eine dritte Möglichkeit gefunden: Sie verließ das gemeinsame Territorium, fuhr ins Landhaus und verachtete Maurice im Stillen.

Beim Mittagessen warf sie ihm manchmal einen hasserfüllten Blick zu, ließ einen Satz fallen, wohl einen gemeinen. Maurice antwortete jedenfalls kurz und bissig. Er fühlte sich nicht schuldig. Er war sein eigener Herr. Und seine Gefühle waren eben seine Gefühle.

Nach dem Apfelkuchen gingen alle zum Kamin. Der Kamin war aus einem einzigen Steinblock gebaut, es sah aus, als sei er aus einem Berg herausgebrochen.

Neben dem Kamin befand sich eine kleine Tür in der Wand, wie zum Kämmerchen von Papa Carlo in Tolstois *Abenteuer des Burattino*. Maurice öffnete die Tür, und ich erblickte ein hohes schmiedeeisernes Gestell, auf dem Birkenholzscheite lagen. Aber sie lagen nicht einfach auf einem Haufen, sondern kunstvoll aufeinandergeschichtet wie auf einem Gemälde. Jemand musste sie extra so arrangiert haben. Wahrscheinlich hatten sie auch dafür einen speziellen Angestellten.

Ich betrachtete den akkuraten Stapel, und mir kamen die Tränen.

Maurice legte gerade ein paar Holzscheite in den Kamin und zündete sie an. Schnell und eifrig fielen die Flammen über sie her. Also war das Holz trocken.

Ich sah ins Feuer. Die Tränen flossen, völlig wider meinen Willen. Vielleicht tat es mir um meinen Koffer leid. Oder ich beweinte mein Leben, das Leben eines Aschenputtels, das nie auf einen Ball gekommen war. Maurice und Madeleine lagen miteinander im Streit, sagten einander indirekt die Meinung, aber hinter der Wand waren Birkenholzscheite zu einem M aufgeschichtet und trockneten. Doch sogar dieses Bild verblasste vor dem unendlich großen Grundstück, dem türkisfarbenen Schwimmbecken und den Rebhühnern mit Spinat.

Ich weinte sehr diskret, dennoch wurden meine Tränen als grobe Taktlosigkeit aufgenommen. Man hatte mich eingeladen, mir Ehre erwiesen, mich erlesen bewirtet, was erlaubte ich mir nun.

Weinen ist unhöflich. Wenn du Probleme hast, geh zum Psychoanalytiker, bezahle siebzig Dollar die Stunde, und für dein Geld wird er sich mit dir beschäftigen.

Wenn ich in einer russischen Wohnung geweint hätte, hätte man mich umringt, hätte angefangen, mich auszufragen, hätte Mitgefühl gehabt, mir Ratschläge gegeben. Man hätte sich über die Möglichkeit, Anteilnahme zu zeigen, gefreut. Alle wären wichtig gewesen, und jeder wäre gebraucht worden.

Aber hier war alles anders. Maurice runzelte die Stirn und drehte sich zum Fenster. Madeleine ging weg, als müsste sie gerade jetzt Gastgeberinnenpflichten nachgehen. Charles und Françoise taten so, als wenn nichts wäre, rein gar nichts. Charles redete wie ein Wasserfall, Françoise zuckte die Achseln und ließ die Veilchenaugen leuchten.

Ich tat ebenfalls, als wenn nichts wäre. Die heruntergeflossenen Tränen leckte ich mit der Zunge ab, und die weiter oben wischte ich mit dem Handrücken weg. Ich war bereit, auf alle Fragen nach meinem Land zu antworten. Ja, die Perestroika. Die Revolution, von der die Bolschewiken so lange geredet hatten, wurde jetzt beiseite geschoben. Jetzt schlugen wir einen anderen Weg ein. »Die ganze Welt der Gewalt zerstören wir bis auf den Grund«, wie es früher in einem revolutionären Lied hieß, und auch jetzt heißt es wieder so, und danach werden wir unsere Welt, eine neue Welt aufbauen. Auch wir werden unsere Millionäre haben, unsere offenen Kamine, und wir werden ins flackernde Feuer schauen. Aber wenn bei uns jemand zu weinen anfängt, werden wir uns nicht abwenden, sondern uns in den fremden Schmerz hineinknien, als wenn es der eigene wäre.

Maurice sah auf die Uhr. Zur Äthiopierin, zur Äthiopierin ... Es zog ihn zu dem fünfundzwanzigjährigen Körper, zu leidenschaftlichen Schreien und erregtem Flüstern. Madeleine hatte dreißig Jahre Familienleben auf ihrer Seite. Und die Äthiopierin das Fehlen dieser dreißig Jahre. Ganz von vorn anfangen. Alles von neuem, als wäre er gestern erst auf die Welt gekommen.

Seine Ungeduld übertrug sich auf mich. Auch ich wollte

weg von hier, wo über unseren Köpfen Madeleines Verletztheit, ihr Stolz und ihr Hass schwebten.

Wir stiegen in den Jaguar. Wieder die Straße. Das gemeinsame Schweigen. Wir schwiegen vermutlich zum selben Thema.

»Madeleine ist eine gute Frau«, sagte ich.

»Ja. Eine sehr gute«, sagte Maurice

»Tut sie dir leid?«

»Schrecklich leid. Aber ich tue mir auch leid.«

»Geht es nicht mit beiden?«

»Ich habe keine Zeit für ein Doppelleben. Ich arbeite rund um die Uhr. Du fragst mich, wer mein Freund ist? Die Arbeit.«

Ich überlegte, was die Arbeit für mich ist. Ich bin praktisch mit meinem Beruf verheiratet. Er unterhält mich, tröstet mich, schickt mich auf Dienstreisen rund um die Welt, schenkt mir Kontakte zu Menschen, zu Maurice zum Beispiel.

»Und wenn Anastasie das Risiko einginge, könnte sie sich in deinem Leben behaupten?«, fragte ich.

Maurice bemerkte die fragende Intonation und hörte das Wort Anastasie. Er schwieg einen Moment, dann sagte er: »Vermutlich. Ich würde zu ihr stehen.«

Wer nicht wagt, der nicht gewinnt. Anastasie blieb bei dem, was ihr vertraut war. Maurice verfehlte sie wie schräg fallender Regen. Dabei wäre es eigentlich treffender zu sagen: Sie verfehlte ihn. Ihre Beziehungen mit Männern waren in Wirklichkeit nichts als eine Abrechnung mit der Sekretärin ihres Mannes. Meine Übersetzerin war ein verwundetes

Tier, ein verletzter Mensch. Ihr Mann war immer ihr Liebhaber gewesen, doch seit einiger Zeit war er zum bloßen Geldverdiener und nahen Verwandten geworden. Offenbar liebte er Nastja nicht mehr als Frau, aber er liebte sie immer noch als Mensch. Ihr jedoch gefiel das nicht. Es passte ihr nicht, und fertig. Sie betrog ihn, um sich selbst zu bestätigen. Sie schärfte ihre Krallen an den fremden Männern, wie eine Katze am Sofa.

Madeleines Lage war ähnlich. Doch Madeleine war eine andere Art Frau. Die sprang nicht von einem Männerknie aufs nächste. Madeleine war eine Aristokratin, aber was nützte ihr das schon?

Wir fuhren mittlerweile nach Paris ein.

Maurice brachte das Auto zum Stehen und öffnete eine der hinteren Autotüren.

Die Äthiopierin flatterte in den Jaguar wie ein schwarzer Schmetterling. Sie waren also verabredet gewesen.

»Sophie«, sagte die Äthiopierin und streckte mir ein Affenhändchen entgegen, auf der Außenseite dunkel, innen rosa.

Ich nannte meinen Namen.

Wir fuhren noch eine Weile weiter, dann stiegen wir am Bahnhof aus. Im zweiten Stock des Gebäudes befand sich ein kleines Café. Man konnte dort Wein trinken oder Whiskey und dazu Salznüsse knabbern.

Ich verstand nicht, wieso Maurice uns in diese Bahnhofsspelunke geführt hatte. Aber dann erklärten sie es mir: Maurice war verheiratet, er hatte eine Stellung in der Gesellschaft und konnte nicht mit seiner schwarzen Geliebten in einem teuren Restaurant auftauchen. Das wäre ein Affront.

Ich überlegte, dass er, wenn er so reich wie Rothschild gewesen wäre, auf die öffentliche Meinung pfeifen und sich wirklich alles hätte erlauben können. Geld stand höher als Moral. Oder, besser gesagt: Das Geld selbst war die höchste Moral. Aber dann musste es wohl sehr, sehr viel Geld sein.

Sophie unterhielt sich mit mir, so gut es ging, über dies und das. Sie war ganz vernarrt in Maurice, hielt mit ihm Händchen und konnte die glänzenden, dunklen Augen mit dem gelblichen Weiß um die Pupillen kaum von ihm lassen.

In ihren kleinen schwarzen Ohren blitzten zwei Brillanten wie Tautropfen. ›Die hat ihr Maurice geschenkt‹, dachte ich.

Maurice erklärte Sophie, dass mein Koffer abhandengekommen war, dass ich morgen einen Fernsehauftritt hatte und dass man mir schnell – spätestens bis morgen um elf Uhr – ein Kleid besorgen musste.

Ich fing die Wörter auf: *Télévision, bagage, la robe…* Diese drei Wörter reichten schon aus.

Ich betrachtete Maurice. Er sah mit einem Schlag viel besser aus. Aber vielleicht sah ich ihn nur mit Sophies Augen, denn die Schönheit liegt ja bekanntlich im Auge des Betrachters.

Sophie kam frühmorgens in ihrem kleinen roten Auto, um mich abzuholen. Wir fuhren zu einem berühmten Modesalon.

Das Geschäft sah aus wie ein Atelier. Schneiderinnen nähten etwas in einem kleinen Raum. Die Wände entlang hingen Kleider an Ständern. Anscheinend hatte mich die Äthiopierin in eines ihrer Unternehmen gebracht, für die sie arbeitete.

Die Schneiderinnen hoben von Zeit zu Zeit die Köpfe und betrachteten mich kurz, aber aufmerksam. Sie wollten wohl wissen, wie Russinnen aussehen. Mir war meine grelle Kleidung leicht peinlich: schwarzer Rock, rotes Jackett. Schwarz und rot – Tod eines Kommunisten, wie man bei uns sagt.

Die Direktrice und Sophie diskutierten lebhaft über etwas, was ich nicht verstand. Und ich wollte es auch nicht verstehen. Nicht, dass mir Sophie nicht gefallen hätte, aber sie war eben anders als ich. Als wäre sie vom Mond. Und auch ich war ihr völlig fremd, unbekannt, unverdaulich. Wir hatten verschiedene Werte. Meine Werte mussten ihr eher lächerlich vorkommen. Ich wollte beispielsweise Ruhm. Ruhm, das ist die Aufmerksamkeit und das Entzücken der Menschen. Der Äthiopierin, so denke ich, war unverständlich, wozu man die Aufmerksamkeit von Leuten brauchte, die man nicht einmal kannte.

Ruhm ist vergänglich, heute hat man ihn, morgen schon nicht mehr. Geld dagegen ist ein Geländer. Wenn man sich daran festhält, fällt man nie hin.

Bei Tageslicht kam mir die Äthiopierin noch exotischer vor, wie ein Spielzeug, und es war seltsam, dass sie in einer menschlichen Sprache redete.

»Suchen Sie sich aus, was Ihnen gefällt …« An den Wänden hingen dicht gedrängt die verschiedensten Kleider.

Ein Kleid stach mir ins Auge. Es war einem Hausmantel ähnlich, ganz ohne Knöpfe, aus Seide, und war so grellbunt wie das Hinterteil eines Pavians. An der Äthiopierin hätte dieses Kleid wunderbar verrückt ausgesehen. Eine schlanke dunkle Schönheit in grellen Seidenfarbspritzern. Das Kleid war nur von einem Gürtel zusammengehalten, bei jedem Schritt würde ihr junges schwarzes Bein herausschauen, das schlank war bis zuoberst. Aber ich … ich würde darin aussehen, als käme ich geradewegs aus dem Dampfbad.

»Vielen Dank«, sagte ich zur Direktrice. »Ich brauche nichts von alledem. Ich bin eine Karrierefrau.«

Das klang, als hätte ich sagen wollen, dass eine Karrierefrau keine Frau ist.

Die Atelierleiterin lächelte zögernd, nur die bleichen Mundwinkel zitterten. Sie spürte meine Komplexe, schätzte aber auch meine Bescheidenheit. Es kam wohl selten vor, dass eine Frau das Angebot, aus ihrer Kollektion was immer sie wolle auszuwählen, mit einem ›nein danke‹ ablehnte.

Die Direktrice ging zu einem Schrank und zog ein schwarzes, strenges Kleid hervor. Es war sehr schlicht. Die einzige Verzierung waren die Initialen der Modeschöpferin aus Strass. Es sah von weitem wie ein Blitz aus Brillanten aus.

»Das würde Ihnen gut stehen«, sagte die Direktrice. Aber das hatte ich mir schon selbst gedacht.

Und es stellte sich heraus, dass es mir wirklich gut stand. Da hatte ich für einmal Glück gehabt. An diesem Kleid war nichts überflüssig. Ein Kleid ist erst richtig schön, wenn daran nichts zu viel ist.

Die Direktrice setzte sich an den Tisch, schlug die Beine übereinander und sah mich unter ihrer voluminösen rötlichen Ponyfrisur aus grünen Augen an. Eine sechzigjährige Frau, ungeschminkt, in einem zugeknöpften schwarzen Männerjackett. Man hätte sich glatt in sie verlieben können. Mir wurde klar, dass ein talentierter Mensch nicht altert. Sie war nicht alt. Sie lebte nur schon ein bisschen länger.

Die Fernsehleute kamen zur verabredeten Zeit.

Anastasie hatte mit ihnen vereinbart, dass sie zuerst in Maurices Haus drehen und später ein paar Außenaufnahmen in den Straßen von Paris machen würden.

Maurices Sohn kam auf mich zu. Er war um die vierzig, seinem Vater wie aus dem Gesicht geschnitten, nur hübscher. Die gleichen tiefliegenden Augen, die große Nase, das markante Kinn. Ein Typ wie Yves Montand, aber noch attraktiver.

Er sah mich aufmerksam an. Dann nahm er einen Lippenstift aus seinem Fundus, trat ganz dicht an mich heran, hob mein Gesicht etwas an und schminkte meine Lippen.

»Und die Augen?«, fragte Anastasie.

»Entweder die Augen oder den Mund betonen. Nur eines von beiden«, antwortete Yves Montand, wobei er mich begutachtete. Dann nickte er wie zur Bestätigung.

Sie setzten Nastja als Dolmetscherin neben mich.

»Ich will auch Lippenstift«, sagte sie.

Yves Montand kniete sich vor sie und fing an, ihr Gesicht zu pudern. Anastasie schloss die Augen, und ihre Wimpern wurden weiß. Die Lippen wischte er mit der Hand frei.

»Wozu das denn?«, fragte Anastasie.

»Du sollst ganz blass aussehen. Bleich wie durch Rauchschwaden betrachtet.«

Wir saßen nebeneinander. Ich in Schwarz, mit grellem Mund, ganz Vamp. Und Anastasie ganz stilvolle Blässe, als wäre sie asexuell. Dabei verhielt es sich in Wirklichkeit genau umgekehrt.

Der Moderator war auf französische Art umgänglich, ohne Ecken und Kanten, wie ein glattgeschliffener Kiesel am Strand. Er gab einige Fragen an mich weiter, die er mir gleich stellen würde, wenn die Kamera lief.

Die Fragen waren in etwa immer die gleichen, ob sie nun von russischen oder von westlichen Journalisten gestellt wurden. Die erste Frage betraf das Thema Frauenliteratur, als ob es eine Männerliteratur gäbe. Bei Bunin stehen die Zeilen: »Die Frauen sind den Menschen ähnlich und leben doch am Rande der Menschen.« So ist es auch mit der Frauenliteratur. Sie ist der Literatur ›ähnlich‹ und existiert doch nur am Rande der Literatur.

Aber ich finde, dass in der Literatur das Geschlecht nicht wichtig ist, sondern der Grad der Aufrichtigkeit und das Talent.

»Was soll ich sonst noch sagen?«, fragte ich Nastja um Rat. »Was ist interessant für sie?«

Die Übersetzerin dachte kurz nach.

»Du kannst was Allgemeines über die bürgerliche Familie sagen. Die Aids-Epidemie müsste doch alle in die Familien zurücktreiben.«

Mir fiel der Reigen weiblicher Körper ein, die um Maurice herumtanzten, und ich seufzte: »Tut sie aber nicht …«

Nichts wird den Menschen von seinem Grundinstinkt abbringen. Von der Liebe erwartet man eben nie etwas Schlechtes …

Ich mochte dieses Thema nicht erörtern … Deshalb bat ich Nastja: »Sag dem Moderator, er soll etwas über die Perestroika fragen.«

»Die Perestroika hängt allen zum Halse heraus«, winkte Nastja ab. »Und die Russen hängen auch allen zum Hals heraus. Und wir haben nur fünf Minuten Sendezeit.«

Nastja sah auf ihren Notizblock.

»Die zweite Frage: Worin unterscheidet sich Frankreich von anderen Nationen? Was sind Ihre Eindrücke?«

Ich überlegte. Die Franzosen sagten nie nein. Ganz im Gegensatz zu den Deutschen. Bei den Deutschen ist immer alles klar, entweder ja oder nein. Bei den Franzosen ist es ein Vielleicht. *Peut-être.* Warum? Der Bequemlichkeit halber. Nein sagen heißt bei dem anderen negative Gefühle auslösen. Der Gesprächspartner wird ärgerlich, schüttet Adrenalin aus, und auch du selbst gerätst in diese Adrenalinwolke und atmest sie ein. Und das ist schädlich. Und unangenehm. Hauptsache, Stress vermeiden, eigenen und fremden.

Der Aufnahmeleiter kam auf uns zu und sagte: »*Attention!*«

Die Übersetzerin leckte sich die Lippen, wie eine Katze. Wir gingen auf Sendung.

Am nächsten Tag kam Madeleine vom Land in die Stadt gefahren, um mir ihre Aufwartung zu machen und sich von mir zu verabschieden. Sie hätte nicht extra kommen brauchen, aber wohlerzogene Leute haben so ihre Gewohnheiten. Vielleicht hatte Maurice sie auch darum gebeten, weil er selbst keine Zeit hatte, sich um mich zu kümmern.

Das Kleid aus dem Atelier der Direktrice ging zum halben Preis in meinen Besitz über, das war wohl die Anerkennung für meine Bescheidenheit. Manchmal lohnt es sich ja doch, ein guter Mensch zu sein.

Ich hatte noch etwas Geld übrig, und Madeleine führte mich in die Galeries Lafayette.

Wir schlenderten umher, probierten Kleider an. Madeleine langweilte sich, denn sie ging nie in solche billigen Läden. Das tat sie nur mir zuliebe.

Ich mag auch keine billigen Sachen und kaufe lieber nur ein einziges Stück für das gesamte Geld, was ich habe. Aber selbst dieses eine Stück erfüllte Madeleine mit Melancholie. Ich sah es ihrem Gesicht an.

Ich betrat eine Kabine, um etwas anzuprobieren. Madeleine ging in die Hocke und wartete so. So sitzen bei uns in Russland die Leute aus den asiatischen Republiken. Sie ruhen sich in der Hocke aus. Madeleine legte das Kinn auf die Faust. Kinn und Faust waren beide schmal. Ein warmes Gefühl stieg in mir empor. Man wollte sie geradezu beschützen. Ich fürchtete, jemand könne an ihr vorbeilaufen und sie umstoßen, und all ihre zierlichen Knöchelchen würden auf dem Boden umherrollen. Ich kam aus der Kabine und sagte: »Kommen Sie, lassen Sie uns nach Hause fahren.«

Wir kehrten in Maurices Haus zurück, besser gesagt in ihrer beider Haus. Madeleine wollte mich in ein Restaurant einladen. Das gehörte zum Tagesprogramm. Aber ich wollte ihre Zeit nicht weiter beanspruchen und schlug vor, hier zu Hause eine Kleinigkeit zu essen.

Wir setzten uns an den Tisch.

»Ich war heute Morgen beim Arzt«, sagte Madeleine.

Sie war also wegen eines Arztbesuchs in die Stadt gekommen.

»Es ist alles in Ordnung«, fügte Madeleine zufrieden hinzu.

»Was haben Sie denn?«, fragte ich, obwohl ich nicht sicher war, ob man das fragen durfte.

»Krebs. Ein bisschen.«

Ich senkte den Blick schnell auf den Teller, um meine Bestürzung zu verbergen. Krebs – das ist ein Todesurteil. Man kann nicht ›ein bisschen‹ zum Tode verurteilt sein. Es ist die Todesstrafe auf Raten.

»Hatten Sie eine Operation?«, fragte ich vorsichtig.

»Nein. Stadium null. Ein bisschen.«

Die Millionäre hielten auf ihre Gesundheit und packten ihren Tod beim Stadium null am Kragen.

Arme Madeleine. Sie hatte einen doppelten Verrat erlebt: den der Seele und des Körpers. War Maurice womöglich vor diesem ›Stadium null‹ im mystischen Schrecken davongelaufen? Todeskälte hatte ihn angeweht. Er wollte Wärme, ja Hitze. Daher die Äthiopierin.

Ich blickte Madeleine an. Ich wollte ihr gern etwas Nettes sagen.

»Du siehst wie Maurices Tochter aus. Wie hältst du dich so gut in Form?«

»*Attention*«, antwortete Madeleine finster.

Ich begriff: Sie aß fast nichts.

»Er hat eine andere«, sagte Madeleine plötzlich. »*Il a une autre femme.*«

Offensichtlich war zwischen uns eine Nähe entstanden, die es ihr erlaubte, sich einem unbekannten Menschen zu öffnen. Vielleicht wusste sie aber auch, dass ich am nächsten Tag abreisen und ihr Geheimnis mitnehmen würde.

»*Non!*«, sagte ich ungläubig und riss die Augen auf wie beim Anblick des Phloxes.

»Doch!«, schoss es aus Madeleine heraus. »Sie ist fünfundzwanzig.«

Es war klar, dass sie die Äthiopierin meinte. Madeleine

ließ einen wütenden Monolog vom Stapel, von dem ich nur drei Wörter verstand: *pas de pardon*. Ich erriet, dass sie nicht daran dachte, Maurice je zu verzeihen.

Ich hörte brav zu und sagte: »Blödsinn. *Bêtises*. Das bildest du dir ein. Er betet dich an. Ich habe es doch mit eigenen Augen gesehen.«

Madeleine sah mich zweifelnd an.

»Er liebt dich«, bekräftigte ich und fügte hinzu: »Er liebt dich leidenschaftlich ...«

Niemand hatte mich zu dieser rettenden Lüge ermächtigt. Aber ich glaubte in diesem Moment ehrlich an meine Worte, und deshalb war es nicht gelogen.

Madeleine sah mich durchdringend an. Mein Glaube sickerte in sie ein. So sieht ein Krebskranker den Arzt an, der ihm ein ewig langes Leben verspricht.

Abends gab es ein Abschiedsessen für mich. Wir saßen im Restaurant, in demselben, in dem wir am ersten Tag gegessen hatten. Wir waren zu dritt: Maurice, Anastasie und ich. Madeleine war wieder ins Landhaus gefahren. Ihr lilafarbener Phlox war von einer Krankheit befallen worden.

Wir waren zu dritt, alles war genau so wie am Anfang, und doch war alles ganz anders. Ich war der Vamp, Maurice ein alternder Yves Montand und Anastasie eine Sexbombe mit Zeitzünder. In ihr tickte es nur so vor Wut.

»Hast du sie gesehen?«, fragte sie mich leise, verschwörerisch.

»Wen?«, stellte ich mich dumm.

»Du weißt, wen. Sophie.«

Ich schwieg, versuchte Zeit zu gewinnen.

»Wie ist sie?«

»Du gefällst mir besser«, sagte ich.

»Wieso?«

»Mein Auge ist an deinen Typ mehr gewöhnt.«

»Ist sie jung?«

Ich erinnerte mich an Madeleines hochgehaltene Finger und sagte: »Fünfundzwanzig.«

Mit fünfundzwanzig steht die Sonne über einem im Zenit und scheint einem auf den Scheitel. Maurice schmiegte sich eng an die Äthiopierin, und sie standen beide unter ihrer Sonne. Das Licht reichte für zwei.

»Wurmstichiger Pilz!«, zischte Nastja voller Hass.

Ich begriff, dass die Eifersucht sie zerfraß. Sie hatte Maurice nicht ›privatisieren‹ wollen, aber sie wollte ihn auch nicht hergeben. Nastja wollte mit der Peitsche knallen, wie eine Löwenbändigerin, und alle Tiere sollten auf ihren Podesten sitzen, jedes auf seinem Platz.

Maurice hatte einen Satz gemacht, sein Podest war leer. Nastja fand, dass dieses Podest das wichtigste war, oder besser gesagt, dass gerade er der wichtigste Löwe war.

»Kann ich bei dir übernachten?«, fragte Anastasie Maurice.

Sie wollte eine Revanche. Sie forderte die Äthiopierin offen zum Kampf heraus.

Maurice schwieg einen Moment. Das bedeutete, dass Anastasies Zeit abgelaufen war.

Der Kellner kam. Dieselben flinken Handbewegungen auf dem Tisch.

»Wann geht dein Flugzeug?«, fragte Nastja und streifte mich mit einem Blick, den ich nie zuvor an ihr gesehen hatte.

Ich war jetzt das Einzige, was sie noch mit Maurice verband.

»Ich bringe sie zum Flughafen«, sagte Maurice.

Anastasie erhob sich brüsk und ging zur Garderobe.

Maurice folgte ihr. Er fühlte sich verpflichtet, ihr in den Mantel zu helfen.

Dann kam er zurück. Er schwieg. Wie es in einem französischen Lied heißt: *partir, c'est mourir un peu* – ›Abschied nehmen ist ein bisschen sterben‹. Er war ein bisschen gestorben. In ihm war der Teil gestorben, der ›Anastasie‹ geheißen hatte.

Der Kellner schenkte Wein nach. Wir tranken schweigend.

»Ich will mein Leben noch einmal von vorn anfangen«, sagte Maurice. »Ich möchte es schaffen, noch ein Leben zu leben. Aber zwischen Sophie und mir besteht ein großer Altersunterschied.«

»Zwischen euch ist gar kein Unterschied«, widersprach ich.

Maurice sah mich mit einem Blick an, der mich geradezu aufsog.

»Ich bin fast vierzig Jahre älter als sie. Ich bin schon ein alter Mann.«

»Du bist nicht alt.«

»Glaubst du das wirklich?«

»Das glaube ich nicht, das ist so«, sagte ich überzeugt. »Kann ein verliebter Mensch alt sein? Alt ist man dann, wenn man nichts mehr will.«

»Das empfinde ich genauso«, gestand Maurice. »Deshalb bin ich so frei, es mir zu erlauben. Vielleicht ist es ja noch nicht zu spät.«

»Es ist genau richtig«, sagte ich. »Vorher wäre es zu früh gewesen. Früher hättest du es noch nicht so geschätzt wie jetzt.«

Seine Augen glänzten feucht, weil er sich unschuldig fühlte, und wegen meines Mitgefühls.

Jetzt wusste ich, warum ich nach Paris geflogen war. Ich war nach Paris gekommen, um Maurice zu sagen, dass er jung war, und Madeleine, dass sie geliebt wurde.

Genau das hatte ich gesagt, nun konnte ich wieder abreisen.

Wir verließen das Restaurant und gingen langsam zu Fuß durch die Straßen.

Um uns herum dehnte sich Paris nach allen Seiten aus. Der Eiffelturm leuchtete leicht und durchsichtig wie ein Trugbild. Eine Gruppe von Parisern eilte irgendwohin, fröhlich und sorglos, ohne klares ›Ja‹ oder ›Nein‹, in fester Umarmung mit dem ›Vielleicht‹. Neben mir ging Maurice, und es kam mir so vor, als hätte ich ihn schon immer gekannt. Er hatte mir seine Geheimnisse anvertraut, und bei mir waren sie so sicher, als wenn er sie in einen Teich geworfen hätte.

Wir sprachen in verschiedenen Sprachen, aber schwiegen in ein und derselben. Und alles war klar.

»Wieso hatte ich nie so eine wie dich?«, fragte Maurice plötzlich.

»Weil es mich nur einmal gibt. Deshalb.«

Am nächsten Tag fuhr mich Maurice in seinem dunkelblauen Jaguar zum Flughafen.

Mein Koffer war immer noch nicht aufgetaucht, aber man versprach mir, dass er auf jeden Fall gefunden würde. Ich hatte mich schon beinahe mit seinem Verlust abgefunden. Schließlich hatte ich ein neues Kleid und ein neues Gesicht, ein Vamp-Gesicht, bekommen. War das nicht einen Koffer wert?

Ich ging durch die Absperrung, Maurice blieb zurück und sah mir traurig nach.

Ich drehte mich um, begegnete seinem Blick und dachte: Ein gläubiger Greis aus einem russischen Dorf am Ende der Welt lebt in größerer Harmonie mit sich und der Welt als Maurice im langen beigen Regenmantel und dem karierten Béret. Denn auch für sehr, sehr viel Geld kann man das Unfassbare nicht fassen.

Auf Wiedersehen, Maurice. Sei glücklich, wenn du weißt, wie ...

Ich werde dich vergessen wie den Hurrikan Oskar. Und werde dich doch nie vergessen ...

Es vergingen vier Monate.

Mein Koffer war wieder aufgetaucht. In der Zwischenzeit war er in Warschau und in Bombay gewesen. Den Koffer brachte mir Anastasie. Sie hatte das schwere Ding geschleppt, die Arme ...

Sie tauchte also eines schönen Tages bei mir auf, so gegen Abend.

Sie trug ein Nerzcape mit Kapuze. Auf Kniehöhe klaffte ein Loch, in der Größe einer Untertasse.

»Was ist denn das?«, fragte ich.

»Das hat Bobby herausgerissen.«

»Ist das ein Liebhaber?«

»Nein. Ein Welpe. Er war hungrig«, erklärte Anastasie.

»Wo hast du den denn her?«

»Er lag auf der Türschwelle.«

Anastasie hatte den Welpen bei sich aufgenommen, aber vergessen, ihn zu füttern, und so hatte er ihren Pelz angefressen. Anastasie war eben zerstreut.

»Komm rein, zieh den Mantel aus«, sagte ich.

Durch meine Wohnung waberte der Geruch von geschmortem Fleisch aus dem Ofen, man hörte die Geräusche meiner Familie: Bruchstücke von Telefongesprächen, einen starken Wasserstrahl im Badezimmer.

»Ich kann nicht«, sagte Anastasie. »Unten wartet ein Auto. Ich bin nur auf einen Sprung hochgekommen.«

Meine Übersetzerin war weit weg von den Gerüchen und Geräuschen einer fremden Familie. Sie hatte ihre eigenen Aufgaben und Ziele.

»Wie geht es Maurice?«, fragte ich.

»Maurice ist ganz zu Sophie gegangen. Madeleine hat ihm das Fell über die Ohren gezogen. Wer schuldig geschieden wird, muss zahlen.«

Anastasie fiel etwas ein, sie begann, in ihrer Handtasche herumzukramen.

»O je …«, sagte sie. »Ich habe mein Notizbuch vergessen.«

»Und was jetzt?«

»Jetzt habe ich keine einzige Telefonnummer dabei.«

»Ich meinte Maurice …«

»Ach, der … Er ist dann doch wieder zu Madeleine zurückgekehrt.«

»Des Geldes wegen?«

»Wegen allem. Ihm ist wohl klargeworden, dass es ihm heute sehr schwerfallen würde, das alles noch einmal aufzubauen: Haus, Landhaus, Kapital. Seine Gesundheit ist auch nicht mehr so gut wie früher.«

»Also doch des Geldes wegen.«

»Ach, nein. Man kann einfach nicht mehr ganz von vorn anfangen ... Das glaubt man bloß ...«

»Woher weißt du denn das?«, fragte ich.

»Ich werd's schon wissen, wenn ich es sage.« Anastasie hörte auf, in ihrer Tasche herumzuwühlen, und sah mir direkt in die Augen. »Man muss das Altvertraute bis zum Ende lieben. Das lieben, was einem gegeben ist, und nicht etwas Neues anfangen.«

Ich wollte mich nach ihrem Mann erkundigen, aber eigentlich hatte sie mir schon alles gesagt.

Ich stellte mir Maurice und Madeleine am Mittagstisch vor. Sie aßen zusammen und stritten sich ein bisschen dabei. Schweigend gingen sie ihrem Sonnenuntergang entgegen, Hand in Hand, einander stützend.

Und Sophies schwarzer Stern flog im Flugzeug irgendwohin, und irgendjemand hob ihr das Gepäck vom Förderband herunter.

Es ändert sich nichts

Der Dachdecker Semjon fiel vom Dach. Er brach sich die Hand.

Semjon war ein Meister seines Fachs. So einen gab es weit und breit nicht noch einmal. Er hatte goldene Hände. Und eine davon, die wichtigste Hand, nämlich die rechte, hatte er sich nun gebrochen.

Wer würde dafür geradestehen? Maka natürlich. Es war ihre Baufirma. Es war ihre Brigade.

Maka unternahm alles, was nötig war. Sie fuhr Semjon in ihrem Auto zur nächsten Notfallstation, in der man auch Brüche behandeln konnte. Sie saß da und wartete. Sie bezahlte.

Der Bruch erwies sich, dem Himmel sei Dank, als glatt, also ohne Komplikationen. Man legte Semjons Hand in Gips und entließ ihn wieder. Aber Maka konnte sich nicht beruhigen. Semjon hätte ja auch einen Schädelbruch erleiden oder zu Tode stürzen können. Und dann säße sie im Gefängnis, in ihrem Alter, mit ihrer Gesundheit …

Maka fand keinen Schlaf, wälzte sich bis vier Uhr nachts im Bett hin und her.

Sie knipste das Licht an und versuchte zu lesen. Aber es ging nicht. So lag sie da und starrte an die Decke …

Sie hieß Maria Ilinitschna, wie Lenins Schwester. Als Kind hatte sie sich selbst Maka genannt. So blieb sie Maka, ihr Leben lang.

Und er hieß Mika. Von Michail.

So lebten sie zusammen: Maka und Mika. Um sie herum ließen sich die Leute zum zweiten und dritten Mal scheiden, aber sie beide waren immer noch zusammen.

Er war schön wie Fürst Andrej Bolkonskij, in der amerikanischen Verfilmung von *Krieg und Frieden* wohlgemerkt, nicht in der sowjetrussischen. Der Fürst Andrej in der Verkörperung von Tichonow ist zweifellos auch schön, aber seine Schönheit ist leicht aufgeplustert und ein bisschen primitiv. In der Schönheit des amerikanischen Fürsten Andrej dagegen war eine tiefe Ruhe spürbar. Bei seinem Anblick wollte man aufseufzen wie nach langem Weinen.

Mika war Moskauer. Er war damals wegen der Arbeit nach Leningrad gekommen. Man musste ihm die Sehenswürdigkeiten zeigen, ihn durch die Museen führen.

Maka zeigte ihm die Eremitage, am nächsten Tag gingen sie ins Theater, und am dritten Tag küssten sie sich.

Eine solche Verzauberung durch Küsse geschieht nur in der Jugend. Die Welt verwandelte sich. Sie heiratete ihn.

Nach der Zeremonie auf dem Standesamt ging Maka in die Sauna. Und Mika begleitete sie. Und das war alles, woran sie sich noch erinnerte.

Nach der Hochzeit zogen sie nach Moskau.

Moskau in den sechziger Jahren, das bedeutete politisches Tauwetter. Und es bedeutete Wohnungsnot.

Die Eltern von Mika hatten eine Einzimmerwohnung mit dünnen Rigipswänden. Die armen Eltern gingen abends in die

Küche und drückten sich dort eine Zeitlang herum, dann kamen sie auf Zehenspitzen hereingeschlichen und legten sich in ihrer Zimmerhälfte schlafen. Und das alles im Dunkeln.

Aber so seltsam das auch war: Alle waren glücklich. Maka und Mika schliefen Hand in Hand ein, als fürchteten sie, dass sie jemand auseinanderreißen könnte.

Die Eltern waren mit der Wahl ihres Sohnes zufrieden. Maka gefiel ihnen. Sie war hübsch, fröhlich, und aktiv, ganz im Gegensatz zu Mika.

Mika war in dieser Hinsicht eine Katastrophe. Er war völlig passiv, ein kontemplativer Typ eben. Sein Motto war: ›Dem Himmel sei Dank, dass der Tag von allein vorübergeht, dass man dafür nicht auch noch was tun muss.‹

Er hatte die technische Hochschule absolviert, dann hatte die Regierung ihn in ein wissenschaftliches Institut geschickt, und dort blieb er hocken. Er verdiente hundertzwanzig Rubel im Monat. Das war wenig, doch um ihn herum bekamen alle nur so viel. Sie kamen kaum über die Runden, es war die garantierte Armut. Aber alle lebten so.

Außer vielleicht der berühmte Schriftsteller Scholochow im Dorf Vjeschenska. Man sagte, er habe ein Bankkonto, von dem er so viel abheben könne, wie er wolle. Aber es kursierte das Gerücht, dass er das Geld hauptsächlich für Wodka ausgebe. Das war ja auch keine Freude. Also stimmte der alte Spruch doch: ›Je langsamer du fährst, desto weiter kommst du.‹

So vergingen zwei Jahre. Maka arbeitete in einem Baubüro. Die Tage verstrichen, einer so langweilig wie der andere, und Maka wurde klar, dass es wirklich stimmte, je langsamer man fuhr, desto weiter kam man – bloß weiter weg von dem Ziel, zu dem man einmal gewollt hatte. Ihr Leben trat praktisch auf der Stelle. Man musste sich doch irgendwie aufraffen, Geld verdienen, in eine Kooperative eintreten, sein eigenes Nest bauen, Kinder bekommen.

Eines Tages fuhren sie zu Freunden auf eine Datscha. Sie schlenderten über das Grundstück und pflückten schwarze Johannisbeeren.

Maka fragte: »Hast du nicht vor, einmal eine Doktorarbeit zu schreiben?«

In der damaligen Zeit war eine Doktorarbeit der einzige Weg nach oben. Das hieß, nicht hundertzwanzig, sondern zweihundertfünfzig Rubel im Monat. Und danach käme dann die Habilitation. Eine Habilitation, das war fast so gut wie Scholochow. »Alle Wege stehen uns offen, alle Pfade liegen vor uns«, wie es in einem Lied der kleinen Pioniere hieß.

Mika verzog das Gesicht. Er hatte sicher eine saure Beere erwischt.

»Willst du eine Dissertation schreiben oder nicht? Oder was hast du vor?«, hakte Mika nach.

Mika antwortete nicht. Maka begriff: Er hatte gar nichts vor.

»Wie sollen wir dann leben? Wie jetzt, immer so weiter?«

Mika verzog wieder das Gesicht. Er hatte wohl einen schlechten Johannisbeerstrauch erwischt. Doch langsam kam Maka der Verdacht, dass es nicht an dem Strauch lag, sondern an Mika. Mika war ein Versager, wenn auch ein hübscher. Er konnte kein Geld verdienen, oder er wollte es nicht. Oder vielleicht auch beides..

»Aber wie willst du denn weiterleben?«, fragte Maka nochmals nach.

Ihr war heiß. Sie zog die Bluse aus und stand nur im Büstenhalter da.

»Das Manna fällt vom Himmel«, antwortete Mika. Die Worte sprach er widerwillig aus. Offensichtlich waren ihm derartige Gespräche unangenehm.

Die junge, schöne Maka am Anfang ihres Lebens überschlug ihre Perspektiven: ›Wie sollen wir leben?‹, war ihre Frage. ›Ach, irgendwie‹, war Mikas Antwort. Er wusste es wohl selbst nicht.

Das Manna konnte nämlich auch nicht vom Himmel fallen. Man musste selbst etwas tun.

Maka setzte ihre Phantasie und ihr Temperament ein. Sie lernte das Handwerk einer Spekulantin. Heute nennt man das *business*: Sie kaufte etwas und verkaufte es mit Gewinn weiter.

Da waren auf einmal Bekanntschaften und Beziehungen. Da war plötzlich eine Künstler-Kooperative. Man nannte ihr den Namen des Präsidenten des Projekts: Chruschtschow. Nicht Nikita Sergejewitsch, natürlich. Es war einfach ein Namensvetter.

Chruschtschow war groß, kahlköpfig und braun gebrannt. Sogar seine Glatze war braungebrannt. Er war ein einziges Nein. In der Kooperative war kein Platz mehr frei. Alles war schon an professionelle Künstler vergeben. Und Maka war keine Künstlerin. Sie war überhaupt niemand.

Maka stand vor Chruschtschow und weinte bitterlich. Sie tat sich selbst leid. Und Chruschtschow tat sie auch leid. So ein großes Mädchen und weinte wie eine Kleine. Sie wischte sich die Tränen von den Wangen und verschmierte sie nur.

»Na gut. Bringen Sie mal die Dokumente vorbei«, entschied Chruschtschow schließlich.

Maka ging sofort darauf ein: »Welche Dokumente? Und wohin?«

Chruschtschow zählte alle benötigten Dokumente auf. Dann nannte er seine Privatadresse. Die Dokumente sollte sie zu ihm nach Hause bringen.

»Und wieso nach Hause?«, fragte Maka verständnislos.

Das Gespräch fand in der Kooperativenverwaltung statt. War es nicht besser, die Dokumente hierher zu bringen?

»Wenn Sie nicht wollen, dann lassen Sie es eben«, sagte Chruschtschow gnädig.

»Was heißt denn da ›wenn Sie nicht wollen‹, natürlich will ich, sehr sogar«, sagte Maka erschrocken.

»Dann tun Sie, was man Ihnen sagt.«

Das Angebot war zweideutig. Maka beschloss, sich mit Mika zu beraten.

Dann dachte sie darüber nach: Sie würde sich mit Mika beraten. Der gutmütige Mika würde sagen: ›Lass mich die Papiere hinbringen.‹ Und das täte er auch. Aber ein heiliger Platz bleibt nicht leer, wie man bei uns sagt. Man würde die freie Wohnung sofort jemand anderem geben, einem Künstler. Davon gab es genug, alle talentiert und alle ohne Wohnung.

Maka beriet sich mit niemandem. Sie brachte die Papiere selbst zur genannten Adresse, zu Chruschtschow nach Hause. Mehr noch: Sie hielt diese Tatsache auch geheim. Sie brachte die Dokumente weg. War doch egal, wohin.

Mord und Ehebruch sind zwei verschiedene Dinge. Für Ehebruch muss man nicht einmal ins Gefängnis. Das ist eine Privatangelegenheit. Und doch stehen diese Sünden bei den Zehn Geboten direkt hintereinander.

Am Ende bekam Maka die Wohnung tatsächlich. Die Wohnung war wundervoll. In einem ruhigen Viertel des Stadtzentrums gelegen, in einem Backsteinhaus, im siebten Stock. Es war wie im siebten Himmel.

Sie kauften neue Möbel – das war das Paradies. Die jungen Künstler gingen bei ihnen ein und aus, man besuchte einander, die Türen wurden nie abgeschlossen. Festgelage, die Lieder Okudshawas, die Jugend – das Leben.

Und das Wichtigste war: das eigene Nest. Mit einem eigenen Nest fängt alles an. Sogar die Vogelmännchen suchen als Erstes einen Platz für ihr Nest, wenn sie aus den warmen Gefilden zurückkehren, und erst dann legen sie sich ein Weibchen zu. Und was tat Mika?

Er hatte sich zuerst ein Weibchen organisiert, dann hatte dieses Weibchen den Ort für das Nest gesucht und es gebaut. Und er stand daneben. Er konnte ja nichts dafür, dass die Regierung ihn nur auf hundertzwanzig Rubel einschätzte und ihm diesen Posten zugewiesen hatte. Schließlich konnte er ja nicht stehlen gehen …

Dieser Chruschtschow in seinem Höhenflug war doch gleich was ganz anderes. Der war Herr seines Lebens, wie ein Bär im Wald. Wenn sie so einen Mann hätte, hätte sie nie Sorgen, keinerlei Probleme. Aber … er war unanständig. Ein echter Hundesohn. Und ein Frauenheld.

Er betrog seine Frau rechts und links. Und wenn man seinem eigenen Mann nicht trauen konnte, das war doch, wie wenn man in schmutziger Bettwäsche schlief, auf fleckigen Laken. Nein, nein und nochmals nein …

Ihr schöner und anständiger Mika saß in der von ihr bezahlten Wohnung, auf dem von ihr bezahlten Sessel und las die Zeitung, die sie abonniert hatte.

Einmal kam ihre Freundin Ljudka und erzählte, dass ihr Mann fürchterlich geizig sei, er habe eine solche Angst, in seine Brieftasche zu fassen, als hause dort ein Skorpion.

Mika zog auch kein Geld aus seiner Tasche. Aber er war nicht geizig, sondern nur arm. Das war doch um einiges besser.

Einmal kam Makas Freundin Larisska, die Tochter eines hohen Tiers, und erzählte, dass ihr Mann nichts verdiene. Er sei faul. So musste sie Geld von ihrem Vater annehmen, dem hohen Tier. Und das war doch nicht in Ordnung.

Eines Tages kam die Nachbarin Marussja und weinte, weil ihr Mann alles Geld seiner ersten Familie gab, von der er sich getrennt hatte, und selbst saß er bei Marussja, schlug die Beine übereinander und lebte auf ihre Kosten.

So fügte sich nach und nach ein Bild zusammen: Die Männer lebten auf Kosten ihrer Ehefrauen, schlugen die Beine übereinander, taten klug und lasen Zeitung. Die Frauen zogen wie die Pferde die Fuhre des Lebens, und als Dreingabe saßen die Männer obendrauf.

Maka und Mika … Nach ihrer Heirat waren sie auf die Krim in die Flitterwochen gefahren. Sie reisten mit dem Schiff. Sie waren den ganzen Tag und die ganze Nacht unterwegs. Am Morgen legte das Schiff an.

Mika sprang vom Landungssteg, leicht und sportlich, und

war schon verschwunden, sie erinnerte sich nicht mehr, warum und weshalb. Vielleicht hatte er sich auf die Suche nach einer Bleibe gemacht. Sie wollten ein Zimmer mieten.

Maka blieb allein mit zwei schweren Koffern zurück.

Allmählich waren die meisten Passagiere von Bord gegangen. Alle mussten das Schiff verlassen. Es konnte nicht an der Landestelle bleiben …

Maka nahm die zwei Koffer in die Hand, zwei schwere Koffer in zwei zarten Mädchenhänden, und schleppte sie vom Schiff. Das Bild blieb ein Symbol für ihr ganzes gemeinsames Leben. So würde sie ihr Leben lang niedergedrückt sein vom Gewicht. Und Mika würde leicht und sportlich in der Gegend herumspazieren.

Maka strengte sich an, um Geld zu verdienen. Und Mika wartete ab. Er saß in seinem Sessel und wartete einfach ab.

So floss das Leben dahin.

Sie bekamen eine Tochter, die sie unendlich liebten. Sie wachte jede Nacht auf und schrie bis zum Morgen. Später stellte sich heraus, dass das Baby ganz einfach Hunger gehabt hatte. Aber die Ärzte hatten ihnen eingeschärft, das Kind nachts nicht zu füttern. Nur tagsüber und nur nach Stundenplan.

Den Stundenplan hielten sie gewissenhaft ein, aber das Leben verwandelte sich so in eine einzige Folter. Man quälte das Kind mit Hunger. Und sich selbst mit schlaflosen Nächten.

Der arme Mika trug das leidende Kind die ganze Nacht auf dem Arm. Und morgens ging er zur Arbeit.

Zehn Jahre später wurde die zweite Tochter geboren. Sie

fütterte man jede Stunde, Tag und Nacht. Keinerlei Zeitplan. Und es war trotzdem wie im Gefängnis. Die Kleinen leben eben auf Kosten der Großen, sie saugen alle Säfte aus ihnen heraus.

Aber Maka gab nicht auf. Ihre Hauptinteressen lagen außerhalb der Familie. Sie kaufte ein Stück Land und baute ein Haus.

Die Mädchen gingen in die Schule. Maka wusste nicht, was und wie sie lernten. Aber Mika wusste es. Er kaufte die Lehrbücher, kontrollierte ihre Hausaufgaben.

Die Tage zogen träge dahin, einer nach dem anderen – und eine Tages, ganz plötzlich, waren die Kinder erwachsen. Und Makas und Mikas Jugend war vorbei.

Und es war schleierhaft, wie aus diesen langen einsamen Tagen so ein kurzes Leben zusammenkommen konnte.

Maka hatte ein Haus gebaut. Sie verkaufte es und baute ein weiteres, wobei sie aus den Fehlern beim ersten Hausbau lernte. Und plötzlich merkte sie, dass ihr das gefiel. Es gefiel ihr, Häuser bauen zu lassen.

Es stellte sich heraus, dass ihre Großmutter Uljana, die in der Stadt Lisitschanska gewohnt hatte, eine Art Bauunternehmerin gewesen war. Die Gene hatten sich wohl weitervererbt. Maka baute auf Bestellung, und zwar Häuser, nicht Bauernkaten und kleine Läden wie ihre Großmutter. Sie baute nach holländischen und englischen Entwürfen, große und kleine Häuser, aus Backstein und aus Beton; mit modernen, abgerundeten Dächern, die nicht rosten und nicht vermodern.

Sie erhielt immer mehr Aufträge, und so gründete Maka

ihre eigene Firma. Sie hatte ihre eigene Baubrigade. Sie suchte jeden Arbeiter einzeln aus, wie ein Dirigent die Virtuosen für sein Orchester aussucht.

Die erste Geige war der Vorarbeiter Fedorowitsch, ein energischer, dicker Kerl, der gern herumschrie. Mit ihm wollte sich niemand anlegen. Fedorowitsch riss seinen Rachen auf, und schon gab sein Gegenüber klein bei: ›Mach, was du willst, aber sei endlich still!‹ Fedorowitsch setzte den Leuten die Pistole auf die Brust, aber er beherrschte sein Handwerk.

Die Tadschiken baggerten das Fundament aus. Maka mochte keine Keller. In ihnen sammelte sich immer Wasser an, und das gab später Beschwerden.

Die Tadschiken waren echte Wühlmäuse. Ihre Gräben waren tief und gleichmäßig. Niemand sonst konnte so gut mit der Erde umgehen.

Die Weißrussen zogen die Wände hoch. Sie sind gute Maurer, diese Weißrussen.

Die Moldawier waren gute Gipser. Sie verschönerten das Ganze.

Armeniern ging Maka aus dem Weg. Die waren ihr zu bauernschlau. Aber Maka konnte man sowieso nicht überlisten. Sie sah einen Menschen und erfasste ihn sofort von Kopf bis Fuß, ja ihr Blick reichte noch einen halben Meter in den Boden hinein.

Die Arbeiter waren hauptsächlich Tagelöhner. Sie schnappten sich einen Auftrag, und danach ging's wieder ab in ihre Höhle. Sie arbeiteten nach dem Zieselmauseffekt: schnell was zusammenraffen und dann nichts wie weg. Aber es gab auch echte Talente. Maka erkannte sie sofort.

Von den Tadschiken nahm sie Said beiseite. Er war ein vierzigjähriger Mathematiklehrer. Alles, was er anpackte, führte er einwandfrei und mit Hingabe aus. Er grüßte zurückhaltend und höflich, war ein echter Intellektueller. Er hätte ein Kandidat für den Nobelpreis sein können.

Maka schlug Said eine Festanstellung vor, sie bot ihm einen guten Lohn. Das war ein großer Erfolg für ihn, aber er zeigte keinerlei Freude. Er hörte sich ihren Vorschlag leidenschaftslos an. Er hob nicht einmal die Brauen. Offensichtlich waren Geld und sonstige Annehmlichkeiten für Said nur vergängliche Werte. Ihm war anderes wichtiger, die beständigen Werte: Ehrlichkeit, Würde, *Allahu akbar*…

Maka begann allmählich, genauso mit den Leuten zu reden wie Fedorowitsch. Sie vertraute niemandem und schrie herum. Denn wenn man mit den Arbeitern im Guten sprach, kam nichts dabei raus. Nur mit Said benahm sie sich wie auf einem diplomatischen Empfang: Sie hörte ihm aufmerksam zu und wählte ihre Ausdrucksweise sorgfältig.

Mit der Zeit verwandelte sich Maka in eine *Chabalka*, eine ›Rauhbaukin‹. Wahrscheinlich existiert ein solches Wort auch in der russischen Sprache nicht. Aber was es heißt, kann man unschwer erraten: Eine *Chabalka* ist eine laute, grobe Frau, die Druck und nicht viel Federlesens macht. Von guter Erziehung keine Spur.

Maka und Fedorowitsch stritten sich manchmal, dass die Fetzen flogen, wie zwei Schreihälse bei einem Wettkampf. Da gab es was zu hören. Es knallte von beiden Seiten so viel Energie aufeinander, dass die Dachbalken hätten durchbrechen können.

Auch äußerlich veränderte sich Maka. Zwischen ihren

Brauen lag jetzt immer eine tiefe Falte, eine Folge des ständigen Ärgers. Sie lächelte selten. Und sie verließ sich auf niemanden, alle logen und stahlen. Sie schaute angespannt drein wie ein Marder, der seine Beute verfolgt.

Aber es kam auch mal vor, dass sie lächelte. Und dann ging über der Moskwa die Sonne auf. Die weißen Zähne, die leuchtenden Augen. Und dazu Geld auf allen Banken der Welt. Das war keine Frau, das war ein Traum.

Geld hatte sie. Maka litt trotzdem. Mit dem Geld könnte es plötzlich zu Ende sein. Wovon dann leben? Die Fünfzimmerwohnung im Stadtzentrum könnte man notfalls vermieten, aber dort hatte sich Mika vergraben. Man musste ihn unbedingt von dieser Wohnung loseisen. Doch das war nicht einfach. Wenn Mika etwas nicht wollte...

Mika hatte sich sein Leben lang auf ihr ausgeruht. Auch jetzt war das noch so. Am Ende würde sie sterben, und er würde weiterleben und ihr Geld mit einer neuen Frau ausgeben.

Vor dem Fenster dämmerte es. Im Schlafzimmer wurde es langsam hell. Maka hatte ein riesiges Schlafzimmer. Und ein großes Bett. Das beste Bett auf der Welt. Die Matratze war per Schiff aus Italien gekommen, dort war sie mit einer besonderen Technologie hergestellt worden. Man musste für die Technologie und für das Schiff bezahlen, aber dafür war das keine Matratze, sondern das pure Glück. Also bezahlte man eben für das Glück.

Maka lebte materiell schon lange sehr gut und konnte sich nicht mehr vorstellen, wie sie früher auf einem ausklappbaren Sofa geschlafen hatte, in einem überfüllten Zimmer. Zusammen mit Mika. Jetzt schlief sie allein. Die eine Betthälfte war leer. Und das war auch ein Glück – allein schlafen. Das war das Glück Nummer zwei. Man konnte sich nach allen Seiten drehen und wälzen. Das war Freiheit!

Dann schlief Maka plötzlich ein. Und sie schlief bis um zwölf Uhr. Die Arbeiter aßen um diese Zeit schon zu Mittag.

Vom unteren Stockwerk drang der Geruch nach frischem Hefeteig herauf. Die Haushälterin Ljuba buk Piroggen: mit Fleisch-, mit Kohl- und mit Kartoffelfüllung.

Maka war seltsamerweise gut ausgeschlafen. Der Morgen war klüger als der Abend, wie man sagt. Es sah jetzt alles nicht mehr so düster aus wie in der Nacht.

Maka packte die Piroggen in eine Plastiktüte und fuhr zur Baustelle. In zehn Tagen war die Übergabe des Hauses. Heute war Richtfest.

Maka verletzte nie die traditionellen Bräuche: Am Ende der Arbeit musste es unbedingt ein Fest geben. Ansonsten verwandelte sich das Leben in einen nicht enden wollenden Alltag.

Die Tadschiken bereiteten dann immer Pilaw zu und natürlich ein Schaschlik, das verstand sich von selbst.

Da ging einem das Herz auf. Alle Menschen waren Brüder. So war es doch auch eigentlich.

Maka verteilte dann die Extraprämien. Sie rechnete immer ehrlich ab. Ihre Brigade wartete bereits auf das nächste Projekt und war schon jetzt motiviert. Die Arbeit wurde allmählich von der Sklavenarbeit zur schöpferischen Arbeit.

Ein Haus ist ein Familiennest. Es geht von einer Generation auf die nächste über. Darum ist es wichtig, dass ein Haus schön ist. Fedorowitsch fand, dass Schönheit Blödsinn war.

Wichtig war die Gesundheit des Hauses. Es musste warm und hell sein, alles musste dorthin fließen, wohin es sollte, und außerdem musste das Richtige wieder herausfließen.

Ein fertiges Haus war eine gewonnene Schlacht. Und Maka war der Generalissimus.

Als Maka zur Baustelle kam, setzte starker Regen ein.

Die Arbeiter standen in Regenmänteln da, die Kapuzen übergezogen. Sie ähnelten dem Ku-Klux-Klan.

Fedorowitsch war nicht an seinem Platz. Er war irgendwo aufgehalten worden, kochte irgendwo sein eigenes Süppchen. Er war ein Hansdampf in allen Gassen. Aber die Arbeit störte das gewöhnlich nicht.

Semjon saß mit eingegipster Hand auf dem Dach. Im strömenden Regen. Der Mann konnte einfach nicht ohne Arbeit sein. Maka konnte es ebenso wenig.

Aber Mika konnte das. Das war sein Traum: dasitzen und nichts tun. Mit übereinandergeschlagenen Beinen im Sessel sitzen und mit dem Pantoffel wippen.

Mit derselben Hingabe flogen die Möwen über den Wellen dahin. Aber sie jagten doch wenigstens nach Fischen.

Und Mika jagte gar nichts. Wieso? Maka verdiente ja, kaufte etwas und brachte es ihm.

Mika konnte ganze Tage damit verbringen, im Sessel zu sitzen und zu lesen. Wo all dieses Wissen wohl hinkam? Wozu diente es? Zur Vervollkommnung? Eher zur Selbstvervollkommnung. Vielleicht war ja das der Sinn des Lebens, sich immer mehr selbst zu vervollkommnen?

Maka stieg nicht aus dem Auto aus.

»Nach Moskau, nach Hause«, befahl sie ihrem Chauffeur.

Der Chauffeur Serjosha wendete geschickt den Wagen. Er war ein guter Chauffeur und ein schöner Mann, er war angenehm anzuschauen. Und er hatte die Angewohnheit, sich in Gespräche einzumischen. Wenn Maka am Handy telefonierte, kommentierte Serjosha, was sie sagte. Einerseits war das eine unangemessene Vertraulichkeit. Andererseits zeigte es doch Interesse und Engagement. Schließlich ist es auch angenehm, wenn jemand an deinem Leben Anteil nimmt.

Serjosha schaltete das Radio ein. Es lief die Sendung ›Chanson‹. Alte Lieder wurden gespielt, Lieder aus Makas Jugend. Damals hatte man die zusammen gesungen. Jetzt sang man nicht mehr. Und zusammen war man auch nicht mehr.

Maka saß in ihrem Haus außerhalb der Stadt und baute. Mika saß in Moskau, in der Fünfzimmerwohnung. Und unterhielt Freundschaften. Das war das einzige Talent, das in Mika herangereift war: Freundschaften zu pflegen. Er pflegte sie mit Hingabe und völliger Selbstvergessenheit.

Um ihn herum formierte sich eine Gemeinschaft aus sieben Männern. Die meisten waren Arbeitskollegen. An Sonntagen versammelten sie sich bei Mika, dort war ja eine leere Wohnung.

Sie tranken und waren fröhlich nach Herzenslust, wie die Kinder. Sie diskutierten, suchten die Wahrheit.

Mika war kein Anführer. Er war ein kluger Kopf, aber es gefiel ihm in der zweiten Reihe. Er war ein Ausführender. Wenn man ihm etwas auftrug, dann erledigte er es sorgfältig und genau. Er war mit dieser Art von Verbundenheit auf seine Art glücklich.

Maka fragte sich manchmal: Was ist das bloß für ein Verein? Eine Freimaurerloge? Der Klub der Versager? Aber nein. Unter diesen sieben waren auch gestandene Männer, mit guten Positionen in der Gesellschaft.

Maka hatte den Verdacht, dass es mit ihrem Privatleben nicht klappte. Die mangelnde Liebe kompensierten sie mit Freundschaft.

Gewöhnlich meint man ja, dass nur die Frauen unter Liebeskummer leiden. Aber das stimmt überhaupt nicht.

Auch Männer sind unglücklich, wenn sie sich unverstanden fühlen.

Der plötzliche Anblick seiner herausgeputzten, zielstrebigen Frau verwunderte Mika.

»Ist was passiert?«, fragte er, wobei er im Sessel sitzen blieb.

»Es ist etwas passiert. Ich möchte, dass du zu mir auf die Datscha ziehst.«

»Wieso das denn plötzlich?«

»Ich möchte unsere Moskauer Wohnung vermieten.«

»Wozu denn?«

»Um Geld hereinzubekommen. Um etwas zu verdienen. Weißt du, was eine Fünfzimmerwohnung im Zentrum heutzutage einbringt?«

»Wozu brauchst du denn das Geld? Du arbeitest doch.«

»Ich habe es satt, zu arbeiten. Ich will leben wie du. Dasitzen und nichts tun.«

»Wer hindert dich daran?«

»Du. Du hast dich allein in fünf Zimmern breitgemacht, und ich muss mich abplagen.«

Mika schwieg einen Moment. Er nahm es zur Kenntnis. Dann sagte er: »Die Wohnung vermieten, das ist doch, als würde man sie zur Entweihung freigeben.«

»Ich wusste, dass du nicht einverstanden bist, dass du mit allen vier Pfoten bremsen würdest.«

»Ich bin ein Stadtmensch. Ich liebe die Stadt und den Lärm der Stadt. Diese Stille auf der Datscha, das ertrage ich nicht.«

»Dann lassen wir uns scheiden.«

»Wieso denn? Wir wohnen doch sowieso getrennt.«

»Ich tausche diese Wohnung gegen zwei kleinere. Und meine vermiete ich.«

»Wozu denn eine gute Wohnung gegen zwei schlechte eintauschen?«, fragte Mika verwundert.

Maka überlegte. Er hatte ja recht: Wozu eine Wohnung abwerten, die sie mit so viel Mühen ergattert hatten.

Sie ging zu einem Empfang des Bürgermeisters von Moskau und machte sich einen schönen Abend. Das war auch eine ganze Geschichte für sich, doch davon ein andermal.

Der Plan, Mika zu sich auf die Datscha zu holen, war fehlgeschlagen. Vielleicht sollte sie etwas für ihn umbauen? Oder ihm vielleicht eine Einzimmerwohnung in der Vorstadt kaufen? Aber Mika könnte sich weigern. Er war es gewohnt, viel Platz zu haben.

»Und wo ist deine Marja Iwanowna?«, fragte Maka beim nächsten Mal.

Mika tat einen langen Seufzer. Er wollte dieses Thema offensichtlich nicht vertiefen.

Eines Tages war Maka von der Datscha gekommen und

hatte in der Wohnung eine große Tischrunde angetroffen – die sieben Freunde plus eine junge Frau. Nun ja, so jung war sie nicht mehr, vielleicht um die vierzig. Sie sah der Tolkinowa, der Sängerin, ähnlich. Eine liebe russische Frau, mit offener Stirn. Sie trug die Haare alle nach hinten gekämmt und zu einem Zopf geflochten, durch den ein Perlenband gezogen war.

Die ganze Truppe freute sich laut über Makas Ankunft, und die Frau bemühte sich, nicht in ihre Richtung zu schauen. Maka schwante sofort: Das ist Mikas Affäre.

Er hatte wohl gedacht, dass sie unter all den Männern nicht so auffallen würde, dass es nicht ganz klar wäre, zu wem sie gehörte. Aber Maka hatte Erfahrung mit Menschen. Sie wusste sofort, zu wem sie gehörte.

Sie wunderte sich über Mikas Kühnheit: Er schämte sich doch tatsächlich nicht, seine Geliebte in die gemeinsame Wohnung zu bringen. Und er verhielt sich seltsam. Irgendwie provozierend. So à la: ›Bitte schön, mir macht niemand Vorschriften.‹

Maka sah sich das an. Dann ging sie in ihr Zimmer.

Sie hätte natürlich die ganze Gesellschaft auseinandersprengen können, sie alle einfach vor die Tür setzen. Aber sie wollte Mika nicht blamieren. Sollte er ruhig mal den Hausherrn spielen. Davon brach Maka kein Zacken aus der Krone. Und die junge Frau war sogar ganz nett. Eigentlich sogar lieb.

Nur, dass sie kein Glück haben würde. Diese Frau würde Mika nämlich ernähren müssen. Und wenn sie nicht allein war, sondern noch ein Kind hatte, was sehr wahrscheinlich war, dann musste man auch das Kind durchfüttern. Und man musste diesem Kind gefallen und ihm gerecht werden. Man musste es erziehen.

Und wozu das alles? Für Mika war es bei weitem bequemer, in einem Sessel zu sitzen und mit den Pantoffeln zu wackeln. Er hatte bereits zwei eigene Töchter. Und er war nur fähig, seine eigenen Kinder zu lieben. Seine eigenen Kinder zu lieben und sonst nichts weiter zu tun.

Und so kam es auch. Marja Iwanowna löste sich in Luft auf mitsamt ihrem Perlenband. An ihrer Stelle erschien eine Neue. Per Telefon. Die Neue hatte einen deutlich europäischen Akzent, mit diesem charakteristischen R, wie es auch die Juden oft aussprechen. Maka nannte sie deshalb Sarah Mojsejewna.

Diese Sarah Mojsejewna gefiel ihr auch. Sie war taktvoll und klug. Sie spielte sich nicht auf, sondern fragte bescheiden: »Kann ich mit Michail Jewgenjewitsch sprechen?«

»Er ist nicht da«, antwortete Maka. »Soll ich was ausrichten?«

»Sagen Sie ihm, es hat jemand von der Arbeit angerufen.«

»Ist gut, ich richte es aus.«

Maka legte den Hörer auf, ging ins Wohnzimmer und informierte ihren Mann: »Sarah Mojsejewna hat angerufen.«

Mika gab keinen Kommentar ab. Er vertiefte dieses Thema nicht. Er wollte nicht gegen sich selbst aussagen.

Aber vielleicht gab es auch gar keine Sarah Mojsejewna und Marja Iwanowna. Vielleicht war es nur die Eifersucht der älter werdenden Maka. Und falls doch: Wenn sie ihn nicht umarmte, dann sollte es doch wenigstens eine andere tun.

Makas einzige Verbündete war Mikas Faulheit. Seine Faulheit ließ ihn im Sessel festkleben, legte ihn an einen Anker, beeinträchtigte seine Manövrierfähigkeit.

Wenn Mika nicht so faul gewesen wäre, dann wäre er längst weggelaufen.

Das Telefon klingelte. Maka liebte es, mit ihren Freundinnen am Telefon zu tratschen.

Sie beklagte sich über das Leben. Über Mika.

»Du hast keinen Grund zu klagen«, trösteten sie die Freundinnen. »Er wird dich nicht verlassen. Er ist ein anständiger Kerl.«

»Er macht mit anderen Frauen rum – und das soll anständig sein? Und wer ist dann unanständig?«

»Der, der einen verrät. Mika ist kein Verräter, so wie all die anderen. Schau dich doch mal um …«

Und tatsächlich. Niemand lebte mehr in der ersten Ehe. Alle waren schon mehrfach geschieden.

In letzter Zeit war das überhaupt in Mode gekommen: Die Männer um die vierzig verließen ihre Ehefrauen und heirateten Frauen, die so alt waren wie ihre Töchter.

In Amerika gibt es gute Gesetze: Solche Männer werden finanziell bis auf die Unterhosen ausgezogen. Willst du den Schürzenjäger spielen, dann wirst du zum armen Mann. Aber bei uns in Russland ändert sich nichts. Er verrät sie und geht einfach weiter.

»Und was für einen Sinn macht es, mit Mika zusammenzubleiben?«, fragte Maka.

»Er wird dich beerdigen«, trösteten sie die Freundinnen.

»Aber ist das nicht egal, wer einen beerdigt?«

»Nein, das ist nicht egal. Das ist das Allerwichtigste. Die Bilanz des Lebens.«

Maka beschloss, in Moskau zu übernachten, um nicht in den Rushhour-Stau zu geraten.

Diese Staus waren eine neue Erscheinung der letzten Jahre. Wovon zeugte das? Der Wohlstand der Werktätigen wuchs. Fast jede Familie hatte ein Auto. Oder auch zwei.

Maka sah in den Kühlschrank. Tiefgefrorene Pfannkuchen, Eier, drei Tomaten und drei Äpfel.

Maka erinnerte sich an die Piroggen, nahm sie aus der Tasche und legte sie in den Kühlschrank.

Drei Piroggen wärmte sie in der Mikrowelle auf. Sie brachte sie Mika.

Er fing an zu essen, mit gesenktem Kopf, die Stirn vorgestreckt. Wie ein Kind in einem Erziehungsheim sah er jetzt aus, wenn die Mutter am Elterntag zu Besuch kommt.

»Ich verstehe nicht, warum du nicht draußen vor der Stadt leben willst. Dort gibt es gute Luft. Eine Haushälterin. Du würdest dich wenigstens anständig ernähren. Du hättest eine malerische Umgebung zum Spazierengehen …«

»Ich habe hier meine Freunde.«

»Das heißt also, du hast deine Freunde, und ich kann pflügen und ackern wie Papa Carlo in Tolstois *Abenteuer des Burattino*?«

»Papa Carlo hatte kein Pferd, er hatte einen Hund«, entgegnete Mika und schaltete den Fernsehapparat ein.

Im Fernsehen liefen die Nachrichten. Mika interessierte sich für das aktuelle Zeitgeschehen. Ein Bein übers andere geschlagen, wohlgemerkt, die Lippen aufeinandergepresst. Und im Lande folgte eine Gaunerei auf die andere.

Maka stand auf und ging zur Nachbarin. Sie trug ihre Gereiztheit aus der Wohnung.

Die Nachbarin war Französischlehrerin, aber sie verdiente sich etwas dazu, indem sie Torten auf Bestellung buk. Sie schnitt gerade die Torten auf die gewünschte Form zu. Es gab Reste.

Sie tranken einen Tee und aßen die Kuchenreste auf. Die waren mit Schokoladenguss überzogen und mit Likör getränkt.

»Ein Gedicht!«, sagte Maka. Sie hatte zwei Wörter für alle Wechselfälle des Lebens parat: »Ein Gedicht!« und »Mistkerle!«. »Ein Gedicht« war das höchste Lob, »Mistkerle« passte für alle anderen Fälle.

»*Comment ça va?*«, fragte die Nachbarin.

»Ich will mich scheiden lassen«, zog Maka die Nachbarin ins Vertrauen.

»Von wem?«, fragte die Nachbarin verständnislos.

»Na, von meinem Mann.«

»Hat er eine Jüngere angeschleppt?«, fragte die Nachbarin. Sie hatte schon alles erraten.

»Nein, er hat niemanden angeschleppt.«

»Hast du einen Jüngeren gefunden?«

»Niemanden habe ich gefunden. Das fehlte gerade noch.«

»Ja, was ist denn dann los?«

»›Ein Jüngerer‹, ›eine Jüngere‹«, äffte Maka sie nach. »Was soll das denn? Zählen wir Alten denn gar nichts mehr?!«

»Doch, doch. Aber das mit der Scheidung hättest du dir

auch mal früher überlegen können«, meinte die Nachbarin.

»Früher? Ja, wann denn? Die Kinder waren noch klein. Sie brauchten einen Vater.«

»Und jetzt brauchen sie keinen mehr?«

»Doch, jetzt brauchen sie ihn auch noch«, gab Maka kleinlaut zu.

Die Töchter liebten den Vater und die Mutter jeweils auf eigene Art und Weise. Die Mutter liebten sie mit dem Verstand; sie gab ihnen viel praktische Hilfe und Unterstützung. Und den Vater liebten sie mit dem Herzen. Zwischen ihm und den Töchtern bestand diese naive Liebe, die nicht urteilt und die nur zwischen ganz nahen Menschen existiert.

»Blut ist dicker als Wasser«, sagte Maka gedankenverloren. »Bald werden Enkel geboren, die brauchen auch ihren Großvater.«

»Ich habe dich immer beneidet«, bekannte die Nachbarin. »Dein Mann ist gut aussehend, anständig, zurückhaltend. Solche gibt es heutzutage gar nicht mehr. Die muss man ins Rote Buch für Artenschutz eintragen.«

»Aber ich habe mich weiterentwickelt und er nicht.«

»Und wer hat deine Entwicklung unterstützt? Wer hat im Hinterland gearbeitet? An der Front gibt es glänzende Siege mit viel Getöse, aber das Hinterland bleibt im Schatten. Dein Mann ist eben ein bescheidener Mensch.«

Maka hatte genug Süßes gegessen. Der Magen drückte ihr schon aufs Zwerchfell.

»Na gut. Ich gehe jetzt wieder.« Maka stand auf.

»Einen Gruß an Michail Jewgenjewitsch«, sagte die Nachbarin.

»Was für ein Michail Jewgenjewitsch?«, fragte Maka zerstreut.

»Na, Mika ... Was für einen blöden Spitznamen ihr euch für so einen anständigen Mann ausgedacht habt.«

Maka kehrte in ihre Wohnung zurück.

Mika schaute die Spätnachrichten im Zweiten Programm. Ein Bein übers andere geschlagen. Oberlippe auf Unterlippe. Sein Gesicht sah aus, als wäre es ihm eingeschlafen und so erstarrt.

»Du könntest hier krepieren, und niemand würde es merken«, fing Maka wieder an.

»Irgendjemand würde es schon bemerken«, sagte Mika, ohne gekränkt zu sein.

»Aber trotzdem, wieso willst du nicht auf die Datscha ziehen?«

»Im Grunde willst du es doch auch nicht ...«

Maka war verstört. Auf der Datscha wäre wirklich einiges zu tun. Wenigstens auf den Wegen Unkraut jäten. Und er würde dasitzen, mit übereinandergeschlagenen Beinen ...

Im Fernsehen wurde gerade irgendeine Schlägerei gezeigt.

Vor den Fenstern brandete der Lärm der Stadt. Wenn man die Lüftungsklappe aufmachte, wurde der Lärm noch lauter. Und wenn man sie geschlossen ließ, war es stickig.

»Fahr mich raus auf die Datscha«, sagte Maka. Sie hatte es sich plötzlich anders überlegt, sie wollte nicht länger bleiben.

»Ich fahre jetzt nirgendwohin. Fahr selbst.«

»Aber ich habe Serjosha frei gegeben.«

»Na, dann nimm dir ein Taxi. Du hast doch Geld.«

»Aber das kann ich auch nicht selbst drucken. Ich muss hart dafür arbeiten«, entgegnete Maka bitter.

»Papa Carlo hatte dafür seinen Hund …«

Maka zog sich wütend an und ging.

Sie stand am Straßenrand und winkte. Sie würde sich ein Taxi schnappen. Oder besser gesagt jemanden anhalten, der schwarz als Taxifahrer arbeitete.

Die Passanten sahen eine schicke Dame in mittleren Jahren, mit erhobener Hand. Keine alte Frau, nein, eine Dame. Sie sah zehn Jahre jünger aus, als sie war, aber auch das war noch viel. Die Autos fuhren vorbei, so gleichgültig wie lebendige Wesen.

Und wieder hatte sich nichts verändert: Er war bei sich in der Stadt. Sie fuhr zu sich aufs Land. Er tat, was er wollte. Und sie tat, was sie wollte.

Eines frühen Morgens rief Shenja an, Mikas Schwester.

Shenja redete mit Bassstimme. Maka glaubte im ersten Moment immer, es wäre ein Mann am Apparat.

»Maka«, brummte Shenja. »Mika geht es schlecht. Er hat mich angerufen, um sich von mir zu verabschieden.«

»Was?!«, rief Maka entsetzt.

»Er hat gesagt, er habe kaum bis zur Toilette gehen können. Er sei an der Wand entlanggekrochen.«

Maka warf den Hörer hin.

Sie zog sich an, so schnell wie ein Feuerwehrmann, buchstäblich in ein paar Sekunden. Sie rief nicht einmal Serjosha an, sondern schnappte sich einen Schwarztaxifahrer von der Straße.

Mika lag auf seinem Bett, bleich, ja fast grün im Gesicht. Maka blieb an der Tür stehen.

»Was ist los?«, fragte Maka streng. »Du warst doch erst vor kurzem in einem Sanatorium…«

Mika schwieg. Er konnte kaum sprechen. Aber Maka musste unbedingt alles wissen, und so entlockte sie Mika Wort für Wort seine Leidensgeschichte.

Mika hatte beschlossen, mit seinen Freunden für eine Woche in ein Sanatorium zu fahren. Mika sollte in seinem Auto ein paar Leute mitnehmen. Vorne zwei, hinten zwei, wären zusammen vier. Die anderen drei würden mit Rudik Golowanows Auto kommen.

Sie würden eine Woche lang im Sanatorium ›Sosna‹ residieren und es sich gutgehen lassen.

Um sieben Uhr morgens wollten sie losfahren, um vor neun Uhr, rechtzeitig zum Frühstück, dort zu sein.

Mika wachte morgens um sechs auf, und Schüttelfrost kroch ihm die Wirbelsäule entlang.

Mika ließ sich nicht unterkriegen und steckte sich ein Fieberthermometer unter die Achsel. Es zeigte neununddreißig sieben, also fast vierzig Grad Fieber.

Was tun? Er hätte die Freunde anrufen und alles erklären können. Aber die saßen sicher schon auf ihren Koffern und schauten auf die Uhr. Und sie würden ihm nicht glauben. Sie würden denken, dass Mika einfach kneife, wegen der schwierigen Umstände. Hundertzwanzig Kilometer Fahrt bei schlechten Straßenverhältnissen, wer war da schon scharf drauf…

Mika lag da und starrte vor sich hin. Er dachte: ›Ich werde schon nicht dran sterben…‹, zog sich an und fuhr los.

Er hatte eine Lungenentzündung, aber das wusste er nicht.

Mika verbrachte eine Woche in diesem Kurheim und kam nicht einmal auf die Idee, einen Arzt zu Rate zu ziehen. Er ging nicht gern zu Ärzten. Er hasste es, wenn sie an ihm herumhantierten. Er glaubte nicht an die Schulmedizin.

So lag er einfach auf seinem Bett, glühte vor Fieber und wartete ab. Das war seine übliche Taktik: abwarten. Aber was am erstaunlichsten war: Auch seine Freunde kamen nicht auf die Idee, einen Arzt zu rufen. Sie tranken und diskutierten, starrten Frauen mit runden Hinterteilen nach und fanden sogar für Mika eine passende.

Dabei lag der im Bett und hob nicht mal den Kopf. Sein Organismus kämpfte mit der Krankheit, wie der legendäre Mziri in Lermontows Gedicht mit dem wilden Schneeleoparden. Wer gewinnen würde, war unklar.

Die Woche verging wie im Nebel. Alle kehrten nach Hause zurück. Die ganze Mannschaft. Und Mika saß wieder am Steuer.

Mika fuhr die drei Freunde einen nach dem anderen nach Hause, direkt bis vor die Haustür. Es wäre doch unangenehm gewesen, sie mitten in Moskau abzusetzen. Aber das hieß, dreimal kreuz und quer durch Moskau zu fahren, inklusive all der Verkehrsstaus.

Als er dann endlich heimkam, legte er sich ins Bett. »Unter den bastumwickelten Ästen der Hütte starb der arme Sklave, zu Füßen des unbesiegbaren Herrschers«, wie es in den altrussischen Schriften heißt.

Und der unbesiegbare Herrscher – das war die Freundschaft. Er war bereit, für die Freundschaft sein Leben zu opfern. Mika lag da und spürte, wie ihn sämtliche Kräfte verließen. Offenbar sagte sein Immunsystem: »Das war's dann.« Und es schaltete sich aus.

Mika lag da und bat jemanden – es war unklar, wen –, ihm einen leichten Tod zu schicken, er wollte sich am Ende seines Lebens nicht noch lange quälen.

Da erschien Maka in der Tür – entweder war das ein Alptraum oder die Rettung. Wahrscheinlich beides.

Maka war immer stark und aktiv gewesen, und Mika hatte vor ihr wegrennen wollen, sich in seiner Höhle verkriechen. Freundschaft ist auch eine Art Höhle.

»Wie konntest du nur mit Fieber Auto fahren?«, fragte Maka.

»Was hätte ich denn machen sollen?«

»Zu Hause bleiben und einen Arzt rufen.«

»Das konnte ich nicht.«

»Und wenn du unterwegs gestorben wärst?«

Mika zuckte die Achseln. Wenn er gestorben wäre, das wäre schon eine andere Sache gewesen.

»Und so was nennt sich Freunde … Die nutzen dich nur aus, und du freust dich noch darüber.«

Das war nicht wahr, aber Mika hatte keine Kraft zu widersprechen. Hier nutzte keiner den anderen aus. Er war froh, seinen Freunden dienen zu können, und umgekehrt war es genauso. Jeder legte ein Stück seiner Seele in die freundschaftlichen Beziehungen, und niemand rechnete nach, wer mehr oder weniger gegeben hatte.

»Und im Sanatorium, gab es denn da keinen Arzt?«, fragte Maka.

»Doch.«

»Und warum hast du ihn nicht gerufen?«

»Ich dachte, es geht auch so vorbei.«

Dann kam die ältere Tochter Lisa. Sie brachte ein Huhn, das sie auf dem Markt gekauft hatte. Maka und Lisa kochten zusammen eine Hühnerbrühe.

»Also, ist er nicht ein Esel?«, fragte Lisa. Sie meinte ihren Vater. »Sein Leben aufs Spiel zu setzen, für die Freundschaft.«

»Und wofür soll man es denn sonst aufs Spiel setzen?«, erwiderte Maka, während sie die Bouillon probierte. »Hm, das riecht gut nach Huhn.«

»Es ist ja auch Huhn und kein Habicht.«

»Und es riecht wenigstens noch so«, sagte Maka zustimmend. »Wir fressen ja heutzutage, was uns unterkommt. Diese Penizillinmutanten.«

»Wen meinst du jetzt?«, fragte Lisa. »Die Leute oder die Lebensmittel?«

»Die einen wie die anderen.«

Sie riefen bei einer privaten Poliklinik einen Arzt.

Es kam eine Sechzigjährige mit handgestricktem Jäckchen. Sie hieß Vera Nikolajewna. Maka beruhigte sich. Die Ärztin gehörte zu ihrer Generation. Und das bedeutete eine gute Ausbildung und eine gewissenhafte Einstellung zur Arbeit.

Vera Nikolajewna stellte schnell eine Lungenentzündung fest. Sie verschrieb Antibiotika, eine Pferdedosis. Aber offensichtlich war das notwendig. Sie ordnete auch Laboruntersuchungen an, die man hier zu Hause machen konnte. Morgen würde eine Krankenschwester aus dem Labor kommen.

Das Geld floss in Strömen. Makas Geld, versteht sich. Mika pflegte die Freundschaft, und Maka bezahlte die Zeche.

Vera Nikolajewna war gegangen, aber sie hatte ein Licht der Hoffnung hinterlassen.

Maka rief ihren Chauffeur Serjosha an und bat ihn, die Antibiotika in der Apotheke zu holen. Eine halbe Stunde später war Serjosha da.

Mika sah die Schachtel misstrauisch an.

»Wieso hast du einen Fahrer geschickt?«, fragte er.

»Wo ist denn da der Unterschied, ob ich oder Serjosha …«, sagte Maka erstaunt.

Mika antwortete nicht. Er vertraute nur Maka, und eine Medizin, die ein anderer gekauft hatte, kam ihm wie eine Fälschung vor. Maka war der Schutzwall, hinter dem er Hoffnung schöpfen konnte. Mit Maka würde er nicht sterben.

Mika nahm sofort zwei Tabletten. Es war eine heftige Dosis.

Sie gaben ihm, um sie herunterzuschlucken, Hühnerbouillon in einer Keramiktasse.

»Ein europäisches Antibiotikum«, sagte Lisa.

Mika trank in kleinen Schlucken. Jeder Schluck kam ihm heilsam vor.

»Papa, darf ich dich was fragen?«, begann Lisa zögernd.

Er machte große Augen und sah sie an. Früher waren diese Augen einmal dunkelblau gewesen, wie der Himmel in Sotschi am Schwarzen Meer. Jetzt waren sie grau wie der Himmel ganz im Norden in Vorkuta. Aber das war immer noch derselbe Mika, der dem amerikanischen Andrej Bolkonskij glich. Gealtert, in etwas desolatem Zustand, aber immer noch unverkennbar er.

›Ja, wirklich, wozu die Wohnung vermieten?‹, fiel es Maka plötzlich wieder ein. ›Das ist doch unser Zuhause. Hierher kommen wir gerannt, wie eine kleine Herde, scharen uns um ein schwaches Tier und retten es vor dem Tod.‹

Und was war Geld? Papier, das vor der Angst bewahrte. Man brauchte sich nicht zu fürchten. Aber Maka konnte das nicht. Sie hatte immer vor irgendetwas Angst. Wenn nicht vor dem einen, dann vor dem anderen.

Sie hatte Angst vor den Kommunisten: Sie könnten wiederkommen und alles wieder zerstören. Sie hatte Angst vor der Mafia: Sie könnten kommen und ihr alles wegnehmen. Sie hatte Angst zu sterben. Und sie hatte Angst, auf dieser Welt so lange zu leben, dass ihr Geld nicht mehr reichte.

Maka schaute Lisa an: Sie wartete auf ihre Frage.

»Wie kann man mit hohem Fieber diese Kerle in der Stadt herumfahren?«, fragte Lisa. »Sie müssen doch gesehen haben, dass du kaum noch geatmet hast.«

Mika überlegte. Er wollte keine Diskussion über seine Freunde. So wie Hunde nicht ihre Herrchen kritisieren.

Freundschaft, das war die Idee, der er diente. Seine fixe Idee. Aber besser eine falsche Idee als gar keine.

Maka blieb in der Wohnung. Sie beschloss, den kranken Mika zu umsorgen. Aber das gelang ihr nicht sonderlich gut.

Am Dienstag ging sie zu einer Bau-Ausstellung. Was es da nicht alles gab … Finnische Blockhäuser, kanadische Häuser aus sogenannten ›Sandwich‹-Paneelen. Die Frist für einen ausgeführten Auftrag betrug sechs Monate. Ein halbes Jahr, und das ganze Haus war fertig!

Was für Öfen! Was für Wandfarben... Das waren die reinsten Gärten der Semiramis.

Am Mittwoch war Maka bei einer Freundin zum Essen eingeladen, einer Schwedin. Dort servierte man ihnen ein interessantes Gericht aus dem sechzehnten Jahrhundert. Geräuchertes Fleisch mit Erbsenpüree. Klare Sache: Im sechzehnten Jahrhundert gab es noch keine Kühlschränke. Man salzte das Fleisch, räucherte es, um es für den Winter haltbar zu machen.

Bei der Schwedin waren interessante Menschen und weniger interessante. Zum Beispiel eine Politikerin. Sie setzte sich hin, machte den Mund auf und machte ihn vierzig Minuten lang nicht mehr zu.

Es gab nichts zu hören. Und auch nichts zu sehen. Sie zu unterbrechen war unmöglich. Man musste es einfach über sich ergehen lassen.

Am Donnerstag ging Maka ins Theater ›Sovremennik‹. Das Stück war gut. Es war schon merkwürdig: Das Land ging den Bach runter, aber die Kunst lebte.

Doch vielleicht ging das Land ja gar nicht den Bach runter. Es war jetzt viel interessanter zu leben, jedenfalls für Raubtiere wie Maka. Für Vegetarier wie Mika allerdings war es der reinste Dschungel. Sie konnten sich nur hinlegen und sterben. Die einzige Hoffnung war die Demokratie. Die Demokratie würde kommen, und dann wäre für alle Platz, für die Vegetarier wie für die Raubtiere.

Aber was war das, Demokratie? Wie aß man das?

Am Freitagmorgen sagte Mika: »Fahr zurück auf die Datscha.«

»Warum?«, fragte Maka verwundert.

»Weil du das Geschirr nicht spülst.«

Maka spülte das Geschirr tatsächlich nicht. Sie stellte alles ins Spülbecken. Sie war es gewohnt, dass das Spülen von ihrer Haushälterin erledigt wurde.

»Ich habe nicht die Kraft, hinter dir herzuräumen«, sagte Mika weiter. »Und im Dreck zu sitzen, habe ich auch keine Lust.«

Maka spürte, wie ihre Seele vor Freude hüpfte. Sie wollte auch auf die Datscha. Dort war die Arbeit. Dort gab es etwas zu tun. Ein Haus, das man übergeben musste.

Maka konnte nicht länger als drei Tage ohne Arbeit sein. Und drei Tage waren längst vorbei.

»Gut«, sagte Maka. »Ich koche dir noch einen Borschtsch, und dann fahre ich.«

»Nein!«, rief Mika entsetzt. »Du machst so viel Dreck, dass man gar keinen Borschtsch mehr will.«

»Was denn für Dreck?«

»Na, wenn du anfängst, Gemüse zu putzen, Rote Beete, Möhren, Kartoffeln, Zwiebeln – einen Riesenhaufen. Lieber nicht. Ich koche mir selbst einen.«

»Bist du dazu schon imstande?«

»Ja, ja. Ich fühle mich bereits besser.«

Die Antibiotika hatte er fast aufgebraucht. Mika war wieder zu Kräften gekommen. Er saß schon wieder mit der Zeitung im Sessel und wippte mit dem Pantoffel. Dieser wippende Pantoffel war der Garant für Stabilität.

»Na gut«, sagte Maka. Sie war schnell einverstanden. »Dann fahre ich zu mir. Wenn was ist, ruf an …«

Maka rief Serjosha an. Eine halbe Stunde später war er da.

Maka setzte sich auf den Rücksitz, den am wenigsten gefährlichen Platz. Serjosha war ein guter Chauffeur, aber die Straße war die Straße. Irgendein Idiot konnte in einen reinfahren.

Serjosha schaltete das Radio ein. Eine Männerstimme fing an zu singen. Es war sehr schön. Wer war das? Maka versuchte, sich zu erinnern. In letzter Zeit hatte sie Schwierigkeiten mit Namen, sie vergaß öfter, wer wie hieß. Das war wohl das Alter.

Der Unbekannte sang wie Orpheus.

Maka dachte an ihren Mann, den sie allein gelassen hatte. Aber er hatte es ja so gewollt. Und ihr passte es gut. Sie wollte ja auch fort.

Jeder lebte sein Leben, das Leben, das er liebte. In ihren Leben würde sich nichts ändern. Ja, es *durfte* sich nichts ändern.

Dieser Gedanke kam Maka zum ersten Mal in den Kopf: Es durfte sich nichts ändern, genau deshalb änderte sich nichts.

Mal angenommen, Mika wäre ein anderer: aktiv, zielstrebig. Dann wäre auch Maka eine andere. Warum sollte sie dann noch der Generalissimus sein. Sie würde sich entspannen und würde vor sich hinfließen wie ein Bach von weit her, aber wohin?

Ehepartner sind Büffel, die zusammen eine Fuhre ziehen, die Fuhre des Familienlebens. Wenn ein Büffel lahm ist, dann zieht der andere für zwei. Er spannt sich an, er trainiert seine Muskeln. Und nach einer gewissen Zeit ist das schon ein ganz anderer Büffel: stark, selbstsicher, furchtlos.

Maka hätte gern wie eine Kuh auf der Wiese geweidet und

dabei mit dem Glöckchen geklingelt. Aber das war einfach nichts für sie. Sie konnte nur so leben, wie sie lebte. Und dafür brauchte sie Mika, genau so, wie er war. Mit wippendem Pantoffel.

Der liebe Gott hatte dieses Paar nicht zufällig zusammengeführt: Mika und Maka. Der Schöpfer hatte die Karten lange gemischt, bis er diese zwei hervorgezogen und nebeneinandergelegt hatte.

Und irgendwann würden sie beide vor den Herrn treten. Er würde fragen: »Was habt ihr gemacht in eurem Leben?«

»Ich habe Geld verdient«, würde Maka dann sagen.

»Und ich habe Freundschaften gepflegt«, würde Mika sagen.

Und man konnte nicht wissen, an wem von ihnen beiden der Schöpfer mehr Gefallen finden würde. Das konnte man wirklich nicht wissen.

Das Auto bewegte sich langsam und zäh im Stau vorwärts.

Um sie herum waren andere graue Autorücken. Es sah aus, als ob eine Herde Nilpferde zum Wasserloch strebte.

›Wie entsetzlich …‹, dachte Maka.

Nach einer Stunde bog das Auto nach rechts in eine Siedlung ab, ins Grüne.

Dunkelgrüne Kiefern, weiße Birken, kristallklare Luft – ein Königreich. Was für ein Glück.

Es wurde langsam Winter. Es änderte sich nichts. Außer der Lufttemperatur. Nun musste man dem Beton eine spezielle Lösung beimischen, damit er stabil blieb.

Der Winter war trostlos. Nicht umsonst flogen die Vögel

in wärmere Gefilde. Was für ein glückliches Land war Kuba. Dort war immer Sommer, sogar im Januar. Und auch in Europa war es zehn Grad wärmer als in Russland. Nur Russland zitterte ein halbes Jahr vor Kälte.

Nicht umsonst wird hier so viel getrunken. Man wärmt sich, gibt dem Leben Farbe.

Mika starb am Anfang des Februars. Früh am Morgen. Ganz allein. Es stellte sich heraus, dass er ein krankes Herz gehabt hatte. Er hatte es nicht gewusst, da er nie zum Arzt gegangen war.

Es kamen viele Leute zu seiner Beerdigung. Es war buchstäblich eine Menschenmenge. Maka war aufgeregt: Würde der Bus, den sie bestellt hatte, für alle reichen?

Marja Iwanowna und Sarah Mojsejewna nahmen aus Taktgefühl nicht an dem Begräbnis teil. Vielleicht hatte es sie auch gar nie gegeben.

Die Wohnung war nun frei. Man hätte sie vermieten können. Aber Maka wollte keine fremden Leute in ihr Familiennest lassen.

Sie wollte überhaupt nichts mehr.

Schweinesieg

Sie hatte einen schönen, feierlichen Namen: Viktorija. Und einen Nachnamen, für den sie sich genierte: Schwein. Heraus kam: Viktorija Schwein – eine völlig idiotische Kombination, Schweinesieg sozusagen. Aber da war nichts zu machen, den Nachnamen bekam man von seinen Eltern angehängt wie das Aussehen. So wie er war, war er nun mal. Und man musste noch dankbar sein. Gar kein Name wäre noch schlimmer gewesen.

Viktorijas Aussehen hatte ebenfalls etwas leicht Schweinehaftes: helle Wimpern, rötliche Haare, rosige Haut, hellblaue Augen und zehn Kilo Übergewicht. Die schlanke Taille, das ausladende Hinterteil, die zarte Haut – sie war eine Kopie von Rembrandts Saskia. Der große Künstler hätte sich Viktorija sofort auf den Schoß gesetzt. Aber die Männer von heute hatten damit keine Eile. Die einzige Ausnahme waren die aserbaidschanischen Händler. Wenn Viktorija auf den Markt kam, sahen sie ihr mit großem Wohlgefallen hinterher und boten ihr kostenlos Früchte an. Aber Viktorija gefielen diese Männer nicht. Lieber gar keinen als so einen.

Viktorija war ledig. Sie arbeitete auf einer Geflügelfarm, weshalb sie nie Geflügel aß. Sie wusste zu gut, was hinter einem schön knusprig gebratenen Hähnchen stand. Sie kannte das versteckte Leben dieser Hühner, ihre Lieben, ihre Leiden und ihren Tod. Ein Huhn zu essen wäre ihr vorgekommen, als ob sie ihre eigenen Verwandten aufessen würde.

An Verwandtschaft hatte sie nur einen Großvater. Mutter und Vater lebten zwar noch, hatten aber jeder wieder eine neue Familie gegründet und neue Kinder bekommen. Vika existierte als Erinnerung an die Fehler der Jugend, und die wollten die Eltern gern vergessen.

Auch der Großvater hatte mal irgendwo gearbeitet und war wer gewesen. Jetzt war er pensioniert. Man sprach ihn mit »könntest du mal« an ... Könntest du mal ins Geschäft gehen und Mehl kaufen ... Oder: Könntest du mal in der Wohnung staubsaugen ... und so weiter.

Morgens vor dem Frühstück ging der Großvater spazieren, man hatte ihm gesagt, das sei gesund. Er stand auf und nahm sofort das Badezimmer in Beschlag, genau dann, wenn Vika zur Arbeit musste. Ihre Interessen prallten aufeinander, aber die Gerechtigkeit war auf Vikas Seite. Der Großvater konnte später zu seinen Spaziergängen aufbrechen, aber Vika durfte nicht zu spät zur Arbeit kommen. Ihr Arbeitstag fing zu einer bestimmten Zeit an, und man achtete peinlich genau auf Pünktlichkeit. Zwischen dem Großvater und Vika kam es zu Reibereien, und aus Rache versteckte Vika sein Gebiss. Der Großvater konnte es den ganzen Tag nicht finden und nahm nur flüssige Nahrung zu sich.

Er hatte seine eigene Logik: Er brauchte einen klaren Tagesablauf, wie ein Säugling. Diese Ordnung war ein Korsett, das Form und Inhalt zusammenhielt. Er war zwar alt, aber doch noch am Leben. Und innerhalb seines Lebens sollte alles seine feste Ordnung haben.

Vika verstand das nicht: Was änderte es, wenn der Großvater seinen Spaziergang um eine halbe Stunde verschob?
So stritten sie sich, aber nicht jeden Tag. Vielleicht zweimal
die Woche. In der übrigen Zeit kümmerte sich Vika um den
Großvater, sie kochte ihm abends etwas Leckeres und kaufte
für ihn Obst bei den Aserbaidschanern.

Neben dem Großvater gab es in Vikas Leben noch einen
Menschen, den sie liebte: den Fernsehmoderator Vlad Petrow. Vladimir, mit vollem Namen. Er hatte Finger mit ova-
len Nägeln, ein leidenschaftsloses Gesicht, Augen, die leicht
japanisch wirkten, und einen stillen, tief im Inneren verborgenen Humor. Ein unauffälliger Tschechowscher Humor.
Aber er war klug, er bemerkte und fühlte alles. Auch Viktorija spürte und fühlte alles. Oh, wie ihr solche Gesprächspartner fehlten, die alles verstanden.

Ihre Gesprächspartner waren die Küken aus dem Brut-
kasten. Und die Kolleginnen, die nur über materielle Dinge
sprachen.

Vika rief beim Fernsehen an, bekam seine Nummer heraus
und rief ihn an. Seine Mutter nahm den Hörer ab. Vika stellte
sich als begeisterte Zuschauerin vor, was der Wahrheit entsprach, und erzählte der Mutter, was für einen begabten Sohn
sie habe, klug und schön, was auch der Wahrheit entsprach.
Vika erzählte das gern, und die Mutter hörte das gern.

Die Mutter war nicht neugierig und fragte Vika nicht, wie
sie heiße, wo sie arbeite und wie alt sie sei. Trotzdem kam
es Vika so vor, als ob nun eine Verbindung hergestellt sei,
dass sie nun nicht einfach ins Blaue hinein liebe, sondern
direkt in sein Haus. Vladimirs ganzes Haus würde von ihrer
Liebe erfüllt sein.

Am Ende des Gesprächs sagte die Mutter einen merkwürdigen Satz: »Jeder hat halt sein Päckchen zu tragen.« Vika verstand nicht, was sie meinte. Denn was für Probleme konnten denn so kluge, wohlsituierte Leute haben. Probleme bekam man doch nur durch Dummheit, Armut und Benachteiligung.

Vika rief von Zeit zu Zeit an. Vladimirs Stimme erklang auf dem Anrufbeantworter und bat, nach dem Piepton eine Nachricht zu hinterlassen. Vika wartete das Signal ab und beeilte sich dann, wichtige Dinge zu sagen. Und manchmal sang sie einfach.

Dazu muss man wissen, dass sie eine Stimme wie ein Engel hatte – hoch und rein. Sie hatte nur deshalb keine Gesangsausbildung gemacht, weil sie sich wegen ihres Aussehens schämte. Eine Schlagersängerin musste Gesangstalent und Sexsymbol in einem sein. Die Männer sollten ihr zuhören und sie begehren. Und die Frauen ihr zuhören und ihr nacheifern. Doch wem käme es schon in den Sinn, eine Viktorija Schwein zu begehren oder ihr nacheifern zu wollen?

Vika sang nur für die Hühner und für ihre Freundinnen. Und für Vladimir Petrow auf den Anrufbeantworter.

Freundinnen hatte sie zwei: Varja und Vera. Beide arbeiteten als Befruchterinnen. Sie befruchteten die Hühner mit Hahnensperma. Mit routinierten Bewegungen packten sie die Hühner und führten die Spritze dort ein, wo sie hinmusste. Die Hühner fügten sich willig in die Prozedur, denn in ihrem Hühnerlagerleben kannten sie keine andere Liebe. So freuten sie sich auch über die Spritze. Außerdem ist der

Hahn – als Haremsherr – ja auch nur allein für die ganze Herde da. Und die Hühnerliebe in Freiheit unterscheidet sich wenig von der kurzen Prozedur mit der Spritze.

Vika brachte es nicht fertig, zu den Freundinnen in die Hühnerbaracke zu gehen. Sie ertrug den grauenhaften Gestank nicht. Unter welch unmenschlichen Bedingungen die Hühner auch gehalten wurden, so fraßen und kackten sie doch immer noch, und das hieß, es stank ganz fürchterlich. Vera und Varja hatten sich daran gewöhnt. Aber auch sie aßen kein Geflügel. Sie ekelten sich.

Viktorija arbeitete im Bruthaus, der ›Hühnergeburtsklinik‹. Dort herrschten Sauberkeit und Disziplin, wie in einem Atomkraftwerk. Alle Mitarbeiterinnen mussten die Schuhe wechseln und weiße Kittel überziehen.

Die Eier wurden, nach einem ganz bestimmten Plan, sanft warm gehalten, und eines Tages hackten sich dann aus ihnen die gelben Köpfchen heraus und besahen sich die Welt mit Äuglein wie kleinen Glasperlen.

Es gibt nichts Entzückenderes als Küken, junge Kätzchen, Ferkelchen und kleine Kinder. Die Kleinen und Schwachen haben nur einen Schutz – ihre Schönheit. Niemand käme es in den Sinn, einem Küken etwas Böses zu tun. Jeder möchte es beschützen.

Auf der Farm gab es auch ein *brain center*, wo hochqualifizierte Züchter arbeiteten. Sie versuchten, die qualitativ beste Rasse herauszuzüchten. Fast so wie Hitler, der die überlegenste Menschenrasse züchten wollte…

Hühner sind natürlich keine Menschen, aber auch sie brauchen einen hochwertigen Ursprung. Die hierfür verwendeten Zuchthühner wurden von lebenden Hähnen befruchtet. Dann nahm man die größten Eier weg und legte sie in spezielle Behälter. Die Küken wurden ausgebrütet und für harte Devisen nach Kanada verkauft. Die Kanadier bezahlten sagenhafte Preise. Dieses Geld reichte als Lohn für die ganze Belegschaft.

Man aß in der Kantine. Viktorija, Vera und Varja setzten sich an einen Tisch und tauschten Neuigkeiten aus.

Es gab wenig Neues, denn das Leben stagnierte. Die wichtigsten Dinge passieren ja bis fünfundzwanzig: Man fängt eine Ausbildung an, heiratet, bekommt Kinder. Aber Vika, Vera und Varja waren über dreißig. In diesem Alter hat man entweder schon alles oder auch überhaupt nichts. Und das für lange, wenn nicht für immer.

Varja war mit Gena verheiratet. Gena verdiente nichts, betrank sich stattdessen und rief in betrunkenem Zustand irgendwelche Frauen an.

»Wie kannst du mit dem bloß leben?«, wunderte sich Vika.

»Er liebt mich«, antwortete Varja.

»Wieso ruft er dann andere Frauen an?«

»Das macht er doch nur im Suff.«

»Und wie kannst du das ertragen?«

»Ich liebe ihn eben«, erklärte Varja.

Vika war es völlig unverständlich, wie man einen Nichtsnutz und Säufer lieben konnte. Lieben konnte man einzig Vladimir Petrow, der schön war und klug.

Die zweite Freundin, Vera, hatte ihre Kinder ohne Mann zur Welt gebracht. Eigentlich hatte sie ja nur ein Kind gewollt, aber dann waren es Zwillinge geworden. Zwei Mädchen, die zu früh zur Welt gekommen waren und dann in Watte gepackt dagelegen hatten wie zwei unreife Tomaten. Dabei hatten sie ständig geschrien und gekackt, genau wie die Hühner.

Vera war bis über beide Ohren verliebt in ihre kleinen Mädchen und begrüßte jeden Pups von ihnen mit Entzücken. Und reden konnte sie immer nur über dieses eine Thema. Vika hörte aus Höflichkeit zu, ohne sie zu unterbrechen. Aber das Los ihrer Freundinnen rief in ihr nur mitleidiges Unverständnis hervor: Wie konnte man bloß *so* leben?

Doch Vika ihrerseits tat ihren Freundinnen leid, und sie rieten ihr: Bring ein Kind zur Welt, auch ohne Mann. Dann hat doch wenigstens alles einen Sinn…

Vika jedoch fühlte sich als reicher Mensch, als Hüterin einer großen Liebe. Und auch wenn diese Liebe keinen konkreten Ausdruck fand – sie existierte immerhin, erfüllte ihr Leben mit Sinn, half Vladimir Petrow, wie einem Menschen ein Gebet hilft.

Von Zeit zu Zeit kam ein Landstreicher mit dem schönen Namen Chmelnitzkij, was so viel heißt wie ›der Berauschte‹, auf die Geflügelfarm. Kommen war nicht ganz exakt. Schlich sich rein, wäre genauer gewesen. Durch das Haupttor ließ man ihn nicht. Deshalb kroch er durch das Loch, das irgendjemand in die Betonmauer gebrochen hatte, die die Farm umschloss. Chmelnitzkij hockte sich hin und passte Vika ab.

Vika war rundlich und kam ihm in ihrem weißen Kittel weniger aggressiv vor als die dünneren, bösen Weiber. Die stürzten sich immer auf ihn, kläfften wie die Hunde und vertrieben ihn. Vika dagegen blieb bei ihm stehen, sah in sein aufgedunsenes Gesicht und fragte: »Was willst du?«

»Geflügelfleisch«, antwortete Chmelnitzkij.

»Dann geh und kauf es dir. Im Geschäft ist Geflügelhaschee billig.«

»Ich habe kein Geld.«

»Aber ich kann nicht stehlen«, erklärte Vika.

»Dann gib mir halt die Köpfe und die Füße. Ich koche sie mir aus.«

Vika stand da und überlegte.

»Wenn es dir um die Hühnerköpfe leidtut, dann gib mir was anderes, wenigstens Hühnerfutter.«

Vika seufzte und brachte ihm eine Tüte mit Hühnerinnereien heraus. Das war ein königliches Geschenk.

»Danke«, sagte der Landstreicher knapp und verschwand schleunigst. Er fürchtete, Vika könnte es sich auf einmal anders überlegen und ihm alles wieder wegnehmen. Er hatte in seinem Leben schon alles Mögliche gesehen.

Das nächste Mal tauchte der Landstreicher erst drei Monate später wieder auf. Schließlich war er ein taktvoller Mensch. Und er bat auch um nichts, stand bloß da und beobachtete alles.

Im Hof verbrannte man Abfall, ein Feuer knisterte. Die Freundinnen Vera und Varja saßen auf alten Kisten davor, und Vika sang. Und *wie* sie sang! Als seien ein paar Engel vom Himmel geschwebt und sängen jetzt zusammen mit einer einzigen Stimme.

»Dein Freund ist wieder da«, sagte Varja.

Vera sah sich um und fing an zu lachen. Aber Vika lachte nicht. Sie dachte nur: ›Wer zuletzt lacht, lacht am besten …‹

»A-ach, unsere Trennung ertrag ich nicht länger… Deine innige Zärtlichkeit ersehne ich, vor Glück ersterbe ich…«

Das war über sie und Vladimir Petrow. Sie sang für ihn und für sich. Und die anderen konnten zuhören, wenn sie wollten…

Plötzlich kursierte auf der Geflügelfarm das Gerücht, dass der berühmte Fernsehmann Vladimir Petrow die junge Schauspielerin Sascha Konowalowa heiraten würde. Sie hatte die Hauptrolle in einer Fernsehserie bekommen, und das ganze Land war vernarrt in sie, inklusive Vlad Petrow.

Ihr Foto war im Magazin *Sieben Tage* abgebildet. Varja hatte die Zeitschrift mit auf die Arbeit gebracht, und alle Mädchen und Frauen sahen sie sich voller Neugier an. Sogar die Hühner verdrehten ihre runden Augen in Richtung der grellbunten Bilder. Und Vika sah ebenfalls hin, mit unberührtem Gesichtsausdruck: Was, bitte, ging sie das an?

In der Schlachtabteilung spritzten die Hühner mit Kot um sich, bevor sie diese Welt verließen. Hirne kleiner als ein Fingerhut, und doch ahnten sie etwas.

Vika fühlte sich genauso, aber sie zeigte es nicht. Doch sie merkte sich, dass die Hochzeit am siebten September, um sieben Uhr abends, im Restaurant Goldener Drache gefeiert werden sollte. Das Paar hatte die Ziffer sieben mit Absicht ausgewählt, denn Gott hat die Welt in sieben Tagen erschaffen. Und auch sie wollten sich nun ihre Welt erschaffen.

»Die Glücklichen«, seufzte Varja. »Wenn du dir vorstellst, was die für ein Leben haben… Im Winter ans Rote Meer, im Sommer ans Schwarze…«

»Er wird sich betrinken und fremde Frauen anrufen«, kommentierte Vera.

»Na und? Dafür verdient er in einer Stunde so viel wie du in einem Jahr.«

»Die Reichen weinen auch«, bemerkte Vera philosophisch.

Vika schwieg. Vladimir würde heiraten. Aber er starb schließlich nicht. Er würde am Leben bleiben, und sie konnte ihn aus der Ferne weiterhin lieben. Sie konnte sich beispielsweise sagen, dass Vladimir auf eine lange Dienstreise gegangen war. Irgendwohin nach Afrika, oder auf die Weltraumstation ›Mir‹.

Der siebte September kam. Es war ein Samstag. Vika zog sich schön an und fuhr zum Restaurant Goldener Drache. Nicht zur Hochzeitsfeier natürlich. Niemand hatte sie eingeladen. Nur, um alles von draußen zu sehen.

Das Restaurant stand an einer Kreuzung, chinesische Lampions hingen auf die Gehsteige beider Straßen hinaus.

Um die fünfzig Autos kamen angefahren, meist ausländische Marken, Luxusjeeps und BMWs.

Ein Lincoln fuhr vor, ein langes schwarzes Auto. Aus dem Lincoln stiegen die Braut und der Bräutigam. Die Braut war das genaue Gegenteil von Viktorija: schwarzhaarig, schlank und groß. Der Bräutigam war ganz in Schwarz und Weiß gekleidet. Die nach hinten gekämmten Haare glänzten vor Gel. Sein Gesicht war bleich, und die glühenden Augen schienen den Rest seines Gesichts in den Hintergrund zu drängen. Mein Gott, wie war er grausam schön … Ein Gesichtsausdruck wie bei Giordano Bruno, der ins

Feuer geht. Fragt sich nur, ob ins Feuer des Glücks oder ins Fegefeuer.

Vika schaute sich die Augen aus dem Kopf. Am liebsten wäre sie nach vorn gestürzt, hätte ihn gepackt, ins Auto gestoßen und wäre mit ihm davongebraust. Wohin? Egal wohin. Notfalls zum Großvater. Sie hätte sich vor Vladimir auf den Boden gesetzt und ihm zugehört. Er würde ihr alles erzählen, und sie würde zuhören und weinen. Und dann würde sie ihm ihre Jungfräulichkeit opfern, würde ihm ihre ganze Gegenwart und Zukunft schenken...

Deine innige Zärtlichkeit ersehne ich... Vor Glück ersterbe ich...

Braut und Bräutigam gingen zum Restaurant. Ein junger Chinese kam ihnen entgegen – es war der Restaurantbesitzer Petja.

Petja geleitete die Stars ins Innere des Restaurants. Sie entschwanden Vikas Blicken. Schluss, aus. Weiter dazusitzen war sinnlos.

Vika erhob sich von der Bank. Sie ging in eine Telefonzelle und wählte die 02.

Als sich die Polizei am anderen Ende meldete, sagte sie mit klarer Stimme: »Im Restaurant Goldener Drache ist eine Bombe versteckt.«

»Wer spricht da?«, fragte der diensthabende Polizist schnell.

»Es spricht eine, die es wissen muss«, antwortete Vika wieder mit klarer Stimme. Und legte auf.

Sie ging wieder zu ihrer Bank, denn sie war neugierig zu sehen, wie sich die Dinge weiterentwickeln würden.

Was wollte sie eigentlich? Was hatte sie damit erreicht?

Sie wollte die Hochzeit platzen lassen. Und wenn sie sie schon nicht platzen lassen konnte, dann wollte sie sie wenigstens verderben. Warum? Weil man ihr einen Traum und den Sinn ihres Lebens weggenommen hatte. Und sie konnte nichts dagegen tun, konnte nur mit Kot um sich spritzen, wie ein Huhn vor der Schlachtbank.

Eine Polizeibrigade mit Hunden kam angerast. Alles bewegte sich, wie wenn ein Film zu schnell abgespult wird.

Die Polizisten verteilten sich schnell über die ganze Kreuzung. Petja kam herausgesprungen und winkte. Höflich, aber bestimmt, setzten ihm die Polizisten etwas auseinander.

Viktorija verspürte Hunger. Sie ging in die nächste Bäckerei, kaufte sich ein Brötchen und kehrte auf ihren Beobachtungsposten zurück. Sie kaute und wartete.

Im Sturmschritt kamen Braut und Bräutigam aus dem Restaurant. Sie stritten sich. Drei Schritte von Vika entfernt blieben sie stehen.

»Was ist? Hast du Angst?«, fragte Vladimir.

»Natürlich«, antwortete Sascha Konowalowa. »Angst um sein Leben ist die normale Reaktion eines gesunden Menschen.«

»Und was ist mit der Hochzeit?«, fragte Vlad fassungslos.

»Ein andermal.«

»Und die Tische schmücken, und all die anderen Vorbereitungen, auch ein andermal?«

»Wenn ich zwischen Peking-Ente und meinem Leben wählen muss, dann wähle ich das Letztere.«

»Weil du auf mein Geld und auf meine Anstrengungen spuckst.«

»Bitte doch die Kellner, das Essen einzupacken, dann kannst du es mit nach Hause nehmen. Bring es deiner schwachsinnigen Mama und deiner schwachsinnigen Tochter.«

Vladimir schwieg einen Moment, dann sagte er ruhig: »Darauf habe ich nur gewartet, dass das einmal kommt… Die Kranken und Schwachen hassen, nur aus dem Grund, dass sie krank und schwach sind – weißt du, wie man das nennt?«

»Natürliche Auslese…«

»Das nennt man Faschismus«, erklärte Vladimir. »In Japan führte man die Alten auf den Berg Narayama, um sie an die Vögel zu verfüttern. In Sparta warf man die kranken Kinder von den Klippen, damit sie keinen Platz auf der Erde einnahmen. Die Faschisten wollten den Planeten von Menschen zweiter Klasse säubern. Wenn es nach euch ginge, dürften nur Junge, Starke und Schöne leben. Und alle anderen – in den Abgrund oder auf den Narayama. Dir sind alle scheißegal, du denkst nur an dich. Und weißt du, warum? Weil du wenig Bücher gelesen hast. Oder überhaupt nichts gelesen hast. Faschismus – das ist vor allem geistige Beschränktheit, Kulturlosigkeit plus seelische Unterentwicklung.«

»Wieso willst du mich dann heiraten?«, fragte Sascha.

»Will ich schon gar nicht mehr. Herr Wachtmeister!« Vladimir ging eilig auf einen der Polizisten zu. »Wenn Sie den Terroristen finden, der die Bombe gelegt hat, dann sagen sie ihm, er soll mich anrufen. Ich gebe ihm eine Belohnung.«

Sascha Konowalowa drehte sich um und ging davon. Sie setzte sich in irgendein Auto. Der Wagen startete röhrend, und schon war er um die Ecke verschwunden.

Vladimir setzte sich auf die Bank neben Vika. Er starrte vor sich hin. Dann wandte er sich um und betrachtete plötzlich Vika. Sie lächelte verwirrt, mit vollem Mund.

»Wollen Sie was essen?« fragte Vladimir unvermittelt.

Vika schwieg einen Moment.

»Kommen Sie, gehen wir …«

Vladimir stand von der Bank auf und wartete, dass Vika sich auch erhob.

Viktorija hatte zwar die Feierlichkeiten verderben wollen, aber natürlich nicht in diesem Ausmaß. Und nun hatten sich die Ereignisse überstürzt, wie bei einem Erdbeben. Gerade noch hatte alles gestanden – und jetzt waren bloß noch Ruinen zu sehen.

»Na, kommen Sie, kommen Sie«, drängte Vladimir sie.

Vika stand auf, und sie gingen zusammen zum Restaurant Goldener Drache. Ein Polizist stellte sich ihnen in den Weg.

»Hauptmann Rogoschin«, stellte er sich vor und salutierte. »Sie können nicht in das Restaurant. Dort ist eine Bombe.«

»Wir essen schnell und gehen wieder«, versprach Vladimir.

»Sie müssen warten. Da ist eine Bombe«, insistierte der Hauptmann.

»Nein, da ist keine Bombe«, sagte Vika.

»Das muss man überprüfen. Unsere Hunde sind speziell auf Sprengsätze trainiert.«

»Aber da gibt es gar keinen Sprengsatz«, sagte Viktorija.

»Woher wollen Sie das wissen?«

»Weil ich es war, die angerufen hat.«

Vladimir Petrow drehte sich um und stellte sich ihr gegenüber.

»Dann muss ich Sie verhaften«, sagte der Hauptmann streng.

»Bitte schön«, sagte Vika bereitwillig. »Ich verschwinde ja nirgendwohin.«

Rogoschin sagte etwas in sein Funksprechgerät. Ein älterer Leutnant kam herbei.

»Und warum haben Sie das getan?«, fragte Vladimir und starrte Vika an, während er allmählich zu sich kam.

»Ach, das ist eine lange Geschichte«, sagte Vika ausweichend.

»Dann sagen Sie's kurz. In zwei Worten.«

»In drei: Ich liebe Sie.«

»Sind Sie ein Fan von mir?«, fragte Vladimir.

Viktorija wusste nicht, was das Wort bedeutete. Vielleicht kam es von dem Wort ›Fanatiker‹. Und Fanatismus, worin auch immer er sich äußerte, war stets eine Beschränktheit. Vika erriet, dass ein Fan zu sein nicht besonders ehrenvoll war. Diese Fans tanzten wie die Idioten um ihr Idol herum, kreischten vor Entzücken, wenn sie das Glück hatten, einen Fetzen von seinem Hemd oder seiner Hose zu ergattern. Und dann küssten sie dieses Stoffstück und beteten es an.

Vika liebte still, im Verborgenen und heilig. Wie es in einem Gedicht heißt: »Ihre Seele öffnete sich, wie eine Blüte in der Morgenröte, unter Zephyrs Atem…«

Hauptmann Rogoschin und der ältere Leutnant redeten leise miteinander.

»Herr Leutnant, Herr Hauptmann, ich lade Sie zu einem Festessen ein«, sagte Vladimir Petrow feierlich. »Bringen Sie auch Ihre Kollegen mit, und auf geht's zu Tisch. Wir wollen doch das feine Essen nicht verderben lassen. Nicht wahr, Petja?«

Der Chef des Restaurants nickte leicht. Dann sagte er eilfertig: »Es sein sehr gutes Menü. Ausgezeichnetes Koch. Aus China. Echte chinesische Küche.«

»Na, was ist, Herr Hauptmann?«, fragte der Leutnant. »Essen wir schnell einen Happen, und dann ab nach Hause! Fehlalarm.«

Der Hauptmann schwieg. Sein Adamsapfel hüpfte rauf und runter.

Nun saß die ganze Polizeimannschaft an der Tafel. Schweigend und andächtig aßen sie – echte chinesische Küche.

Vika und Vladimir saßen nebeneinander. Vladimir sah ins Weite, und Vika genoss die Speisen. Das Essen war ihr ganz fremd, und sie konnte nicht einmal sagen, ob es ihr schmeckte oder nicht. Es war, als hätte man sie aus einer benachbarten Galaxie auf diesen ihr fremden Planeten geholt.

Ein georgischer Polizist wandte sich an den Hauptmann.

»Herr Hauptmann, ohne *Tamada* geht es aber nicht. Sonst ist es ein unorganisiertes Besäufnis.«

»Na gut. Dann sei unser *Tamada*.«

Der Georgier stand auf und schlug mit der Gabel ans Glas.

»Der erste Toast. Auf unseren Allerhöchsten…«, ließ sich der *Tamada* vernehmen, der Vorsitzende des Festmahls, der die Toasts ausspricht und auf dessen Kommando getrunken wird.

»Auf Putin, oder was?«

»Na, wer ist Putin? Ein Sklave Gottes. Auf unseren Herrgott, den großen Schöpfer…«

Die Polizeibrigade trank in aller Freundschaft und aß mit Vergnügen. Vladimir Petrow goß Wodka in ein Champagnerglas und trank es in einem Zug leer.

Schweigen trat ein. Mitten in dem Schweigen war das Klopfen einer Gabel zu hören.

»Der nächste Toast – ist auf Georgij, den Sieger!«, verkündete der *Tamada*.

»Und wer ist das?«, fragte der Leutnant, der Djomin hieß.

»Das ist unser Nationalheiliger«, erklärte der Georgier.

»Und unserer?«

»Eurer? Keine Ahnung. Das müsst ihr doch wissen.«

»Trinken wir auf alle«, ordnete Hauptmann Rogoschin an. »Zuerst auf euren Nationalheiligen, dann auf unseren, dann auf ihren«, sagte er, indem er sich zu dem Chinesen Petja umwandte. »Und wer ist eurer? Buddha?«

Petja verstand nicht ganz, worum es ging, und versicherte eilig: »Echtes chinesisches Koch. Wir bezahlen zweitausend im Monat. Qualifizierter Mann. Man muss gut bezahlen. Konkurrenz groß.«

Die Kellner stellten Peking-Ente auf den Tisch. Die Enten sahen wunderbar aus: goldbraun gebraten in einer dunklen, süßsauren Soße.

»Haben wirklich Sie angerufen?«, fragte Vladimir leise.

»Ja… wirklich«, sagte Vika und nickte leicht dazu wie der Chinese.

»Und wozu?«

Vika überlegte, wie sie das mit einem Wort sagen sollte. Dann fand sie das Wort.

»Eifersucht…«

»Was hat Eifersucht damit zu tun?«, fragte Vladimir verständnislos.

»Ich liebe Sie schon lange. Seit ich in die achte Klasse ging…«

»Na, so was…« Vladimir schüttelte den Kopf. »Sie hätten zuerst mich fragen müssen und dann die Polizei anrufen. Wenn man jemanden liebt, dann muss man sich für seine Interessen einsetzen, nicht für die eigenen.«

»Sie passt nicht zu Ihnen«, sagte Vika mit fester Stimme.

»Ich weiß«, gab Vladimir zu. »Aber wir lieben oft nicht die, die uns gefallen. Sie gefallen mir. Sie sind lustig. Aber ich liebe Sie nicht. Verstehen Sie?«

»Nicht ganz.« Vika verstand das wirklich nicht: Wie konnte man jemanden lieben, der einem nicht gefiel?

»Sehr schade«, sagte Vladimir. »Aber im Übrigen auch egal.«

»Trinken wir auf die junge Generation!«, ließ sich der *Tamada* vernehmen und hob das Glas in Richtung von Vika und Vlad.

»Na, und wo sind denn hier junge Leute?«, hielt ihn Rogoschin auf.

Der *Tamada* begriff, dass er sich geirrt hatte, wand sich aber schnell heraus.

»Hier sind alle jung! Und alle werden irgendwann einmal eine Familie und Kinder haben. Ihr Jungen, alle aufstehen!«

Die ganze Polizeibrigade erhob sich, ein Glas mit Wodka oder Wein in der Hand. Das fröhliche Gelage nahm seinen Lauf.

Der Chef des Restaurants verhandelte mit dem Hauptmann über irgendetwas. Es schien, als wechsle das Restaurant ›das Dach‹, wie man das nannte. Der bezahlte Schutz der Polizei gefiel Petja offenbar besser als der einer einfachen Gangsterbande. Von den Gangstern wusste man nie, was man zu erwarten hatte. Die Polizei handelte maßvoll, den Umständen entsprechend. Sie hatte auch die Interessen des Unternehmers im Blick. Und die Gangster hatten gar nichts im Blick außer ihrem eigenen Geld.

Vladimir Petrow spielte auf dem Klavier. Er spielte erstaunlich gut. Und Vika sang. Ohne Worte. Nur die Melodie. Ihre Stimme erklang wie geradewegs vom Himmel. Und in diesem Moment war sie schön: die zarte Haut, die blitzenden Augen. Die jungen Milizionäre lauschten und träumten. Der Wodka machte sie empfindsamer. In manchen Augen standen Tränen.

Leutnant Djomin ging zum Hauptmann und sagte: »Die können wir doch nicht verhaften. Wir schreiben einfach ›Fehlalarm‹ in den Bericht, und fertig.«

»Und wieso hat sie angerufen?«, fragte der Hauptmann.

»Um die Hochzeit zu verhindern«, erriet der Leutnant.

»Und wieso das?«

»Sie wird schon einen Grund gehabt haben …«

Der Hauptmann betrachtete die singende Vika. Offenbar verglich er sie mit seiner Verlobten.

»Schöne gibt es viele«, sagte er dann. »Aber so eine gibt es nur einmal.«

Vlad spielte zu Ende. Er nahm die Hände von den Tasten.

»Wie heißt du überhaupt?«, fragte er, nun zum Du übergehend.

»Viktorija.«

»Und der Nachname?«

»Schwein«, gestand Vika.

»Das geht nicht. Man braucht einen neutralen Namen, vielleicht irgendeine Naturgewalt.«

»Feuer«, schlug ein junger Polizist vor. »Feuerschein.«

»Gibt's schon, das ist eine Literaturkritikerin«, bemerkte der *Tamada*. Er stellte sich als sehr gebildet heraus, wie so oft bei den Georgiern aus besseren Familien.

»Wasser. Wie wär's mit Wassermann«, sagte ein anderer Milizionär.

»Eine Viktorija Wassermann gibt's auch schon.«

»Stein. Steiner«, mischte sich der Leutnant ein.

»Eine Viktorija Steiner gab es auch schon mal«, winkte Vlad ab.

»Wind«, schlug der Hauptmann vor.

»Ja, vielleicht Wind. Oder Bach. Ihre Stimme klingt wie ein Frühlingsbach. Es passt auch zum Vornamen, Viktorija Bach, klingt wunderbar«, sagte Vlad billigend.

Der Wirt stellte dienstbeflissen Musik an. Echte chinesische Musik. Vlad erhob sich vom Klavier und forderte Vika zum Tanz auf.

»Und jetzt alle tanzen!«, kommandierte der *Tamada*.

Die Polizeibrigade bildete augenblicklich einen Kreis. Sie legten einander die Hände auf die Schultern und bewegten die Beine, wie bei einem griechischen Sirtaki. Für sie war das alles das Gleiche, Griechenland oder China.

Vlad blieb stehen, um Atem zu schöpfen. Vika und er standen in der Mitte des Kreises und sahen einander an.

»Wo arbeitest du?«, fragte Vlad.

»Auf einer Geflügelfarm.«

»Und für wen singst du da? Für die Hühner?«

»Für die Küken.«

»Wirklich?«, fragte Vlad ungläubig.

»Natürlich. Was ist denn daran Besonderes?«

»Irgendwelche Schlagersternchen ohne Stimme singen für das ganze Land, und eine Montserrat Caballé singt für die Hühner.«

»Für die Küken«, korrigierte Vika.

»Na gut… Was für eine verrückte Welt. Verrücktes Land. Und ich bin auch verrückt.«

Vlad nahm seinen Tanz wieder auf, bewegte sich zu der chinesischen Fünftonmusik. Er streckte die Arme nach Vika aus. Und Vika schwebte in diese Arme, mit jeder Zelle ihres Körpers. Das war das Glück. Seine Energie spüren, seinen Geruch. Sehen, hören, fühlen, einatmen… Danach konnte man sterben.

Die Polizeibrigade tanzte in Reih und Glied, als ob sie das Ganze lange eingeübt hätte.

Die Küchengehilfen drängten in den Saal und blieben zuerst gebannt stehen. Dann hielten sie es nicht länger aus und bildeten ihren eigenen Kreis. Und im Mittelpunkt des neuen Kreises tanzte der chinesische Koch in schwarzer Hose und weißer Schürze und Kochmütze.

Zwei Kreise drehten sich nebeneinander, dann ineinander. Das reinste Moissejew-Ensemble ...

Der Koch und Vlad legten die Arme aufeinander wie zu einem Bänkchen. Vika setzte sich darauf, wobei sie jedem einen Arm um den Hals legte. Ihre offenen rotblonden Haare flogen nach hinten.

Da erschien Sascha Konowalowa in der Tür.

Vor ihren Augen stand eine abgegraste Hochzeitstafel voller Essens- und Getränkereste. Und ihr Bräutigam, der auf seinen Armen einen jungen ausladenden Hintern trug.

Die Frau, die bis vor kurzem noch die Braut gewesen war, stand da und blähte die Nüstern. Die Musik verstummte.

Vladimir Petrow ließ die Arme sinken, Vika konnte gerade noch rechtzeitig die Füße unter sich bekommen, sonst wäre sie aus einem Meter Höhe heruntergestürzt.

Eine ungemütliche Pause entstand. Die Braut war im Begriff, etwas zu sagen, aber dann überlegte sie es sich anders und lief hinaus.

Vladimir Petrow wollte stehen bleiben, brachte es dann aber doch nicht fertig, lief ihr hinterher und brummelte: »Ich kann dir alles erklären ...«

Sascha setzte sich ins Auto und brauste los, der Auspuff röhrte verärgert.

Vladimir blieb stehen.

Vika kam mitfühlend angelaufen.

»Vlad ... Wowa ...«, sagte sie zärtlich. Sie wusste nicht, was sie noch sagen sollte, und schwieg.

Vladimir wandte sich zu ihr um. Schon lange hatte ihn niemand mehr Wowa gerufen. So hatte ihn nur seine Mutter genannt, als er vor langer, langer Zeit ein Kind gewesen war.

»Wenn Sie wollen, rede ich mit ihr,« schlug Vika vor. »Ich sage ihr, dass ich an allem schuld bin. Und dass Sie gar nichts damit zu tun haben…«

Vladimir zog sein Handy hervor und wählte eilig Saschas Nummer. Dann übergab er es an Vika.

»Ja,« meldete sich Sascha schroff.

»Guten Tag… ich bin es. Vika…«, versuchte Viktorija verstört eine Erklärung. »Wir müssen miteinander reden.«

»Was für eine Vika? Worüber sollen wir reden?«

»Über Ihren Bräutigam.«

Sascha schwieg misstrauisch, und Vika wusste nicht, ob sie ihr überhaupt noch zuhörte. Aber das war ihr auch schon egal. Sie sprach einfach ins Leere.

»Sie sind schön. Sie können an jedem Finger einen Bräutigam haben. Was macht es für Sie für einen Unterschied, ob der oder ein anderer. Und ich habe nur ihn. Verstehen Sie? Ich liebe ihn seit der achten Klasse. Er ist für mich der Erste und der Letzte. Und der Einzige.«

Sascha Konowalowa unterbrach die Verbindung. Nur das Besetztzeichen war noch zu hören.

Vladimir Petrow sah Vika völlig perplex an.

»Sind Sie verrückt?«, fragte er.

»Nein. Ich bin ganz normal. Nur mein Schicksal zerbricht gerade in tausend Splitter. Genau jetzt. In dieser Minute. Schreien Sie mich nicht an, bitte.«

»Ich schreie ja gar nicht. Aber mein Schicksal geht auch

grade den Bach runter. Woher nehmen Sie das Recht, sich in mein Leben einzumischen …«

Er drehte sich um und ging davon.

»Wowa«, rief Viktorija verzweifelt.

»Zwei Dinge …« Vladimir Petrow blieb einen Moment lang stehen und streckte zwei Finger hoch. »Erstens, ich will Sie nicht mehr sehen, zweitens, ich will Sie nicht mehr hören. Und ob Sie verrückt sind oder nicht, ist mir völlig egal.«

Vladimir ging weg. Vika begann zu weinen.

Da kam Hauptmann Rogoschin auf sie zu und salutierte. »Erlauben Sie, dass wir Sie mit unserem Auto nach Hause fahren. Und der Herr Bräutigam tut Ihnen unrecht. Aber verhaften können wir ihn dafür nicht.«

Vika lag auf dem Sofa. Der Großvater sah sich im Fernsehen eine mexikanische Serie an. So lief das schon den fünften Tag. Vika ging nicht zur Arbeit. Sie war zutiefst deprimiert. Der Großvater konnte morgens ungehindert ins Bad und unternahm pünktlich seine Morgenspaziergänge.

Er sah, dass seine Enkelin etwas bedrückte. Vika aß nichts und sprach nicht. Aber er ließ sie in Ruhe. Er wartete, bis sie von selbst mit der Sprache herausrücken würde.

Es klingelte an der Tür.

»Geh aufmachen«, sagte der Großvater.

Vika rührte sich nicht.

Ächzend erhob sich der Großvater aus dem Sessel. Alle Knochen taten ihm weh, die Gelenke mussten wohl auch langsam eingerostet sein.

Der Großvater öffnete. Vera und Varja kamen herein. Sie

machten ihre Taschen auf und packten aus: Wein und geräuchertes Huhn. Vika reagierte nicht. Der Großvater drehte den Ton des Fernsehapparates lauter, um besser zu hören.

»Fernando? Bist du es, mein Geliebter?«, dröhnte es aus dem Fernseher.

»Nikolaj Fomitsch!«, schrie Vera. »Machen Sie den Ton leiser!«

Aber der Großvater hörte Vera nicht. Vika reagierte überhaupt nicht.

»Das ist ja wie im Irrenhaus«, kommentierte Varja.

»Na, lass ihn doch…«, sagte Vera.

Die Freundinnen arrangierten die Esswaren auf dem kleinen Couchtisch. Sie deckten Teller und Gläser auf, schenkten Wein ein.

Der Großvater nahm die Geschenke gern an, aber Vika erhob sich nicht einmal. Für sie hatte alles seinen Sinn verloren.

Die Freundinnen fingen allein an zu essen und zu trinken. Nebenbei warfen sie einen Blick auf die Mattscheibe.

»Du musst das verstehen«, hob Vera an. »Es gibt Träume, Illusionen. Und es gibt das Leben…«

Vika blinzelte.

»Die Träume – das sind Liebe und Reichtum. Und das Leben – das ist die tägliche Arbeit, das ewige Sparen, Leiden, das Alter und der Tod.«

»Dann besser gleich sterben«, ließ sich Vika vernehmen.

»Nein. Das ist nicht besser. Liebe das, was du hast. Die Hühner, den Landstreicher Chmelnitzkij, die Morgensonne…«

»Übrigens, Chmelnitzkij ist gekommen«, unterbrach sie

Varja. »Er hat nach deiner Adresse gefragt. Wir haben sie ihm gegeben.«

»Wozu?«, fragte der Großvater. Also lauschte er dem Gespräch doch.

»Damit er nicht mehr fragt. Sonst hätte er keine Ruhe gegeben...«

Abends beschloss Vika, sich zu vergiften, und kratzte Schwefel von Zündhölzern ab. Von einer Schachtel bekam sie ein halbes Gläschen voll zusammen. Sie goss Wein dazu, damit ihr das Austrinken leichter fiele. Sie atmete tief durch. In dem Moment klingelte es an der Tür.

Vika wollte nicht in Eile sterben, stellte das Glas wieder hin und öffnete. Auf der Schwelle stand Chmelnitzkij.

»Was willst du denn hier?«, fragte Vika. Der hatte ihr gerade noch gefehlt.

Chmelnitzkij schwieg. Die grauen Haare hingen strähnig herab.

»Hast du dich in letzter Zeit mal gewaschen?«, fragte Vika.

»Weiß ich nicht mehr.«

»Komm rein«, sagte Vika. Das Glas mit der Schwefel-Wein-Mischung konnte warten. Vika ließ die Badewanne voll Wasser laufen und schüttete Waschpulver dazu. Der Landstreicher stand neben ihr und sah zu.

»Du weißt, was du zu tun hast?«, fragte Vika.

»So ungefähr.«

»Na, dann los...«

Vika schloss die Tür zum Bad. Sie wartete.

Der Großvater schnarchte hinter der Wohnzimmertür, er atmete laut und rasselnd ein. Im Fernsehen lief immer noch dieselbe Serie, eine neue Folge. Fernando sah aus wie ein Ziegenbock. Wie konnte so einer bloß jemandem gefallen … Es gab keinen Besseren auf der Welt als Vladimir Petrow. Und wenn der nicht, dann gar keiner … Und wenn gar keiner, wozu dann das ganze Leben, ohne Liebe und ohne Tod. Über die Liebe kann man nicht allein entscheiden, dazu braucht es zwei. Aber der Tod – über den konnte man selbst entscheiden, ganz allein.

Der Landstreicher Chmelnitzkij war aus dem Bad aufgetaucht und sah unerwartet gut aus. Wenn man ihm noch was Anständiges anziehen würde, sähe er nicht schlechter aus als der Präsident von Lettland.

Vika geleitete den Gast in die Küche. Sie legte ihm ein Stück geräuchertes Huhn auf den Teller.

Chmelnitzkij aß anständig, er schlang nicht. Elegant lutschte er die Knochen ab.

»Wer bist du überhaupt?«, fragte Vika.

»Der Landstreicher Chmelnitzkij.«

»Und warum lebst du so?«

»Weil es mir so gefällt. Ich bin niemandem was schuldig, und ich brauche niemanden.«

»Wieso das denn?«, entgegnete Vika. »Hab ich dir nicht gerade Huhn gegeben? Und was gibst du mir?«

»Die Reinigung der Seele. Wenn der Mensch etwas Gutes tut, reinigt er seine Seele.«

»Ah so«, sagte Vika.

Chmelnitzkij aß das Hühnchen auf und trank die Weinflasche leer.

»Du hast mich gerettet«, sagte er ernsthaft.

»Und du mich«, sagte Vika.

Sie schwiegen einen Augenblick.

»Vielleicht kann ich bei dir schlafen? Ich bin ja jetzt sauber...«

Vika hob zwei Finger und sagte: »Zwei Dinge: Ich will nichts mehr von dir hören und nichts mehr von dir sehen. Alles klar?«

»Natürlich...«, sagte der Landstreicher schnell. Solche Bedingungen schienen für ihn nichts Neues zu sein.

Chmelnitzkij verschwand aus der Wohnung. Er hinterließ den Geruch von Waschpulver.

Vika goss den gräulich gewordenen Wein ins Spülbecken. Sie hatte sich das mit dem Sterben noch mal anders überlegt. Es gab kein Glück auf der Welt, aber es gab Ruhe und Freiheit. Puschkin hatte immer noch recht, auch nach mehr als hundertfünfzig Jahren noch. Er war ja nicht umsonst ein Genie.

Der Großvater atmete diesmal ohne Rasseln, sog einfach Luft aus dem Raum ein. Auch er wollte leben, dieses alte Kind...

Auf der Geflügelfarm waren Zuchteier abhandengekommen, und zwar neunzig Stück. Das Arbeitsergebnis eines ganzen Jahres und des gesamten Laborteams unter Leitung von Professor Bibirewyj. Es waren buchstäblich goldene Eier gewesen. Der Schaden betrug fünfzehntausend Dollar.

Der Verdacht fiel zuerst auf den Landstreicher Chmelnitzkij. Aber dann stellte sich heraus, dass es der Elektriker Andrej gewesen war. Er gestand den Diebstahl erstaunlich schnell. Er hatte nicht gewusst, dass es sich um besondere

Eier handelte. Andrej hatte einfach gefallen, dass die Eier schön groß und braun waren, und so hatte er sie mit nach Hause genommen.

Es wurde Anklage erhoben, aber die Sache war so oder so verloren. Woher sollte ein saufender Elektriker schon fünfzehntausend Dollar nehmen? Zuerst wurde er entlassen, aber dann stellte man ihn wieder ein, denn Andrej hatte goldene Hände. Und das war nicht weniger wert als goldene Eier.

Vika bekam einen strengen Verweis, weil sie dem Landstreicher Chmelnitzkij etwas abgezweigt hatte. Man strich ihr die Gratifikation und das dreizehnte Monatsgehalt.

Der Direktor Dozenko hielt eine Versammlung ab und sprach lange in strengem Ton. Seine pathetische Rede gipfelte in dem Satz, dass Stehlen schlecht war.

Die Angestellten hörten zu und dachten daran, dass der Direktor ein großes Landhaus hatte und seine Tochter in Spanien studierte. Und dass er problemlos anstelle von Andrej die entsprechende Summe hätte zahlen können …

Dann kam die Polizei, keiner wusste, wozu. Vermutlich bloß zur Abschreckung. Vika erkannte Hauptmann Rogoschin. Und der Hauptmann erkannte Vika.

»Warum haben Sie den bloß reingelassen?« fragte der Hauptmann, womit er Chmelnitzkij meinte.

»Wir füttern doch auch die Hunde. Und er ist schließlich ein Mensch.«

»Ach, Viktorija Schwein … Bei Ihnen ist eben alles nicht wie bei anderen Leuten.«

»Komme ich jetzt ins Gefängnis?«, fragte Vika erschrocken.

»Wofür denn?«

»Na, keine Ahnung, wofür…«

»Sie sind ein guter Mensch… Dafür kommt man nicht hinter Gitter. Aber eigentlich sollte man solche Menschen wirklich einsperren, so selten, wie die heute sind…«

Direktor Dozenko saß in seinem Arbeitszimmer und telefonierte mit Leuten in Astrachan und Krasnodar. Alle hatten diese besonderen Zuchtküken bestellt, aber niemand wollte mit Geld bezahlen. Die in Astrachan schlugen eine Bezahlung in Fisch vor, die in Krasnodar in Wein. Aber der Direktor konnte keine Löhne mehr auszahlen. Er würde die Arbeiter mit Fisch und Wein bezahlen müssen. Mit etwas zum Essen und Trinken. Das war wenig, aber immerhin besser als nichts. Das Land war in wirtschaftlichem Verfall begriffen, da musste man sehen, wie man irgendwie durchkam.

Dozenko war Russe, hatte aber auch deutsche Vorfahren. Er war sehr genau, aber er war auch Meister im Durchlavieren. In diesem Moment schrie er in den Telefonhörer, überwand mit seiner Stimme die Distanz und die Widerspenstigkeit seines Gesprächspartners.

»Hör mir auf mit diesem Zeug!«, schrie Dozenko. »Blaubeerwein?! Das ist ja schlimmer als Himbeersaft…«

Die Sekretärin sah herein und sagte: »Jurij Wassiljewitsch, der Genosse Vladimir Petrow möchte mit Ihnen sprechen.«

»Wer ist denn das?«

»Na, der vom Fernsehen. Er hat gesagt, nur fünf Minuten. Mehr Zeit hat er nicht.«

»*Er* hat nicht mehr Zeit – als wenn *ich* jede Menge davon hätte…«

Der Direktor wollte keinen öffentlichen Rummel. Aber sich mit dem Fernsehen anlegen wollte er auch nicht.

»Na gut, hol ihn rein«, sagte er schließlich.

Vladimir Petrow kam herein. Er trug einen langen Mantel und einen langen Schal. Lange Haare umrahmten sein Gesicht. Er roch nach einem anderen, fremden Leben.

›Gleich fragt er nach meinem Landhaus‹, dachte der Direktor. Aber Vladimir fragte nur: »Verzeihen Sie, arbeitet eine Viktorija Schwein bei Ihnen?«

»Wieso?«, fragte der Direktor vorsichtig.

»Nur so, ich muss mit ihr reden.«

»Soja!«, schrie der Direktor.

Die Sekretärin kam mit offizieller Miene herein.

»Führe den Herrn vom Fernsehen in die Brutabteilung.«

Vika stand mit weißem Kittel und weißer Kopfbedeckung da. Sie spülte die Eier mit Wasser ab, so gehörte sich das gemäß der technischen Vorschrift. In den Brutkästen stellte man Bedingungen her, die möglichst nah an die natürlichen heranreichen sollten.

Vika stand da und dachte an Vladimir, und genau in dem Moment kam er in weißem Kittel und weißer Kopfbedeckung herein. Vika dachte zuerst, jetzt sei sie wirklich verrückt geworden. Sie hatte schon Halluzinationen. Aber die Halluzination kam auf sie zu und grüßte mit der Stimme von Vladimir Petrow. Dann fragte sie: »Was verdienen Sie hier?«

»Gar nichts«, antwortete Vika.

»Wie soll ich das verstehen?«, fragte Vladimir.

»Man hat uns sechs Monate schon keinen Lohn mehr gezahlt. Sie versprechen aber zu zahlen.«

»Und wovon leben Sie?«

»Wir bekommen Hühner. Eier. Öl auf Bezugskarten.«

»Und das ist alles?«

»Den anderen geht es noch schlechter. In den Möbelfabriken zahlen sie mit Furnierholz. Und was soll man mit all dem Furnierholz machen?«

Sie schwiegen.

Vladimir kam es vor, als sei er aus seinen Höhen auf die Erde herabgestiegen. Der Fernsehsender, für den er arbeitete, war ein Privatunternehmen. Der Besitzer war zwar ein unangenehmer Mensch, aber er war nicht arm. Und er zahlte in harten Devisen.

»Ja, also …«, setzte Vladimir an. »Ich habe Ihnen einen Vorschlag zu machen.«

Vika hielt den Atem an.

»Ich suche jemanden, der meine Tochter beaufsichtigt.«

»Ein Kindermädchen?«, fragte Vika.

»Einen Menschen«, präzisierte Vladimir. »Kindermädchen gibt es genug. Ich zahle Ihnen fünfhundert Dollar. Fünfzehntausend Rubel.«

»Im Jahr?«, fragte Vika ungläubig.

»Im Monat.«

»Und wieso so viel?«

»Das ist nicht viel. Meine Tochter Lisa ist krank, sie hat eine schwere psychische Störung.«

Plötzlich verstand Vika den Sinn der Worte ›jeder hat sein Päckchen zu tragen‹. In dieser Familie spielte sich eine Tragödie ab. Ein krankes Kind. Vladimir hatte ein Kreuz zu tragen, nicht nur ein Päckchen. Der arme Vladimir … Die arme Lisa …

»Wie alt ist sie?«, fragte Vika.

»Neun.«

Vika erriet, dass Lisa die Tochter aus einer ersten Ehe war. Die Ehe war wohl in die Brüche gegangen. Das Kind war beim Vater geblieben. Das Kind lebte dort, wo man es am besten versorgen konnte.

»Sascha sagte, ich solle Lisa in staatliche Obhut geben«, erzählte Vladimir. »Es gibt dafür spezielle Einrichtungen. Sascha meinte, für Lisa wäre es sowieso egal. Vielleicht stimmt das. Aber mir ist es nicht egal.«

Vika dachte: ›Wenn ich ein krankes Kind hätte, würde ich es auch unter keinen Umständen dem Staat überlassen.‹ Ein krankes Kind rührt einen ja noch mehr als ein gesundes. Sie hatte Lisa noch nicht gesehen, aber sie bereits ins Herz geschlossen und verteidigte sie vor der egoistischen, hartherzigen Sascha.

»Ich habe wenig Zeit für Lisa, aber ich liebe sie. Ich teile ihr Schicksal, wie es auch immer sein möge. Und es ist mir sehr wichtig, dass sie einen Menschen bei sich hat, dem ich vertrauen kann. Man kann ein krankes Kind so schnell verletzen, oder vernachlässigen. Sie kann sich ja nicht einmal beklagen …«

Vladimirs Wangen fingen an zu zucken.

Vika senkte den Blick. Sie konnte den geliebten Menschen nicht leiden sehen. Es hing von ihr ab, ob jemand das Kreuz, das er trug und das ihn fast erdrückte, ein wenig anhob, ob jemand seine Bürde erleichterte.

»Und wieso denken Sie, dass gerade ich dieser Mensch sein soll?«

»Ich spüre das«, erklärte Vladimir. »Sie gefallen mir.«

›Aber ich liebe Sie nicht‹, ergänzte Vika in Gedanken, sprach es aber nicht aus. Sie schwieg einen Augenblick. Es ging jetzt nicht um sie.

Abends schaute sich Vika mit dem Großvater eine neue Folge der mexikanischen Serie an. In dieser Folge hatten böse Menschen Fernando Drogen angeboten, und der arme Fernando schmorte jetzt im Gefängnis. Die bösen Kräfte waren genauso stark wie die guten. Gott und der Teufel waren ebenbürtige Rivalen.

Vika saß vor dem Fernseher, aber ihr Blick war nach innen gerichtet. Woraus bestand ihr Leben? Sie ließ Küken ausbrüten, die zu Hühnern heranwuchsen und dann gleich zum Schlachten geschickt wurden. So starben sie, nachdem sie der Welt Lebewohl gesagt hatten. Neue Küken schlüpften. Und das Ganze begann von vorn. Und wozu das alles? Damit Menschen Hühnerfleisch von zweifelhaftem Ursprung essen konnten – wenn nicht gar etwas von dieser gewaltsamen Besamung, der künstlichen Ernährung, von diesem Gefängnisleben ohne Bewegung und Sonne und von diesem Entsetzen vor dem Tod auf die Menschen überging.

Und bei Vladimir würde sie Vladimir helfen. Und darin läge ein großer Sinn, eine Seelenreinigung, wie der Landstreicher Chmelnitzkij sagen würde. Noch dazu bekäme sie Geld, mit dem sie ihre Wohnung vergrößern könnte, und ihr Großvater hätte endlich sein eigenes Zimmer. Plus zwei Meere – das Schwarze im Herbst und das Rote im Winter.

Plus das Mädchen Lisa. Zwar krank, aber dennoch fast wie ein eigenes Kind.

Das Telefon klingelte. Es war Vera, die von ihren Zwillingen und vom ersten Zahn berichtete.

»Ich ziehe zu Vladimir Petrow«, unterbrach Vika sie.

Vera schwieg lange. Dann sagte sie: »Er wird sich die Füße an dir abwischen. Willst du, dass jemand sich die Füße an dir abputzt?«

Vika überlegte und sagte dann: »Kommt drauf an, wessen Füße es sind …«

Ein Jahr verging.

Eines schönen Tages kam Vika mit der kleinen Lisa auf die Geflügelfarm. Aljoscha, der Chauffeur, fuhr sie hin.

Aljoscha blieb in dem großen schwarzen Jeep sitzen, und Vika und Lisa gingen zum Gebäude Nummer fünf, wo Varja und Vera arbeiteten.

Lisa sah auf den Boden und hielt Vika fest an der Hand.

»Schau mal«, sagte Vika. »Schau mal, die kleinen Hühnchen. Und da, die jungen Frauen …« Aber weder die Hühnchen noch die Frauen interessierten Lisa. Sie lebte in ihrer eigenen Welt, ihr Gehör und ihr Blick waren ausschließlich auf ihr Inneres gerichtet. Ihre Krankheit hieß Autismus.

Wenn beim Fußball der Ball aus dem Feld rollt, dann ist er aus dem Spiel. So ist es auch mit Autisten. Auch sie sind außerhalb des Spiels. Außerhalb des Lebensspielfelds.

Lisa sah nur auf den Boden, ging auf nichts ein, nahm von nichts Notiz, reagierte nicht einmal auf Zärtlichkeit.

Vika tat so, als ob sie Lisas Krankheit gar nicht bemerken würde. Sie sprach mit ihr von Gleich zu Gleich. Sie stellte Fragen. Und beantwortete sie selbst. Sie las ihr vor. Sie sang ihr vor. Ging mit ihr spazieren. Und heute unternahmen sie einen Ausflug zur Geflügelfarm.

Die Freundinnen, Vera und Varja, sahen Vika mit großen Augen an. Vika hatte alle Haare glatt nach hinten gebürstet und zu einem Knoten gesteckt, wie eine Ballerina. Über den Schultern trug sie einen sicherlich teuren Pelz von einem nie gesehenen Tier.

»Was ist das?«, fragte Varja.

»Aufgerauhter Biber«, antwortete Vika.

»Sieht wie Kaninchen aus«, meinte Vera. »Biber auf Kaninchen getrimmt.«

Vika zuckte gleichmütig die Achseln: Bitte schön, es war unwichtig, wonach es aussah. Wichtig war nur, was es in Wirklichkeit war: Biber oder Kaninchen.

»Und wie geht es dir dort?«, fragte Varja.

»Gut«, sagte Vika einfach. »Genau wie auf der Geflügelfarm. Arbeit und Sorgen.«

»Aber der Gestank?«, erinnerte sie Varja.

»Gestank gibt's bei uns auch genug…«

»Und Vladimir Petrow?«

»Den sehe ich nur im Fernsehen. Genau wie früher.«

»Und wie behandelt er dich?«

»Genau wie früher.«

»Und das heißt?«

»Er sieht mich nicht. Er ist ja nie zu Hause.«

»Aber seine Tochter, die besucht er doch?«

»Ja. Er kommt, setzt sich hin und sieht sie an.«

»Liebst du ihn noch?«, fragte Varja leise.

»Ja, schrecklich…«, seufzte Vika.

»Und was fühlt er?«

»Er fühlt auch etwas.«

»Er liebt dich?«

»Nein. Er fühlt Dankbarkeit für mich. Und Dankbarkeit, das ist auch ein Gefühl, oder nicht?«

Die Freundinnen schwiegen. Na, was sollte man da sagen? Dankbarkeit war auch ein Gefühl, sicher. Aber es unterschied sich nun mal von der Liebe wie die Heckenrose von der Edelrose. Wie eine Katze von einem Tiger. Wie ein Hund von einem Wolf. Das Gleiche und doch nicht das Gleiche …

»Weshalb ich gekommen bin …«, fiel es Vika wieder ein. »Ich habe am Freitag Geburtstag.«

»Morgen?«

»Nein, am Freitag in zwei Wochen«, erklärte Vika. »Wer lädt denn so kurzfristig ein. Man muss doch rechtzeitig Bescheid sagen.«

»Und wird Vladimir Petrow auch dort sein?«, fragte Vera.

»Nein. Er fliegt ans Rote Meer. Dort ist es jetzt warm …«

»Ach so …« Vera zog die Augenbrauen hoch.

Ihr war klar: Wenn Vladimir zu Hause wäre, würde es keinerlei Feierlichkeiten und auch keine Freundinnen von der Geflügelfarm geben …

Aber Biber ist Biber, wenn auch zerzaust. Und ein Kaninchen, selbst wenn man es auf Biber trimmt, bleibt immer ein Kaninchen.

Vika streckte ihr einen Zettel hin, auf dem Datum und Adresse notiert waren.

Vera steckte ihn in die Tasche ihres weißen Kittels.

»Und wie geht es deinem Großvater?«, fragte Varja.

»Er hat sich eine Freundin gesucht«, erzählte Vika. »Sie schauen zusammen fern, und er wäscht ihr die Füße.«

»Kann sie sich die denn nicht selbst waschen?«

»Nein, der Bauch ist im Weg.«

Vera und Varja betrachteten Lisa, aber sie enthielten sich eines Kommentars. Lisa sah mürrisch zu Boden. Auf ihrem Gesichtchen war eine hochnäsige Gleichgültigkeit wie eingefroren.

»Wie heißt du?«, fragte Vera.

Lisa antwortete nicht. Sie drehte sich um und ging weg.

»Es wird Zeit, dass wir gehen«, sagte Vika. »Wir halten Siesta.«

»Was ist Siesta?«

»Mittagsschlaf.«

Die Freundinnen begleiteten Vika bis zum Tor. Sie sahen sie in den Jeep schlüpfen wie in ein anderes Leben, in dem alles anders war. Wo der Mittagsschlaf Siesta hieß, wo man einen Biber auf Kaninchen frisierte und wo sogar ein einfacher Chauffeur aussah wie ein Abgeordneter der Duma.

Der Großvater hatte tatsächlich eine Freundin gefunden, die sechzigjährige Anna Timofejewna aus der Stadt Jessentuki. Sie war zum Geldverdienen nach Moskau gekommen, wusste nicht, wo sie wohnen sollte, und der Großvater hatte ihr seine Wohnung angeboten – und als Zugabe Liebe und Zärtlichkeit. Anna Timofejewna hatte voller Dankbarkeit Ersteres, Zweites und Drittes angenommen. Im Gegenzug kochte sie dem Großvater vollständige Menüs: Kohlsuppe, ein Hauptgericht, und zum Dessert Kompott. Alles war köstlich – und mit den vom Großvater gekauften Zutaten gekocht, versteht sich. Aber die Zutaten sind schließlich nicht alles. Das Wichtigste ist, dass einem jemand beim Essen Gesellschaft leistet.

Der Großvater blühte auf und wurde zusehends jünger. Vika freute sich für ihn, bloß hatte sie nun keinen Platz mehr, wenn sie an den Wochenenden nach Hause kam. Anna Timofejewna hatte sich in der ganzen Wohnung ausgebreitet, und Vika konnte keine einzige Ecke mehr für sich finden. Schließlich beschloss sie, an ihren arbeitsfreien Tagen bei Lisa zu bleiben.

Vika war dem Großvater nicht böse. Sie verstand, dass es im Moment für ihn besser war, mit Anna Timofejewna zusammen zu sein, die sein Leben wirklich teilte. Vika dagegen konnte nur als Zeugin danebenstehen.

Jeden Sonntag ging Vika mit Lisa in den Zoo. Lisa blieb immer lange beim Gehege einer Wölfin stehen. Offensichtlich waren Lisa die Tiere näher als die Menschen. Auch die Wölfin kam auf Lisa zu und sah sie lange und aufmerksam an. Sie betrachtete sie wie eines ihrer Jungen.

Lisa hatte ein phänomenales Gedächtnis. Sie konnte sich eine ganze geschriebene Seite auf einen Blick merken. Sie sah hin, und schon hatte sie alles gespeichert. Vika vermutete, dass bei autistischen Kindern das Gehirn auf besondere Weise funktionierte. Die Autisten waren eben anders. Aber es gab sie, diese Schattenkinder. Und wenn es sie gab, dann musste das so seine Ordnung haben. Für irgendetwas waren sie wohl gut.

An den Wochenenden kam Vladimirs Mutter, eine rassige

alte Frau mit großer Nase, schönen Augen und seltsamen Ringen an den Fingern.

Die alte Frau erzählte Vladimir ihre im Lauf der Woche angesammelten Gedanken. Vladimir sah irgendwo in die Ferne und gab ab und zu mit eintöniger Stimme ein »Hmm…« von sich. Hinter diesem »Hmm…« versteckte er seine völlige Gleichgültigkeit gegenüber dem Gerede seiner Mutter.

Seine Mutter sprach immer nur über ein Thema: was mit Lisa werden sollte, wenn sie einmal starb…

Vika verschwieg ihre frühere telefonische Bekanntschaft mit Vladimirs Mutter. Ihr neuer Status als Angestellte in diesem Haushalt erlaubte ihr derartige Freiheiten nicht, selbst wenn sie in der Vergangenheit lagen.

Im Gegensatz zu Vladimir hörte Vika der alten Frau aufmerksam zu, nickte ab und zu mitfühlend, war einverstanden oder widersprach, je nachdem, was sie sagte.

Vika verstellte sich nicht. Vladimirs Mutter tat ihr wirklich leid. Sie wusste aus eigener Erfahrung, wie einen das Leben erdrücken konnte. Sie hätte sich ja selbst um ein Haar vergiftet… Wie sollte es da erst einem älteren Menschen gehen, dem es an Gesundheit mangelte und an jeglicher Liebe.

Aber glücklich sein konnte man in jedem Alter. Wie der Großvater zum Beispiel. Der raschelte wie ein Blatt am Baum. Ihr Großvater ›raschelte‹ fröhlich im Wind, Vladimirs Mutter hingegen, mit Tränen in den Augen, hing wie ein vertrocknetes Blatt am Ast. Und wer mag so was schon? Es war ungerecht, im Grunde genommen.

Vika tröstete die Großmutter, wie sie ein verweintes Mädchen getröstet hätte. Sie streichelte sie mit Worten, mit zarten Berührungen, die von ganzem Herzen kamen. Und manchmal fing sie *a cappella* an zu singen, und ihre Stimme erklang wie die eines Engels.

Nach und nach beruhigte sich Vladimirs Mutter und sagte: »Ach, warum heiratet er nicht eine wie dich?«

Vika bemerkte sehr wohl, dass sie nicht gesagt hatte ›warum heiratet er nicht *dich*?‹, sondern ›warum heiratet er nicht *eine wie dich*?‹ Am liebsten hätte Vika erwidert: ›Eine andere wie mich gibt es nicht, soll er doch gleich mich heiraten.‹

Aber man kann sich ja schließlich nicht selbst anbieten wie eine Kopfschmerztablette. Sie musste warten, bis der Kopfschmerz unerträglich würde, und dann würde er schon von allein die Hand nach ihr ausstrecken.

Am vereinbarten Tag kamen Vera und Varja zu Vika zu Besuch.

Sie sperrten die Augen auf und konnten nicht glauben, was sie sahen. Das prächtige, hell beleuchtete Haus stand mitten im Stadtzentrum, wie eine Theaterkulisse. Marmorstufen führten ins Haus, auf denen ein roter Läufer einen Pfad bildete. Dieser Pfad erstreckte sich über die Stufen bis hin aufs Trottoir, ja bis zur Fahrbahn. Rundherum war matschiges, dämmriges Winterleben, aber hier war ein blutroter Teppich wie früher in einem Parteisanatorium. Die Tür war schwer und reich verziert. Auch die Türglocke war keine gewöhnliche.

Varja drückte die Klingel, und sofort ertönte eine Männerstimme, die im Tone eines Generals fragte, wer da sei.

Dann ließ sich die Stimme mit der Wohnung von Vladimir Petrow verbinden und fragte, ob jemand erwartet werde, ob man die Leute einlassen solle.

Vika kam mit dem Fahrstuhl herunter und begrüßte ihre Freundinnen. Sie führte sie in die Eingangshalle. Der Portier beobachtete sie wie der treue Hund Ruslan aus Wladimows Erzählung.

Die Eingangshalle war mit gelbem Marmor verkleidet. Vasen mit echten Blumen standen herum, die an Sonnenblumen erinnerten. Vielleicht waren es sogar Sonnenblumen – mitten im Winter.

»Tja, die Bourgeoisie …«, seufzte Vera.

Von der Eingangshalle gingen drei Türen ab. Eine Tür führte zur finnischen Sauna, die andere zu einem türkischen Bad und die dritte zum Schwimmbad.

Die Tür zum Schwimmbad war weit geöffnet, das Wasser glitzerte an marmornen Stufen. Am einen Beckenrand standen ein riesiger Fernsehapparat und eine Bar. Man konnte schwimmen, ohne sich von seinen Gewohnheiten loszureißen, und sich beispielsweise wie immer die Nachrichten anschauen.

»Und für wen ist das alles?«, fragte Vera mit einem Seufzer.

»Für die Bewohner. Und für die Gäste«, erklärte Vika.

»Und wir, dürfen wir auch baden?«, fragte Varja.

»Natürlich …«, antwortete Vika unbekümmert. »Wer hier wohnt, darf auch das Schwimmbad benutzen, das gehört dazu.«

Die Freundinnen flitzten zum Becken, rissen sich die Kleider vom Leib und ließen sich augenblicklich ins Wasser plumpsen. Das Wasser war angewärmt und sogar leicht gesalzen.

»Wie am azurblauen Meeresstrand …«, rief Varja.

»Und wo ist dieser Strand?«, schrie Vera. Sie lag auf dem Rücken und paddelte sanft mit den Füßen.

»Keine Ahnung«, sagte Varja. »Es klingt einfach so schön.«

»Das ist ein Leben …«, seufzte Vera.

Ein Handy klingelte.

Vika sprang flink zu ihren Sachen und nahm das Gerät aus ihrer Tasche. Sie hörte zu. Dann sagte sie: »Gut.«

Ihr Gesicht war bleich geworden. Die Sommersprossen traten deutlicher hervor.

»Er kommt nach Hause«, flüsterte Vika. »Er ist schon am Weißrussischen Bahnhof. In fünf Minuten ist er hier. Ihr dürft dann nicht mehr da sein.«

Vera und Varja erstarrten.

»Was steht ihr rum? Los jetzt! Beeilt euch!« Auf Vikas Gesicht machte sich Entsetzen breit.

Vera und Varja verfielen in Panik. Sie kletterten schnell aus dem Becken und zerrten sich die Kleider über den nassen Leib, da sie nichts zum Abtrocknen hatten. Vika half ihnen. Man hätte meinen können, dass sie sich vor dem sicheren Tod retten wollten. Schnell mit nackten Füßen in die Stiefel. Die Mützen auf die nassen Haare. Und ab in die Kälte. Aus den warmen azurblauen Fluten in den matschigen Winter. Ab in die rauhe Wirklichkeit.

Vera und Varja standen auf dem Teppichpfad, mit offenem Mund, überrumpelt von dieser jähen Wendung der Situation. Vera fiel die Mütze herunter, sie hob sie auf und zog sie sich tief ins Gesicht. In dem Moment fuhr ein Saab vor. Dem entstieg Vladimir, gefolgt von Sascha Konowalowa.

›Sie haben sich wieder versöhnt‹, begriff Vika, die alles vom Fenster aus beobachtete. ›Heute haben sie sich versöhnt, und morgen fahren sie zusammen ans Rote Meer. Sie tauschen das Ticket um oder kaufen ein neues.‹

Vladimir ging an Vera und Varja vorbei, ohne sie zu bemerken. Er schaute weder rechts noch links. Das, was ringsumher vorging, interessierte ihn nicht. Das war auch eine Art von Autismus, die sich bei manchen Menschen durch großen Erfolg und viel Geld herausbildete. Über Sascha Konowalowa gab es nichts zu sagen. Sie ging hocherhobenen Hauptes daher, als würde sie der Menschheit durch ihre pure Existenz einen großen Dienst erweisen. Sie hätte genauso gut über Leichen gehen können oder über lebende Menschen. Ihr Nerzmantel liebkoste ihre Knöchel.

Vladimir und Sascha fuhren hinauf zu Vladimirs Etage.

Die Wohnung glänzte vor Sauberkeit, der Tisch war wie für einen Empfang gedeckt. Was für ein gutes Leben hatte mit dem Auftauchen dieses rothaarigen Mädchens begonnen. Vladimir hatte seit dem Morgen nichts mehr gegessen und setzte sich voller Vorfreude an den gedeckten Tisch.

»Geh nicht weg«, bat er Vika. »Heute arbeitest du mal als Kellnerin. In Ordnung?«

Vika wusste nicht, ob sie sich nun wie sonst mit an den Tisch setzen durfte oder nicht. Kellnerinnen setzten sich schließlich nicht. Also blieb sie stehen. Die beiden bemerkten sie nicht einmal.

Sascha war angespannt. Offensichtlich hatte sie noch ein paar ungeklärte Fragen. Wohl ganz im Gegensatz zu Vladimir, der viel gelöster und glücklicher als sonst wirkte.

›Sie haben miteinander geschlafen‹, dachte Vika.

Vladimir zog einen Teller zu sich und arrangierte die Vorspeisen am Rand entlang, von allem ein bisschen: etwas Hering, ein wenig Rote Beete mit Nüssen, etwas Auberginensalat mit Knoblauch, geräucherter Schinken, Champignons…

Vika hatte dieses Büffet zwei Tage lang vorbereitet, hatte sich für ihre Freundinnen ins Zeug gelegt und alles von ihrem eigenen Geld gekauft, nebenbei bemerkt. Sie war in Geldangelegenheiten sehr genau. Von den Vorräten des Hauses hatte sie nur die Rote Beete genommen, alles andere hatte sie auf dem Markt gekauft, zu den normalen, teuren Preisen. Und für wen? Für Sascha Konowalowa.

Vika wollte auch essen. Ihr war fast schlecht vor Hunger und von der Kränkung. Vor ihrem inneren Auge sah sie ihre Freundinnen mit offenem Mund draußen auf dem roten Läufer stehen. Und sie waren doch von weit her gekommen, hatten Geschenke mitgebracht…

»Hat Lisa zu Abend gegessen?«, fragte Vladimir.

»Nein. Sie isst um acht Uhr zu Abend, aber ich kann sie holen.«

»Lieber nicht«, sagte Sascha eilig. »Sie ist mir unheimlich.«

Vladimir war nicht einmal beleidigt. Er fand heute alles wunderbar.

»Vielleicht möchtest du dich zu uns setzen?«, fragte Vladimir Vika.

»Nein, auf keinen Fall!«, entgegnete Sascha.

Vladimir hob kaum merklich die Brauen.

»Ich gehe dann«, sagte Vika.

Sie wandte sich um und ging hinaus. Das war also ihr Geburtstag.

»Wieso stört sie dich?«, fragte Vladimir Sascha.

»Was brauchen wir fremde Leute?«, antwortete Sascha.

Das war das Letzte, was Vika noch hörte. ›Fremde Leute‹… Na gut. Das war sie letztlich auch. Was hatte sie auch sonst erwartet…

Vika holte die Sporttasche hervor, mit der sie hierhergekommen war. Sie fing an zu packen.

Lisa baute mit Klötzchen Türme und Häuser, und sie ging in dieser Beschäftigung völlig auf. Sie war außerhalb des Spielfeldes, und alles, was auf dem Spielfeld geschah, ging sie nichts an.

Vika hatte noch immer Vera und Varja mit ihren nassen Haaren vor Augen. Sie stand tief in ihrer Schuld. Wofür? Für ihre Dummheit, die an Sünde grenzte. ›Du sollst dir keine Götzenbilder schaffen‹… Und sie hatte sich einen Götzen geschaffen, in der Gestalt von Vladimir Petrow. Ein schöner Götze war das… Ein Kerl, der sich mit hohen Absätzen größer machte. Na ja, auch das ging sie im Grunde nichts an. Sie war ja nur ›eine Fremde‹.

Vika ging die Straße entlang und schleppte schwer an ihrer Tasche.

Den Lohn für den letzten Monat hatte sie nicht erhalten. Aber sie war ja auch weggelaufen, hatte damit den Vertrag gebrochen. Also konnte sie auch keine Ansprüche mehr stellen. Sie war weggelaufen und fertig.

Lisa tat ihr leid. Aber Lisa war ja sowieso alles egal. Oder vielleicht doch nicht? Wenn Lisa plötzlich weinte? Emotionaler Stress war das Letzte, was sie brauchen konnte.

Vika blieb stehen. In diesem Moment bremste neben ihr ein Polizeiauto mit Blinklicht. Vika erschrak, sie glaubte schon, dass Vladimir ihr die Polizei hinterhergeschickt hatte. Aber dann stieg Hauptmann Rogoschin aus.

»Hast du mich nicht erkannt?«, fragte er.

»Ich hab dich erkannt«, erwiderte Vika mit finsterer Miene.

»Setz dich ins Auto, ich fahre dich … was zögerst du noch?«

Vika stieg ein. Sie setzte sich auf den Rücksitz.

Der Hauptmann fuhr schweigend los.

Er hatte einen schönen Rücken. Der Hinterkopf ging elegant in den Hals über, und der Hals in die Schultern. Er war im Ganzen so wohlgeformt, einfach und harmonisch wie das Blatt eines Wegerichs.

Auf einmal musste Vika weinen. Lisa tat ihr leid, Vladimirs Mutter tat ihr leid, und sie tat sich selbst leid, mit ihrer Liebe, all dem, was Vera eine ›Illusion‹ genannt hatte.

Vor ihr lag jetzt einfach das Leben – mit allen Schwierigkeiten, ganz ohne Schnörkel.

Der Hauptmann sah in den Spiegel und sah Vikas gesenkten Kopf.

»Schon wieder?«, fragte er. »Na, was soll ich bloß mit dir machen, Viktorija Schwein?«

Einen Monat später zog Vika beim Hauptmann ein.

Der Hauptmann hieß ebenfalls Vladimir, und das war

sehr praktisch. Vika schloss die Augen und flüsterte zärtlich: »Vlad…« Und der Hauptmann bemerkte den kleinen Betrug nicht.

Denn Vika liebte den neuen Vladimir, wie man so sagt, ›auf ihre Art‹. Nicht mit ganzer Seele, aber mit einem Teil der Seele und einem Teil des Körpers. Diese Liebe ähnelte einem Blumenstrauß: Sie freut einen, schmückt, aber irgendwann welkt sie. Die Liebe zu Vladimir Petrow dagegen – die hatte Wurzeln. Wie ein Strauch. Und wenn der im Winter vergeht, so erblüht er im Frühling neu.

Ein berühmter Dramatiker hat einmal im Fernsehen gesagt: »Eine echte Liebe endet nicht mit einer Hochzeit.« Also war es bei Vika wie bei allen Leuten. Man liebt den einen und lebt mit dem anderen. Und es war gut, dass es wenigstens so war. Sie hätte auch gar niemanden haben können, so wie Vera.

Der Hauptmann vergötterte sein ›Schweinchen‹. Sie war sein absolutes Schönheitsideal. Dünne und dunkelhäutige Frauen, wie Sascha Konowalowa, gefielen ihm nicht. Die kamen ihm unweiblich vor, wie ein umgebauter Mann. Da war doch seine Vika mit ihrem üppigen, rosigen Körper ganz was anderes. Alles war in Hülle und Fülle vorhanden. Und sie roch nach frischem Brot. Es gab keinen besseren Geruch.

Vika spürte ihre Macht. Sie hätte sich an dem Hauptmann die Füße abwischen können. Aber wozu?

Auf ihre alte Arbeitsstelle kehrte Vika nicht zurück. Sie hatte ja Geld verdient. Für die erste Zeit würde es reichen. Und dann würde man weitersehen. Der Hauptmann erwies sich als erfinderisch. Mit dem kam man immer durch…

Sie wohnten in Ljuberzi. Eine Wohngegend, die entschieden weniger nobel war als die von Vladimir Petrow. Und weniger Platz hatten sie auch. Bei Vladimir war allein schon die Diele so groß wie die ganze Einzimmerwohnung des Hauptmanns gewesen. Und einen roten Teppich gab es hier auch nicht. Aber den hätte man notfalls hinlegen können, wenn man so etwas unbedingt wollte. Einfach kaufen und festnageln.

Das Leben nahm seinen Lauf. Das Einzige, das wie ein Dorn in Vikas Herz stach, war Lisa. Wie es ihr wohl ging? Was sie jetzt machte? Niemand hatte Zeit für sie, außer einer hysterischen Großmutter. Und wozu war sie schon imstande, diese Großmutter? Zu nichts, als sich an den Kopf zu fassen und hin und her zu flattern wie ein aufgescheuchtes Huhn.

Eines schönen Morgens nähte Vika Vorhänge für das Wohnzimmerfenster, und auf einmal legte sie das Nähzeug beiseite. Sie stand auf – und fuhr zu Lisa. Sie beeilte sich, als fürchtete sie, zu spät zu kommen.

Vladimirs Mutter öffnete.

»Ha!«, schrie sie, als hätte jemand sie mit der Gabel gestochen. »Ach du lieber Gott!«

Lisa kam in die Diele, und plötzlich stürzte sie auf Vika zu, schmiegte sich mit dem ganzen Körper und sogar mit Gesicht und Knien an sie.

Vika befürchtete, gleich in Tränen auszubrechen, so gerührt war sie. Sie wusste, dass autistische Kinder mit niemandem Kontakt aufnahmen, dass sie Berührungen vermieden. Also musste Lisas Ausbruch ein Ausbruch aus der Krankheit sein.

Vladimirs Mutter schluchzte laut, wobei sie sich mit den Händen an den Kopf fasste, als wolle sie ihn am richtigen Platz halten.

»Bleibst du bei Lisa?«, fragte Lisa und hob den Kopf.

»Nein. Ich muss wieder weg«, sagte Vika ehrlich.

»Und ich?«

»Du kannst mit mir gehen, wenn du willst.«

»Ja, ich will«, sagte Lisa.

Aus dem Wohnungsinneren trat Vladimir im Pyjama.

»Papa, darf ich bei Vika wohnen?«, fragte Lisa.

Vladimir und seine Mutter tauschten einen Blick.

»Wo willst du denn hin, was sind das für Dummheiten?«, brummte Vladimir. Er sah Vika vorwurfsvoll an. »Bleiben Sie doch hier. Wieso sind Sie überhaupt weggelaufen? Haben wir Ihnen zu wenig bezahlt?«

»Es geht nicht um Geld.«

»Haben wir Sie schlecht behandelt? Sind Sie wegen etwas beleidigt?«

»Ich habe einfach mein eigenes Leben. Ich heirate. Ich habe einen Bräutigam…«

»Was denn für ein Bräutigam?«, fragte die Großmutter, als könne sie es nicht glauben.

»Ein ganz gewöhnlicher. Ein Tschuwasche.« Vika wollte seinen Beruf nicht nennen. Die Polizei, das war heutzutage ein Beruf ohne Prestige. Aber die Tschuwaschen waren überall, es saßen sogar welche in der Duma.

»Tschuwasche – ist das ein Tatar?«, fragte die alte Frau.

»Nein«, erklärte Vladimir. »Als die Russen in Tschuwaschien das Christentum einführen wollten, ließen sich die Tschuwaschen bekehren und die Tataren nicht.«

»Na, siehst du!«, rief Vladimirs Mutter. »So ein Tschuwasche, der versteht sofort, wo's langgeht, der weiß, was für einen Schatz er da gefunden hat!« Sie deutete auf Vika. »Und du? Wo hast du bloß deine Augen gehabt? Bei diesen Staubwedeln? Die haben doch alle nur Geld von dir abgestaubt. Sie wollten alle nur Vergnügen, aber dein krankes Kind wollten sie nicht. Aber die da, die hat dich geliebt! Sie hat an deinem Kissen gerochen. Ich hab es selbst gesehen. Du hast sie gut bezahlt, aber sie hätte sogar ohne Geld für dich gearbeitet, weil sie dich wirklich geliebt hat, dich und Lisa.«

»Mama! Man sagt nicht ›die da‹ über einen Menschen, der neben einem steht, das ist unhöflich.«

»In deinem Leben hat es alles gegeben, bloß keine Güte. Aber das ist die Hauptsache. Das ist nämlich die Liebe.«

Die alte Frau fing an zu schluchzen, aber anders als gewöhnlich. Tiefer und hoffnungsloser.

»Weinen Sie nicht«, bat Vika.

»Was wird bloß aus ihm, wenn ich sterbe? Er ist doch schon vierzig. Er hat ein Magengeschwür. Und Lisa…«

»Mama, hör auf«, sagte Vladimir verstört. »Wenn du willst, dann heirate ich Vika.«

»Ja!«, rief die alte Frau.

»Bitte… Ich will sowieso niemanden sonst heiraten. Dann wäre ich wenigstens offiziell vergeben und hätte vor meinen Fans Ruhe.«

»Sehen Sie! Er macht Ihnen einen Antrag!«, rief Vladimirs Mutter.

»Das zählt nicht«, entgegnete Vika.

»Wieso zählt es nicht?«, fragte Vladimir verwundert. »Ich mache Ihnen einen Antrag.«

»Aber Sie sind im Schlafanzug…«

»Zieh sofort einen Anzug an!«, befahl die Mutter aufgeregt.

Vladimir entfernte sich.

»Wieso stehen wir überhaupt in der Diele herum?«, sagte Vladimirs Mutter.

Vika zog den Pelzmantel und die Schuhe aus und sah plötzlich, dass sie gar keine Strümpfe anhatte. Sie hatte sich so beeilt, dass sie die Stiefel über die bloßen Füße gezogen hatte. Sie ging ins Wohnzimmer und blieb beim Fenster stehen. Es war ihr lieber, stehen zu bleiben.

Lisa ging in ihr Zimmer. Sie war müde von all den Aufregungen.

»Wartet nur nicht zu lange mit dem Kinderkriegen«, riet Vladimirs Mutter hastig. »Du bist jung und kräftig. Ihr werdet gesunde Kinder haben. Lisa wird dann nicht mehr allein sein. Es ist so schwer, keine Geschwister zu haben. Ich habe beispielsweise gar niemanden.«

»Und Ihr Sohn?«, erinnerte Vika.

»Kinder – das ist eine andere Generation. Wir Alten interessieren sie nicht.«

Da erschien Vladimir, ganz in Schwarz und Weiß gekleidet wie ein Pinguin.

Viktorija stand in einem Sonnenstrahl, der durch die Scheibe hereinfiel. Sie war barfuß, hatte einen hohen Busen und eine schmale Taille, sie war rotblond und rosig, und ihre blauen Augen glänzten wie frisch gewaschene Fenster…

Plötzlich sah Vladimir sie mit anderen Augen. Er kannte sie schon lange, aber jetzt sah er sie endlich. Es schien ihm, dass sie sich gleich auf die Zehenspitzen stellen, sich vom

Boden erheben und mit leichten, wehenden Kleidern in die Lüfte schwingen würde, wie auf einem Deckengemälde in der Sixtinischen Kapelle. Sie war ein Mädchen von damals, aus den Zeiten von Raffael und Rembrandt, das zufällig ins einundzwanzigste Jahrhundert geraten und in einer Geflügelfarm gelandet war.

»Ganz im Ernst, heiraten Sie mich«, machte ihr Vladimir seinen Antrag und hüstelte.

Er war aufgeregt. Er hatte Angst, dass sie nein sagen und zu ihrem Tschuwaschen zurückkehren würde. Dieses Mädchen wusste ja nicht, was sie wert war, und in diesem Unwissen lag der Grundzug ihres Wesens: Sie war ein Brillant, der von sich selbst glaubte, er sei nur Glas.

»Jetzt umarme sie doch«, gab die Mutter als Regieanweisung.

Vladimir tat einen Schritt und blieb stehen. Er war schüchtern.

Da trat Vika selbst vor und umarmte ihn. Von seinem Gesicht ging ein Duft von Rosen und Regen aus. So riechen die Menschen, die wir lieben, sie duften nach den Gerüchen der Erde: nach Tanne, Erdbeeren oder welkem Gras.

Vika schloss die Augen. Sie horchte in sich hinein. Sie glaubte es und glaubte es nicht.

Sie glaubte es nicht, weil es so etwas einfach nicht gab. Und sie glaubte es, weil es genau so etwas doch gab: Die wahre Liebe kann mit einer Ehe enden und ein ganzes Leben andauern.

Männertreue

Auf dem Schildchen an der Tür seines Büros stand: Professor Denis Petrowitsch Malzew. Aber das ganze Labor nannte ihn – das Schildchen ignorierend – einfach Denitschka. Alle liebten ihn, und das nicht ohne Grund: Er war ungemein begabt, gütig und offenherzig wie ein großes Kind.

Er wusste einfach alles: wie die Erde entstanden ist, woher der erste Mensch kam, was vor Millionen Jahren war und was in Millionen Jahren sein würde. Es war ein Glück, mit ihm zu sprechen. Bloß den Mann in ihm hatte ich nie gespürt. Er war irgendwie asexuell – und das störte natürlich. Wobei? Bei allem. Obwohl ich dieses ›alles‹ gar nicht brauchte. Denn ich steckte damals mitten in einer stürmischen Romanze, und Denitschka stand unnütz neben meiner rotblonden Freundin Nadka Abakumowa herum.

Nadka spielte Schlagzeug in einer Frauen-Jazzband. Sie hatte das absolute Rhythmusgespür. Nadka fand, dass Rhythmus die Grundlage aller Grundlagen sei. Das Herz schlägt im Rhythmus, die Lungen atmen im Rhythmus, und sogar die Paarung erfolgt im Rhythmus. Es gibt auch einen kosmischen Rhythmus – den Wechsel der Jahreszeiten beispielsweise… Aber kommen wir auf Denitschka zurück.

Ich vermutete, dass er Nadkas Liebhaber war, aber Nadka wies das weit von sich – sie seien nur befreundet.

Und überhaupt gehörte Denitschka nicht in diese Kategorie. Er war einfach eine ›beste Freundin‹ in Jungengestalt. Obwohl, ein Junge war er damals schon nicht mehr. Wir waren alle so um die vierzig. Also im Großen und Ganzen erwachsene Leute. Jeder hatte bereits eine Familie, eine anständige Arbeit, eine Stellung in der Gesellschaft, einen bestimmten Status.

Mit vierzig sollte man so einen Status schon haben, sowohl in der Familie als auch in der Gesellschaft. Doch wenn man genauer hinsieht, ist das alles Illusion. Was ist das für ein familiärer Status, wenn der Mann fremdgeht. Und nicht nur einen Seitensprung macht, sondern sich eine sucht, zu der er dauernd hinspringt. Und das noch nicht mal verbirgt, sondern einen geradezu mit der Nase draufstößt. So war das bei Nadka.

Bei mir war es das andere Extrem: Er ging nicht fremd, stritt sich auch nicht mit mir – aber da war *meine* Sehnsucht. Ein schwarzbrauner Sumpf. Man hätte natürlich die Karten neu mischen können. Aber mit wem? Keiner meiner möglichen Kandidaten nahm die Trümpfe auf.

Und wozu eine Ahle gegen ein Stück Seife eintauschen, wie es im Sprichwort heißt; zumal eine Ahle viel wertvoller ist. Mein Mann und ich hatten in der Morgenröte unserer weit zurückliegenden Jugend immerhin eine gemeinsame Lovestory gehabt, und wir hatten zwei Kinder. Wie kann man sich da scheiden lassen, das Kartenspiel einfach so auseinanderpflücken? Das kann man ja nicht einmal aussprechen. Ich stellte mir die Augen meines Mannes vor, wenn ich ihm das verkünden würde. Lieber blieb ich bis zum Hals im Sumpf sitzen.

Mitgefühl ist ein gutes Gefühl. Es hält den aufrecht, der es empfindet. Es läutert und nährt, eine reine Quelle, die kristallklares, heilkräftiges Wasser hervorbringt.

Aber von Mitgefühl allein kann man auch nicht leben, daher fing ich parallel eine Affäre an. Mein Romeo liebte mich und wollte mich voll und ganz. Er fragte: »Also, wann?« Womit er meinte, wann ich mich scheiden lassen und ihn heiraten würde. Ich schwieg und sah vor mich hin, meine Miene wurde stumpf wie bei einem Bison. Er sah mein ausdrucksloses Gesicht und verstand alles. Er verstand, dass ich auf die Tanne klettern, mir dabei aber den Hosenboden nicht zerreißen wollte. Normalerweise verhalten sich eher die Männer so.

Aber ich heiratete ihn auch deshalb nicht, weil es mich intuitiv zur Ruhe zog und nicht zu herzzerreißenden Leidenschaften. Ich wollte Leidenschaft, und ich wollte sie gleichzeitig nicht. Wollte das Gefühl von Einheit und den Kampf der Gegensätze.

Meine parallele Affäre verlief leidenschaftlich, voller Konflikte. Solche Gefühle konnte man zwei Tage in der Woche aushalten. Aber mit ihnen andauernd zu leben war unmöglich. So wie man Nescafé-Pulver nicht mit dem Löffel essen kann.

Mein Leben war zwischen Ruhe und Leidenschaft genau ausbalanciert und stand stabil auf seinen Beinen, wie ein gutgebauter Hocker. Aber eben, es war ein Hocker, er hatte keine Rückenlehne. Man fällt zwar nicht, aber man hat auch nichts, woran man sich anlehnen kann.

Eines Tages organisierte Nadka einen Kulturausflug ins Theater. In voller Besetzung: sie mit ihrem Mann, Denitschka mit seiner Frau und ich mit meinem Romeo.

Damals habe ich zum ersten Mal Denitschkas Frau gesehen: Sie war schwerfällig, hatte das Gesicht einer Bäuerin und sah aus wie eine Frau aus früheren Zeiten. Bis sie zu sprechen anfing. Sobald sie den Mund aufmachte, ergoss sich daraus Humor und Klugheit, wie ein goldener Regen. Und es hatte keinerlei Bedeutung mehr, wie sie aussah. Denitschka hatte sich eine Frau aus seinen Wissenschaftskreisen genommen, dumm hätte sie also sowieso nicht sein können. Dummerchen gehen nicht in die Wissenschaft.

Im Theater, so unter Leuten, machte Denitschka keine sonderlich gute Figur. Er hatte sehr schlechte Augen, trug eine Brille: minus zehn Dioptrien. Hinter den dicken Gläsern wirkten seine Augen wie zwei Punkte. Sein Mund war klein und rund, wie eine Kopeke. Die Ohren waren zwei Zentimeter höher angesetzt als bei anderen Leuten, der obere Teil der Ohrmuscheln war nicht gewölbt, sondern gerade, als hätte man ihn flachgebügelt. Mit anderen Worten, Denitschka sah aus wie ein Wolfsjunges mit Brille. Wahrscheinlich war er in einem früheren Leben mal ein Wolf gewesen oder ein Hund. Er sah ein bisschen schrecklich aus, aber doch lieb. Und völlig harmlos.

Wir schauten uns Gogols *Der Revisor* in einer modernen Interpretation an. Für mich ist *Der Revisor* eines der langweiligsten Stücke überhaupt, und keine noch so moderne Inszenierung kann es interessant machen. Doch vielleicht habe ich auch unrecht, sehr wahrscheinlich sogar. Die Karten hatte jedenfalls Nadka besorgt.

Nadkas Mann war zwar anwesend, aber er war nicht wirklich da. Entweder langweilte ihn *Der Revisor* genauso wie mich, oder seine Seele weilte an einem anderen Ort. Es war fast wie bei einem Toten – der Körper ist da, die Seele ist ganz woanders. Nadka lächelte gekünstelt, ließ Strassschmuck glitzern. Ich saß da und dachte: Mein Mann ist langweilig, aber er ist wenigstens bei mir. Er ist nicht gerade ein Hauptgewinn, aber immerhin meiner. Und der da, das war ein ›virtueller‹ Ehemann – doch das Wort ›virtuell‹ gab es damals natürlich noch nicht. Wieso hielt Nadka an dieser Ehe fest? Sollte sie doch lieber Denitschka heiraten. Ihn seiner Frau abspenstig machen und ›privatisieren‹, wie man heute sagt. So ein vielversprechender Mann, voller Qualitäten. Bloß die Ohren… Aber Ohren konnte man notfalls mit längeren Haaren verdecken.

In der Pause beschlossen wir, zum Büffet hochzugehen. Ich stieg zuerst die Treppe hinauf. Denitschka fragte mich etwas. Ich wandte mich um. Er sah mich von unten herauf an. Sein Gesicht war leicht angehoben. Die jungenhafte Gesichtsform, der Wirbel auf dem Scheitel und der vergeistigte Gesichtsausdruck – es sah aus, als würde er das Gesicht der Sonne entgegenstrecken.

Plötzlich begriff ich, dass ich ihm gefiel. Aber die eine gegen die andere eintauschen, wie Hemingway, das konnte er nicht. Hemingway tauschte seine Frau gegen deren Freundin und schrieb dann ein Buch darüber. Doch Denitschka war anders erzogen worden und konnte sich solche Freiheiten nicht erlauben. Und ich konnte es auch nicht. Oder wollte es nicht. Oder beides zusammen. Ich antwortete einfach auf seine Frage und ging weiter die Treppe hinauf, und schon nach zwei Stufen hatte ich vergessen, was er mich gefragt hatte.

Nach der Aufführung beschlossen wir, noch zusammen zu feiern.

Nadka erwartete, dass ich sie alle zu mir einlud, aber ich schwieg. Ich kann vieles in diesem Leben: mir in einer Nacht ein Kleid nähen, vor Gericht einen verzwickten Fall gewinnen, einen schwierigen Artikel ins Englische übersetzen. Aber Gemüse putzen, am Herd stehen, Geschirr waschen… Das ist mir immer als Sklavenarbeit vorgekommen, als eine sinnlose noch dazu, was natürlich nicht stimmt. Essen ist Teil der Kultur eines Volkes, nicht weniger als etwa die Architektur. Doch die Architektur bleibt für die Ewigkeit, und das Essen…

Aber das sind natürlich nur Ausflüchte – ich bin einfach bodenlos unbegabt in allem, was den Haushalt anbelangt. Mein Mann hat sicher unter diesem Mangel an Begabung gelitten, doch er hat es tapfer ausgehalten. Er hat mich verstanden. Es ist nun mal unmöglich, dass ein Mensch in sich alles vereint. Meistens geht das eine zu Lasten des anderen. Mein Beruf hat alles andere überlagert.

Nadka wartete nicht länger und lud uns zu sich ein. Ihre Wohnung war gemütlich, aber eng. Eine Küche wie ein Zugabteil. Einen Flur gab es überhaupt nicht. Wir saßen in der Küche und aßen Sülze vom Schweinskopf. Ein Armeleuteessen. Wir waren alle arm zu der Zeit, aber das störte uns nicht. Wenn man jung ist, ist es so einfach, glücklich zu sein…

Romeo drückte sein Knie an meines. Wir tranken Wodka, nagten wie die Raubtiere an Knorpeln und begehrten einander.

Denitschkas Frau erzählte irgendetwas, auf hinreißende Weise. Nadka aß wunderschön, legte die Knöchelchen zu beiden Seiten des Tellers ab. Hier war sie in ihrem Element. Sie schwankte oft zwischen verschiedenen Gemütszuständen. Doch zu Hause, in ihren eigenen vier Wänden, hatte sie festen Boden unter den Füßen.

Am Schluss sangen wir im Chor ein damals beliebtes Chanson: »*Aus dem Liverpooler Hafen laufen donnerstags die Schiffe aus und schwimmen davon, auf zu fernen Ufern…*« Die Worte waren ursprünglich von Rudyard Kipling, in Marschaks russischer Bearbeitung. Nadka klatschte mit den Handflächen einen erstaunlichen Rhythmus auf den Tisch. Denitschka sang dazu mit verstellt hoher Stimme, seine Frau, die übrigens auch Nadja hieß, sang eine zweite Stimme dazu. Ich tanzte, bewegte hauptsächlich Hände und Hüften, denn es war kein Platz da, sich zu drehen. Selbst mein Romeo sah seine Gitarre voller Zärtlichkeit an, umarmte sie plötzlich und spielte uns etwas vor, was ihm sogar ziemlich gut gelang. Es war ein spontanes Feuerwerk.

Nadkas Mann wartete heldenhaft ab, bis der Anfall vorüber war. Es war ihm in jeder Beziehung zu eng: seelisch und körperlich. Er wollte seine Freiheit. Und all das stand ihm ins Gesicht geschrieben.

Wir lebten, litten, träumten, belogen uns und andere und sehnten uns nach einem besseren Los. Es schien uns, als führe das Leben über eine Piste mit Schlaglöchern – aber ins Glück. Nur ins Glück, nirgendwohin sonst.

Seither sind fünfzehn Jahre vergangen. Das Land hat sich verändert. Und auch die Menschen haben sich verändert.

Die Russen haben gelernt, genauso das Geld zu zählen wie die Deutschen.

Fünfzehn Jahre sind eine lange Zeit im Leben eines Menschen. Aus dem Prozess des *Er*blühens sind wir in den Prozess des *Ver*blühens übergegangen. Und dann noch der Paradigmenwechsel: Wir hatten einen entwickelten Sozialismus, jetzt haben wir einen unterentwickelten Kapitalismus. Und nun sind wir alle arme Rentner in diesem rauhen Kapitalismus, von Natur und Gesellschaft im Stich gelassen, dem Schicksal ausgeliefert.

Meine Kinder sind erwachsen, haben ihren Weg gemacht. In dieser Hinsicht war alles gar nicht so schlecht, ja sogar besser als früher. Die Zeit für die Jungen und Unternehmerischen war angebrochen. Nadkas Mann war unerwartet reich geworden, und es gelang ihm nun mühelos, Ehefrau *und* ehemalige Geliebte zu unterhalten. Plus eine neue Geliebte – eine Ballerina mit Schwanenhals und Spatzengesichtchen. Er reiste viel und nahm sie überallhin mit. Nadka ärgerte das nicht sonderlich. Ihr Haupthass galt der früheren Geliebten. Nadka freute sich vor allem, dass es mit *der* nicht geklappt hatte, *die* war jetzt genauso abgeschrieben wie sie selbst.

Mein Mann blieb, was er immer gewesen war: eine langweilige, sichere Insel. Er ging in Pension. Die Pension reichte nicht aus, und ich musste ihn mit durchfüttern wie einen Sohn. Zuerst schämte er sich dafür, dann gewöhnte er sich daran. Mir kam es vor, als hätte ich ihm sein Leben kaputtgemacht und müsste nun dafür zahlen.

Dass er auch mein Leben kaputtgemacht haben könnte, kam mir gar nicht in den Sinn. Ich war immer die aktivere von uns beiden gewesen und hatte alles selbst entschieden. Und wenn ich beschlossen hatte, auf dieser düsteren Insel zu bleiben, so war es meine eigene Entscheidung gewesen.

Im Endeffekt musste ich mich mit unzähligen Dingen gleichzeitig herumschlagen. Zum Glück erwies sich mein Beruf als sehr gefragt im rauhen Kapitalismus. Ich war eine begehrte Anwältin geworden, und so traute sich niemand, mir ein niedriges Honorar anzubieten. Es reichte für ein Auto und für eine Wohnungsrenovierung. Aber… Manchmal wollte man beschützt werden, wollte eine Männerhand, ein Männerwort. Das gab es für mich nicht, und ich litt unter dieser Einsamkeit. Unzufriedenheit sammelte sich an und verwandelte sich in Depression. Ich war unglücklich, obschon in der Blüte meiner Jahre.

Mein Romeo war im Strudel der Zeit versunken. Ich dachte längst nicht mehr an ihn. Ein vergangenes Gefühl ist wie ein erloschenes Feuer. Solange das Feuer brennt, ist es schön anzusehen. Aber sobald es erloschen ist, ist da nichts mehr zum Ansehen, bleibt nur noch Asche übrig.

Eines Tages kam mein Romeo zu mir in die Kanzlei. Er war grauhaarig, ganz in Dunkelblau gekleidet, immer noch ein schöner Mann. Wir saßen ein bisschen beieinander und unterhielten uns.

Romeo klagte darüber, dass er keine Arbeit und kein Geld hatte. Ich zitierte ihm einen Satz von Dowlatow: »Reich wird man nicht, reich ist man von Geburt oder gar nicht.« Dasselbe galt für Armut. Romeo hatte nie Geld gehabt, weder damals noch heute. Aber damals war das bedeutungslos gewesen, denn niemand hatte Geld gehabt.

Romeo lachte hinter seinem Oberlippenbart, er roch nach

Apfelsinen. Er bat mich, ihm eine Arbeit zu besorgen. Ich versprach es. Er ging mit dem elastischen Gang eines Basketballspielers davon, leichtfüßig, schwerelos wie ein Luftballon. Oder wie eine Seifenblase.

Als sich die Tür hinter ihm schloss, hatte ich ihn schon vergessen.

Das Ende der Illusionen. ›Ohne Affäre hat man Sehnsucht – mit Affäre hat man die Hölle‹, wie die Tataren sagen. Eine Generation hatte die andere abgelöst. Die Erde hatte sich um ein paar Grad gedreht: Die Sonne schien jetzt für andere. Und wir standen im Schatten.

Man sagt, in Amerika ist es völlig egal, wie alt eine Frau ist. Wichtig ist nur die Persönlichkeit, und die sieht man in jedem Alter. Aber in Russland hat das Alter eine ganz wesentliche Bedeutung. Das Aussortiertwerden auf Grund des Alters ist bei uns besonders grausam.

Wenn man es genau besah, war ich genauso geblieben wie früher, zärtlich und aufopferungsvoll. Meine Handflächen waren noch genauso seidig zart wie früher, und die Augen funkelten immer noch.

Ich wollte mich mitteilen, meine Kenntnisse, meine Gedanken mit anderen teilen. In mir hatten sich soviel Güte und Zärtlichkeit angesammelt, dass es schwer war, sie allein zu beherbergen. Ich wollte nicht Leidenschaft, wie früher, sondern Verständnis, ein gegenseitiges Sichöffnen, und Vertrauen in den kommenden Tag, Geborgenheit. Aber mit wem? Anstelle von Zärtlichkeit und Geborgenheit hatte ich Sehnsucht und das Fehlen jeglicher Perspektive.

Ab und zu gab es auch Höhenflüge. Ich nahm all meinen Elan zusammen, schminkte mich wie eine Schauspielerin vor dem Auftritt. Und trat auf – beschwingt, strahlend und jung, und bei allen, die mich ansahen, blitzten die Augen nur so. Und ich strahlte unter diesen Augen noch mehr.

Dann war alles vorbei. Ich fuhr nach Hause. Die Luft war raus, wie aus einem Luftballon, den man angestochen hat. Und von einem elegant schwebenden Wesen verwandelte ich mich in einen farblosen Lumpen.

Was war das für ein Leben? Aber sterben wollte ich noch nicht. Und plötzlich…

»Hallo…«, vernahm ich eine Männerstimme am Telefon.

»Denitschka, ach, du bist es«, sagte ich ganz ruhig.

»Du hast mich erkannt?«, fragte Denitschka erstaunt.

Tatsächlich, fünfzehn Jahre, ohne sich zu sehen, waren eine lange Zeit. Aber ich habe ein phänomenales Stimmengedächtnis. Die Stimmen ändern sich nicht, im Gegensatz zu allem anderen.

»Na, wie geht es dir denn?«, fragte Denitschka.

»Ganz nett«, sagte ich.

»Ganz nett?«, wunderte sich Denitschka. Die Formulierung verblüffte ihn.

»Ja, ja«, versicherte ich. »Mit den Kindern ist alles in Ordnung. Ich arbeite. Alle sind am Leben und gesund. Was will man noch mehr?«

»Na ja…«, sagte Denitschka gedankenverloren und verstummte. Ich verstand nicht, warum er angerufen hatte und was er wollte. Aber geradeheraus zu fragen war mir unangenehm.

»Und bei dir? Alles in Butter?«, fragte ich.

»Nadka ist krank«, sagte Denitschka dumpf.

Ich wusste, dass Nadka das blühende Leben war und von einem teuren Ferienort zum nächsten fuhr.

»Meine Frau«, präzisierte Denitschka. »Ich nenne sie doch auch Nadka.«

»Ach so …«, sagte ich gedehnt. Denitschka brauchte also Mitgefühl. Deshalb hatte er angerufen.

»Was hat sie denn?«, fragte ich.

»Einen Hirntumor.«

Mir gegenüber saß ein Klient, der viel Geld für juristische Beratung gezahlt hatte. Ein Privatgespräch war jetzt fehl am Platz. Aber ich konnte doch nicht einfach auflegen. In so einer Situation konnte man doch nicht einfach sagen: ›Entschuldige, aber ich habe jetzt keine Zeit.‹

»Brauchst du einen guten Arzt?«, fragte ich, um das Gespräch in konkretere Bahnen zu lenken.

»Nein, nein … Ich habe alles. Ich habe mich übers Internet mit den besten Spezialisten der Welt in Verbindung gesetzt. Man hat mir gesagt, dass es zwei Behandlungsarten gibt, eine kurze und eine lange. Die kurze bedeutet: noch sechs Monate. Und die lange: noch sechs Jahre. Nadja wird noch sechs Jahre leben. Allerdings wird sie ans Bett gefesselt sein …«

»Und will sie das?«, fragte ich naiv.

»Na, was denkst du denn?«

Ich überlegte, was besser war: von dieser Welt zu gehen und niemanden zu quälen oder seinen wertvollen Aufenthalt bis zur allerletzten Minute hinauszuzögern … Sein oder nicht sein … Das weiß man erst, wenn man so einer Situation selbst Auge in Auge gegenübersteht.

»Wir werden kämpfen bis zuletzt«, sagte Denitschka.

»Ein Arzt aus Oklahoma hat eine sehr interessante Heilmethode vorgeschlagen. Soll ich es dir erzählen?«

Mein Klient trommelte mit den Fingern auf den Tisch.

»Ruf mich doch zu Hause an«, bat ich.

»Darf ich wirklich?«, fragte Denitschka voller Hoffnung.

»Ja, abends«, bestätigte ich.

Denitschka rief mich seit diesem Tag einmal pro Woche an. Dann zweimal die Woche. Jedes Mal fragte er vorsichtig: »Hast du eine Minute Zeit?«

Und oft sagte ich: »Ruf mich in zwei Stunden noch mal an.«

Ich legte unsere Gespräche auf elf Uhr abends, wenn der Tag zu Ende ging, alle berufliche Arbeit erledigt, das Geschirr gespült war und man sich philosophischen Gedanken zuwenden konnte. Wir redeten und redeten, bis ich merkte, dass ich immer öfter blinzeln musste. Ich wollte schlafen. Und dann hörten die Augen wieder auf zu blinzeln, ich war über den Punkt hinweg, an dem ich fast eingeschlafen wäre, und nun würde mir eine schlaflose Nacht bevorstehen.

Worüber wir redeten? Über alles... Darüber, dass in der zweiten Lebenshälfte alles schneller verrinnt, dass man an einem Arbeitstag weniger schafft und das Jahr wie im Fluge vergeht. Kaum war Frühling, da war auch schon wieder Winter. Und bei Nadja schmolz sowieso alles auf einen einzigen Punkt zusammen: das Fenster.

Vor dem Fenster war mal ein grüner, mal ein schneebedeckter Zweig zu sehen. Und das noch sechs Mal. Sechs Jahre. Und dann war Schluss.

»Und was wird DORT sein?«, fragte ich. »Was für einen Unterschied gibt es zwischen dem HIER und dem DORT?«

»Es gehört zusammen«, antwortete Denitschka. »Wie Tag und Nacht. Leben und Tod.«

»Und wenn sie nicht mehr ist, wirst du dann noch einmal heiraten?«, fragte ich direkt.

»Nein«, sagte Denitschka ruhig. »Ich geh mit ihr. Wir leben zusammen und wir sterben zusammen.«

Ich überlegte. Ich stellte mir meinen Mann an Denitschkas Stelle vor: Er würde am nächsten Tag wieder heiraten, seine neue Frau würde alle meine Bilder von der Wand nehmen und mich mit ›deine Madame‹ titulieren. Und mein Mann würde ihr nichts entgegensetzen. Er ist überhaupt einer, der Konflikten gern aus dem Weg geht.

In der Mitte des Winters kam Denitschka in meine Kanzlei und bat darum, einfach ein bisschen bei mir im Büro sitzen zu dürfen.

Ich hatte entsetzlich viel zu tun, aber ich wagte nicht, es ihm abzuschlagen, sondern sagte: »Na gut, setz dich ein bisschen...« Und ich brachte ihm eine Tasse Tee.

Denitschka rührte den Tee nicht an. Er saß in meinem Kunstledersessel und starrte vor sich hin. Ich setzte mich an den Computer, mit dem Rücken zu ihm, und machte mich an die Arbeit. Und merkwürdigerweise störte er mich nicht. Es war wie schönes Wetter. Denitschka war hinter mir und war es doch nicht. Ich arbeitete in aller Seelenruhe. Er hielt die schwere Keramiktasse mit der Aufschrift ›New York‹ in den Händen.

Meine Sekretärin Sonja klopfte an die Tür. Sie sah kurz herein. Und verschwand sofort wieder. Später fragte sie mich: »Ob mit dem überhaupt je eine schläft…«

»Wieso?«, erwiderte ich verständnislos.

»Na, stell dir mal vor: Du wachst morgens auf – und neben dir auf dem Kissen so ein Kopf…«

»Er ist Nobelpreisträger«, platzte ich aus irgendeinem Grund heraus.

»Dann sollte er sich ein Schildchen an die Brust heften: ›Nobelpreisträger‹…«

»An die Form gewöhnt man sich«, sagte ich. »Das Wichtigste ist der Inhalt.«

»Das Wichtigste ist die Harmonie. Die Einheit von Form und Inhalt«, meinte Sonja.

Denitschka hatte damals dagesessen und war wieder gegangen. Und es blieb unklar, warum er gekommen war. Vielleicht, um mal die Umgebung zu wechseln, um seine Batterien bei einem gesunden Menschen wieder aufzuladen. Er lud sich bei mir wieder auf, aber, wie merkwürdig, mir wurde dadurch nichts genommen. Auch ich lud mich auf irgendeine Weise bei ihm auf, mir wurde leichter zumute. Vielleicht warf ich bei ihm all die angesammelte Zärtlichkeit ab und er saugte sie auf. Und ich befreite mich dadurch von etwas, wie eine Kuh, die zu viel Milch hat.

Ich gewöhnte mich an seine Anrufe. Ich erwartete sie und sah bereits auf die Uhr.

Abends um elf Uhr klingelte das Telefon, und ich wusste schon, dass es Denitschka war. Ich nahm meine Zigaretten und Streichhölzer und setzte mich wie zu einer Nachtwache. Eines Abends fragte ich: »Was verdienst du eigentlich?«

Das war eine sehr direkte Frage, sogar für russische Verhältnisse. Aber Denitschka war nicht gekränkt.

»Fünfhundert Dollar«, sagte er leichthin. Er hatte keine Geheimnisse vor mir. »Aber vierhundert gehen für die Pflege drauf. Eine Schwester aus einer Rehaklinik ist jeden Tag da. Karina. Abends komme ich von der Arbeit, dann geht sie weg.«

»Und wenn du mal jemanden besuchen willst, oder ins Theater…«

»Will ich nicht.«

»Hast du keine Sehnsucht nach Abwechslung?«

»Nein. Ich bin es so gewohnt. Ich arbeite gern an meinem Computer. Ich sitze tagsüber da und arbeite, dann komme ich heim zu ihr und erzähle ihr, was mir eingefallen ist.«

»Und sie versteht das?«

»Natürlich. Sie versteht alles.«

»Soll ich euch mal besuchen kommen?«

Er verstummte, als hätte er sich verschluckt, und ich ahnte, dass ich mich nicht aufdrängen sollte.

»Eigentlich brauchen wir niemanden«, sagte er. »Wir haben unsere eigene Welt. Einem Außenstehenden kommt sie sicher schrecklich vor. Aber uns geht es gut.«

Bei mir war es genau umgekehrt. Von außen betrachtet war alles in bester Ordnung. Aber innerlich war Wüste. Ich führte oft Selbstgespräche, war Patientin und Psychoanalytikerin in einer Person. Ich fragte mich selbst: ›Was fehlt dir?‹

Und ich antwortete mir selbst: ›Niemand liebt mich, alle nutzen mich nur aus.‹

›Sie brauchen dich nicht mehr, aber du bist doch wichtig für sie.‹

›Ich werde langsam alt …‹

›Wenn die ewige Jugend per Gutschein verteilt würde, und die einen bekämen sie und andere nicht, ja, da hättest du Grund, beleidigt zu sein: Wieso hab ich sie nicht bekommen? Aber die Natur behandelt die Klugen und die Dummköpfe genau gleich, die Armen und die Reichen, die Würdigen und die Unwürdigen. Nicht mal die Genies haben hier Privilegien.‹

›Aber die Einsamkeit …‹

›Und wer ist nicht einsam?‹

›Nadja, Denitschkas Frau.‹

›Willst du mit ihr tauschen?‹

›Nein. Das Leben ist mehr wert als die Liebe. Die Liebe ist nur eine Zugabe.‹

›Mit anderen Worten: Du willst gesund sein, erfolgreich im Beruf und geliebt zugleich?‹

›Ja. Darf man das denn nicht?‹

›Gesundheit – das ist die Lebensweise plus Vererbung. Deine Eltern, die Wurzeln. Der berufliche Erfolg – das bist du selbst, deine Arbeit. Und geliebt werden – dafür muss man sich reinknien: Man muss selbst lieben. Hast du selbst jemals geliebt? Oder nur die Liebe anderer benutzt?‹

Ich schwieg. Ich weiß nicht, was ich der Besserwisserin in mir antworten soll. Dann ist also die Einsamkeit die Quittung für unsere Sünden.

Eines Tages rief Denitschka an und sagte: »Ich habe eine dumme Bemerkung gemacht, da weinte sie. Sie weinte mit einem Auge.«

»Und das zweite?«, fragte ich verständnislos.

»Das zweite ist gelähmt. Nur ein Auge weinte, und die Tränen liefen an einer Wange herunter.«

Denitschka schwieg, als wäre er vom Erdboden verschluckt worden.

»Weinst du?«, erriet ich.

»Nein«, sagte er.

Aber ich glaubte ihm nicht. Er weinte.

»Schenk dir einen Schluck ein«, sagte ich.

»Ich schenke mir jeden Tag einen ein«, gestand er. »Bei mir stehen schon überall Flaschen rum.«

»Pass auf dich auf, nicht dass du noch zum Säufer wirst.«

Er schwieg. Und weinte.

Sie hatten sich für das Sechsjahresprogramm des Professors aus Oklahoma entschieden. Nadja machte die Nacht zum Tag, wie ein Säugling. Tagsüber schlief sie, nachts wurde sie richtig munter. Sie wollte dann etwas essen, sich waschen, fernsehen, sich mit jemandem unterhalten …

Denitschka ging tagsüber zur Arbeit, und das nächtliche Wachen bei seiner Frau war seine zweite Schicht. Er schlief fast gar nicht mehr. Er hätte buchstäblich verrückt werden können. Als er mich anrief, war er bedrückt. Er erzählte, dass sich Nadjas Gesundheitszustand stabilisierte. Das konnte ein paar Jahre anhalten.

»Und du willst ein paar Jahre lang nicht schlafen?«, fragte ich.

»Es geht doch nicht um mich«, sagte Denitschka verwundert. »Hauptsache, Nadja bewegt sich nicht auf das Ende zu.«

»Wenn du so weitermachst, wirst du als Erster sterben«, sagte ich.

»Das wäre gar nicht schlecht«, antwortete Denitschka voller Ernst.

Er hatte Angst davor, ohne sie zurückzubleiben. Er wusste nicht, wie er ohne sie leben sollte.

»Nimm dir jemanden für die Nachtwache.«

»Nadja will nachts keine fremden Leute um sich haben. Und ich verstehe sie.«

Alle, die ich kannte, waren einen Monat lang zu Mitgefühl fähig. Nun ja, vielleicht auch zwei. Aber sich Jahr für Jahr, Tag um Tag für ein solches Leben zu entscheiden… Das war eine heroische Tat, fast schon ein religiöses Opfer. Ich kannte Nadja nicht richtig, hatte sie nur ein einziges Mal gesehen, aber ich war bereit, ihr zu helfen, indem ich Denitschka zuhörte. So gut ich konnte. Ich machte nicht einfach Konversation, ich ließ mich ganz auf seine Themen ein. Ich verlieh unseren Unterhaltungen Aufrichtigkeit und Tiefe. Als würde ich ein kleines Feuer der Barmherzigkeit entzünden. Und es erhellte die Nacht.

Meine Freundin Nadka rief mich von Zeit zu Zeit an. Wenn ich die Rede auf Denitschka brachte, unterbrach sie mich und winkte ab.

»Hör auf, hör bloß auf…«

»Wieso?«

»Weil ich ihnen nicht helfen kann, und mich in anderer

Leute Kummer wälzen, dazu bin ich nicht imstande. Ich komme dann nicht mehr da raus …«

Na gut … Das war auch eine Haltung. Wozu dumm rumreden, wenn man eh nichts machen kann.

Ich verurteilte Nadka nicht. Aber wenn der eine nicht mitfühlen wollte, noch einer und noch einer, dann blieb Denitschka am Ende mutterseelenallein im Wald stehen. Wenn aber einer ein Steinchen des Mitgefühls hinwarf und noch einer eins und dann noch einer ein anderes, so könnte Denitschka, wie im Märchen von Hänsel und Gretel, den Weg zurück finden. Aus der Verzweiflung ins Leben.

Denitschka kam wieder einmal zu mir ins Büro. Er saß eine halbe Stunde da, dann ging er wieder.

»Wieso kommt der immer?«, fragte Sonja.

»Er muss ab und zu mal raus aus dem Ganzen«, sagte ich.

»Der sorgt vor«, sagte Sonja.

»Wie meinst du das?«

»Genau wie ich es sage. Er sorgt vor, damit er hinterher nicht ganz allein dasteht, dieser Einsiedler.«

Ich hörte auf, meine Haferflockenplätzchen zu kauen, und saß einen Moment mit vollem Mund da. Dann schluckte ich.

»Wieso Einsiedler?«, fragte ich.

»Bloß so«, sagte Sonja. »Wenn du ihn nicht brauchst, dann gib ihn mir.«

»Wozu?«

»Ich hab die Schnauze voll davon, um einen Mann zu kämpfen. Ich will einen ungebundenen, ohne Frau und Kind. Der hat doch keine Kinder, oder?«

»Nein, hat er nicht«, sagte ich. »Aber er hat eine Frau.«
Sonja verstummte. Es gibt Dinge, die darf man denken, aber nicht aussprechen. Man durfte nicht sagen, dass Denitschka Witwer war. Aber er war ein Witwer in spe, also ein potentieller Bräutigam.

»Er hat dir doch gar nicht gefallen«, erinnerte ich Sonja.

»Ich bin schon vierzig«, gestand Sonja. »Habe in Verehrern gewühlt wie in einem Müllhaufen. Und bin leer ausgegangen. Und der ist immerhin Nobelpreisträger. Ein Gebildeter ...«

Sonja machte uns einen Kaffee und schenkte ein.

Es waren keine Klienten da. Die Chefs ließen auf sich warten. Eine rare Minute der Stille und Unabhängigkeit.

»Ich will keine glühenden Leidenschaften mehr, Eifersucht, das ganze Hin- und Hergezerre, wer ist die Stärkere ... Ich will ein ganz gewöhnliches Leben: morgens ins Büro, abends nach Hause. Ein Abendessen mit Kerzen. Ein Theaterbesuch ... Vielleicht sogar ohne Kerzen und Theater, einfach vorm Fernseher sitzen und die jeweilige Regierung kommentieren. Derselben Meinung sein oder miteinander diskutieren ...«

Sonja starrte vor sich hin, es sah aus, als ob sie im Wachen träumte.

Ich erinnerte mich plötzlich an diesen Moment im Theater, als Denitschka zu mir hochgesehen hatte, wie wenn er das Gesicht der Sonne entgegenstrecken wollte ... Vielleicht ›sorgte‹ er tatsächlich ›vor‹, obwohl mir Denitschka so gar nicht vorkam wie einer, der plante, der praktisch oder pragmatisch war. Und trotzdem: Wieso nicht ich? Wieso nicht er?

Nachts träumte ich, ich ginge mit Denitschka eng umschlungen eine alte kleine Gasse entlang und auf seiner Brust prangte ein Schildchen: ›Nobelpreisträger‹.

Anscheinend störte mich sein Aussehen doch.

»Und was isst du?«, fragte ich wieder einmal. »Wovon ernährst du dich?«

»Ach, das ist schon in Ordnung«, sagte er.

»Wer kocht dir denn was?«

»Manchmal esse ich in der Uni, manchmal kocht mir Karina, die Krankenschwester aus der Rehaklinik, was. Sie kocht ja sowieso für Nadja …«

»Und was kocht sie?«, wollte ich wissen.

»Na ja, was man halt so …« Denitschka interessierte dieses Thema nicht. Er aß gern etwas Gutes, konnte sich aber auch von dem ernähren, was gerade zur Hand war. Notfalls bloß von Brot und Zwiebeln.

»Wenn du willst, gehen wir mal zusammen ins Spielkasino«, schlug ich vor.

Denitschka überlegte, dann sagte er: »Was soll ich in einem Spielkasino? Lieber arbeite ich ein bisschen am Computer.«

»Kannst du nicht, oder willst du nicht?«, fragte ich nach.

»Sowohl als auch. – Darf ich dir was vorlesen? Ich habe da etwas skizziert …«

Denitschka fing an, eine witzige Begrüßungsrede zu irgendeinem Jubiläum vorzulesen. Der Text war gespickt mit Wortspielen und Allusionen.

Ich hörte zu und registrierte zu seinen Gunsten: Denitschka war nüchtern und konnte mir das Wasser reichen, und er war sogar imstande, eine gute Rede zu einem Jubiläum zu schreiben.

Der Winter zog sich lange hin, es schien, als würde er nie zu Ende gehen. Und im April lag immer noch Schnee.

Denitschka rief zu einer ungewöhnlichen Zeit an, um zwei Uhr mittags, und begann sofort in einem ungewöhnlich offiziellen Ton zu reden.

»Meine Frau Nadja ist gestorben. Die Trauerfeier findet morgen in der Leichenhalle des Krankenhauses Nummer neun statt.«

Er nannte Straße und Hausnummer und legte schnell auf.

Ich spürte, es hatte ihn wie mitten entzweigeschnitten. Die eine Hälfte fehlte. Und die andere handelte, redete, dachte nach und weinte.

Ich stand neben dem Telefon, mit gesenktem Kopf. Wie krank Nadja auch gewesen war, sie hatte immerhin existiert. Plötzlich war sie nicht mehr da. Und wo sie war, wusste Gott allein.

Ich kam etwas zu spät zur Leichenhalle, nicht viel, vielleicht zwanzig Minuten. Ich war auf den Markt gefahren, um Blumen zu kaufen. Ich war sicher, dass zwanzig Minuten, angesichts der Ewigkeit, nicht lange waren. Aber es stellte sich heraus, dass die Trauerfeier schon begonnen hatte.

Die Leichenhalle war winzig, es war ein einstöckiges, freistehendes Gebäude. Die Trauernden passten nicht alle hinein, und man stand sogar bis vor die Tür.

Ich trat näher und blieb bescheiden stehen, versuchte nicht, mich hineinzuquetschen. Vor mir ragte eine junge Brünette auf, sie hatte offenes langes Haar, trug keine Mütze, aber einen Lammfellmantel. Das Mädchen war groß, vollbusig, mit Brüsten wie Melonen. Der Lammfellmantel, der auf Taille geschnitten war, betonte all die Pracht noch. Ihr hoher Wuchs rettete das Bild.

Sie drehte sich um und sah mich aus ruhigen braunen Augen an, und aus irgendeinem Grunde dachte ich mir, dass das bestimmt die Krankenschwester war, die bei Denitschka gearbeitet hatte. Karina. Ihre gesamte Erscheinung war sehr angenehm. Und so sollte es wohl auch sein bei einer Krankenschwester aus einer Rehaklinik.

Die Menge rückte immer enger zusammen, wie in einem überfüllten Bus, und so geriet ich doch noch in die Leichenhalle, wenn man das überhaupt eine Halle nennen konnte.

Der Sarg stand in der Mitte, von Blumen umgeben. Ich konnte die Verblichene nicht sehen, und ich versprach mir selbst, nicht in den Sarg hineinzuschauen. Ich wusste, dass sich mir das tote Gesicht für immer und ewig ins Gedächtnis brennen würde und ich nichts dagegen tun könnte. Ich würde umherlaufen, essen und schlafen, immer mit diesem Bild vor Augen. Es ist nicht so, dass ich Angst vor Toten habe. Es ist mehr. Ich erstarre bei ihrem Anblick. Ich kann das Bild nicht verarbeiten. Mein Nervensystem scheint das Bild nicht anzunehmen, verweigert es, schüttelt es ab. So, wie meine Freundin Nadja fremden Kummer abschüttelt.

Ruhig und voller Anteilnahme bleiben angesichts eines Toten kann wohl nur ein gläubiger Mensch. Oder jemand, der dem Toten sehr nahestand. Ich war weder das eine noch das andere. So erkannte ich, dass mir hier eine wichtige Tür verschlossen war.

Denitschka erblickte mich und kam schnell und energisch auf mich zu. Er stellte sich neben mich und drückte meinen herabhängenden Arm.

Er sah gefasst aus. Das hieß nicht, dass er wieder ganz war. Er war natürlich immer noch in zwei Hälften geschnitten. Aber die handelnde Hälfte war tapfer und edel.

Einer nach dem anderen gingen die Menschen vorbei und sprachen Abschiedsworte.

Ich kannte niemanden, konnte nur raten: Verwandte, Freunde, Kollegen. Sie sagten, was man in solchen Fällen sagt: »Der Tod nimmt uns die Besten ...« Als wäre das von Bedeutung. Als hätten die weniger Guten weniger Recht auf das Leben. Nadja war um mindestens dreißig Jahre ihres Lebens gebracht worden, war vorzeitig aus dieser wunderbaren Welt gegangen, in der sie geliebt worden war.

Denitschka konnte sich nicht auf den Kummer konzentrieren. Er musste sich um alles kümmern: die Geldangelegenheiten, um den Friedhofsbus und weiteren Kleinkram des Lebens, den der Tod mit sich bringt.

Er stand eine ganze Weile hinter mir, und plötzlich war er verschwunden.

Ich war ihm dankbar, dass dieser Abschied von Nadja aufrichtig und natürlich war, ohne Schauspielerei und Theater.

Dann gerieten alle in Bewegung. Man musste am offenen Sarg vorbei. Blumen niederlegen. Ich scherte aus der Menschenschlange aus und legte gelbe Rosen am Fußende des Sarges nieder, und dann – hielt ich es doch nicht aus und sah hin. Ihr Gesicht war wie eine Gipsmaske, die mit einer rituellen Schminke bemalt war: bräunliches Make-up, akkurat nachgezogene Lippen. Die Schminke verstärkte das Fehlen von Leben noch. »Toter geht es nicht«, wie Dawlatow einmal gesagt hatte. Das war es also, worein sich das Leben verwandelte, das Leben, das »sang und überschäumte«. Das Unvermeidliche sprang mich an.

Ich verließ die Leichenhalle. Der Schnee lag in Klumpen herum oder war zu Eis festgetreten worden. Vom Erdboden wehte mir Kälte entgegen. Aber die Sonne schien frühlingshaft, beharrlich und frech, falls man so etwas über die Sonne sagen kann.

Ich hob ihr das Gesicht entgegen. Ich wollte zum Frühling, zur Wärme dazugehören. Und zum Leben. Ich stand mit geschlossenen Augen da und fühlte plötzlich, dass man Gott für jeden durchlebten Tag danken sollte, und ihm nicht die Rechnung präsentieren für all die leeren Hoffnungen, für die Illusionen, die sich zerschlagen haben. Beerdigungen sind dazu da, dass man innehält, sich umsieht…

Da kam Denitschka und sagte, wenn ich Zeit und den Wunsch hätte, könne ich Nadja bis ins Krematorium begleiten.

»Natürlich«, antwortete ich.

Ich konnte ihn doch an einem solchen Tag nicht im Stich lassen. So einen Tag erlebt ein Mensch einmal im Leben. Und ich wollte ihm meine Schulter anbieten. Dann würde seine Bürde nicht ganz so schwer sein.

›Wenn du Zeit hast‹… Denitschka war feinfühlig wie immer. Ein feinfühliger Mensch kann sich in andere Leute hineinversetzen und stellt ihre Interessen mit seinen eigenen auf gleiche Stufe.

Je besser ich Denitschka kennenlernte, desto mehr gefiel er mir.

Ich setzte mich in den Bus, der zum Krematorium fuhr. Die Bänke waren an den Seitenwänden entlang angebracht, wie in einem Transportflugzeug. Der Sarg stand am Boden, auf der rechten Seite. Der Bus fuhr an der kleinen Leichenhalle vorbei. Denitschka stieg ein und setzte sich neben mich.

Es waren nicht viele Leute mit im Bus. Die Bank mir gegenüber war leer, weil davor der Sarg stand und man keinen Platz für die Füße gehabt hätte. Man hätte sie ja schlecht auf den Sarg stellen können. Der einzige bequeme Platz war hinten in der Ecke. Dort saß die vollbusige Brünette und sah vor sich hin. Ihr Gesichtsausdruck war schön, dem Moment angemessen. Sie war weit weg, in aufrichtige Trauer versunken. Der dunkelbraune Samt ihrer Augen, die pfirsichzarte Haut … Die Nase war ein bisschen groß, aber das störte nicht, fiel nicht ins Gewicht. Das Wichtigste war die Reinheit einer jungen Seele, die noch nicht vom Leben verschrammt war.

Wir fuhren los. Der Weg war lang, wir fuhren quer durch Moskau. Offensichtlich war in den näher gelegenen Krematorien alles ausgebucht gewesen. Und man kann sich ja schließlich nicht schon vorher auf eine Warteliste setzen lassen.

Denitschka erzählte mir leise davon, wie er bei Nadja die ersten Krankheitssymptome wahrgenommen hatte. Wir hatten uns bis vor kurzem ja fünfzehn Jahre lang nicht gesehen. Und davor hatten wir uns auch nur selten getroffen. Krass ausgedrückt, kannten wir uns eigentlich kaum, wenn man von den Telefongesprächen absah. Und trotzdem hatte ich nie jemanden so gut gekannt, mich nie jemandem so nahe gefühlt wie diesem Kind-Mann, der jetzt verwaist und ganz verloren war.

Denitschka saß neben mir, mit seiner Wollmütze, die ihm über den Ohren spannte. Seine Augen schauten einsam und verwirrt über den Rand der Brillengläser. Zwei einsame Punkte. Ich hätte gern seine Hand genommen, um ihm etwas von meiner Energie zukommen zu lassen. Aber ich genierte mich. Man hätte es falsch verstehen können.

Denitschka erzählte leise von der ersten Operation, zu der sie, er und Nadja, leichten Herzens und fast euphorisch gegangen waren. Es schien, als wären nun ein paar Qualen auszustehen, und dann wäre sie wieder gesund, und alles wäre wieder wie früher. Aber ein halbes Jahr nach der Operation bildete sich ein neuer Tumor, und man sprach von einer weiteren Operation. Da überfiel sie beide Panik. Der Kopf ist ja schließlich keine Kiste, die man ein ums andere Mal aufmachen kann... Sie nahmen alle Kraft zusammen und gingen die zweite Operation an. Doch dann war eine dritte nötig... Die Frage war unausweichlich: wofür? Und es stellte sich heraus: für gar nichts. So war das Schicksal.

Eine einsame, trübe Träne lief Denitschkas Wange hinunter. Und Nadja lag mit gleichgültigem, totem Gesicht zwischen all den Blumen wie eine Braut, unter dem Sargdeckel, auf dem kalten Boden.

Ich wollte Nadja in Gedanken begleiten, sie in die Arme der Ewigkeit übergeben. Und dann mit Denitschka nach Hause fahren, ihm ein Bad einlaufen lassen, ihn ausziehen und ins heiße Wasser setzen. Er sollte sich richtig aufwärmen, bis die ganze innere Kälte aus ihm gewichen wäre.

Wir schwiegen. Jeder hing seinen eigenen Gedanken nach.

Denitschka beugte sich zu mir und sagte leise: »Entschuldige bitte, ich muss mich ein bisschen um Karina kümmern.«

»Ja, natürlich ...« Ich nickte.

Laut Protokoll bekundet der Gastgeber bei einem Empfang wichtigen Gästen seine Aufmerksamkeit, indem er vom einen zum anderen geht. Das gehörte sich so.

Denitschka hatte beschlossen, zu Karina zu gehen, aber er wusste nicht, wie er das anstellen sollte. Sie saß in der gegenüberliegenden Ecke beim Sarg, und man konnte nur zu ihr gelangen, wenn man über die Bank kroch. Und genau das tat Denitschka. Er ging auf der Seite der Fahrerkabine um den Sarg herum, kniete sich dann auf die Bank und kroch auf allen vieren zu Karina. Ich sah mit Verwunderung, wie geschickt er das tat. Es sah aus wie in einem Zeichentrickfilm. Sein Gesicht war nach oben gerichtet, zu Karina, und strahlte wie ein Kronleuchter in einem großen Theater. Die Augen, so schien es, fielen ihm fast aus dem Kopf vor Ungeduld. Ein glückliches Wolfsjunges kroch voran und zitterte, erfüllt von einer nur für es selbst hörbaren Musik.

Nadjas Bruder, ein grauhaariger, aber kräftiger Kerl, beugte sich zu mir herüber und stellte Fragen bezüglich der Teilung der Erbschaft. Ihm war offensichtlich bekannt, dass ich Anwältin war. Ich wusste Bescheid und beantwortete entsprechend seine Fragen. Und Denitschka kroch die Bank entlang. Und Nadja lag unter dem Sargdeckel.

Schließlich war Denitschka angekommen und ließ die Beine herunter. In der Ecke war noch etwas Platz für seine Füße. Er flüsterte Karina etwas ins Ohr, Karina hörte zu und reagierte nur mit den Mundwinkeln.

Wahrscheinlich sprach er darüber, dass sie später nach Hause gehen und vierhändig den Boden schrubben würden, um die Spuren fremden Leidens und Erlöschens wegzuwischen. Karina war jung und stark, sie würde dazu keinen Schrubber benutzen, so wie ich das täte, sondern einen schweren Putzlappen, den sie mit den Händen kräftig auf den Boden drücken würde.

Der Bus hielt vor dem Krematorium, das aus Beton war wie alle modernen Gebäude. In geringer Entfernung war ein Dorf zu sehen, und die Sonne schien auf dörflich-idyllische Weise, weithin und gutmütig. Nichts störte sie hier. Der Frühling nahte schon. Ein weiterer Frühling auch meines Lebens.

Ein zweiter Bus kam angefahren. Aus ihm stieg die Mehrzahl der Trauernden aus – Freunde von Nadja und Denitschka, Gelehrte, alle um die sechzig.

Abgewetzte Gesichter, abgewetzte Kleidung. Vor dem Hintergrund des grellblauen Himmels und vor dem Schnee sahen sie aus wie ein Haufen menschlichen Trödelkrams. Aber ihre Augen waren jung. Sie selbst hatten wahrscheinlich gar nicht bemerkt, dass sie älter geworden waren.

Eine Frau in Jeans kam auf mich zu. Wohl eine Studentin aus einem höheren Semester.

»Ich heiße Sweta«, stellte sie sich vor. Ich wartete darauf, dass sie ihren Vatersnamen sagte, aber der kam nicht. »Ich arbeite mit Denis im selben Labor.«

Denis hatte übrigens auch einen Vatersnamen. Na schön, schon gut.

»Wir wissen, dass Denis oft mit Ihnen telefoniert hat...«

Ich nickte. Also hatte er davon erzählt. Hatte unsere Gespräche zu Allgemeingut gemacht.

»Wissen Sie, er blühte immer auf nach den Gesprächen

mit Ihnen... Er war wie verwandelt... Sie haben ihm sehr geholfen. Haben Sie vielen Dank, im Namen von uns allen.«

»Bitte schön...«

Wir schwiegen einen Moment. Sweta beschäftigte wohl noch irgendetwas.

»Entschuldigen Sie...«, fasste sie sich schließlich ein Herz. »Könnten Sie sich nicht auch weiterhin mit unserem Denis unterhalten?«

Ich machte eine vage Geste in Richtung Karina. Sie stand drei Schritte weiter, das Gesicht der Sonne entgegengereckt. Den Südländern fehlt bei uns immer die Wärme.

Sweta sah in ihre Richtung, überlegte und sagte: »Das ist doch was ganz anderes...«

»Na, wieso denn?«, fragte ich ruhig. »Sie kann ihm viel mehr geben.«

»Sie haben mich nicht verstanden.«

»Doch, doch.«

Chemie und Physik. Der Intellekt – das ist die Chemie. Chemische Prozesse im Gehirn. Und der Körper ist Physik. Ihre Brüste wie Melonen. Sie könnte ihm ein Kind gebären, und Denitschka würde das Wunder der Vaterschaft erfahren.

Und die Gespräche... Wenn man es recht bedachte, konnte man auch ohne zu reden auskommen.

Dann waren wir an der Reihe. Besser gesagt, Nadja war an der Reihe.

Der Saal des Krematoriums hatte eine hohe Decke, er erinnerte an eine Kirche. Eine Frau, eine ›Ritualarbeiterin‹, wie das bei uns heißt, leitete taktvoll die Abschiedszeremonie.

Sweta trat an den Sarg. Sie beugte sich zu der toten Nadja herunter und flüsterte ihr etwas ins Ohr. Was sie wohl sagte? Vielleicht beruhigte sie sie: Alles verlaufe gut, viele Blumen, viele Menschen, Nadja sehe im Sarg wunderschön aus... Vielleicht überzeugte sie Nadja davon, dass sie sich keine Sorgen um die Hinterbliebenen machen müsse. Für Denis war gesorgt, er war in guten Händen. Er würde schon zurechtkommen.

Vielleicht riet Sweta Nadja aber auch, Egoistin zu sein: alles Irdische von sich abzuwerfen, sich nur auf die Schwierigkeiten des neuen Weges zu konzentrieren und sie auszuhalten.

Sweta flüsterte lange, und ich sah, wie Nadjas Gesicht heller und ruhiger wurde, als wenn sie alles hörte und in sich aufnähme.

Dann trat Sweta zurück. Die Flügeltüren unter dem Sarg öffneten sich, heiße Luft war zu spüren.

Langsam wurde der Sarg in den Höllenofen hinuntergelassen.

Denitschka schwankte, er schien gleich über dem Sarg zusammenbrechen zu wollen. Instinktiv griff ich nach seiner Hand. Die Hand zitterte. Als wäre Denitschka an eine Hochspannungsleitung angeschlossen. Ich sah ihm ins Gesicht. Darin war so viel Kummer zu lesen, dem man sich nicht entziehen konnte.

Sein Kummer griff auf mich über, und ich begann zu weinen. Alle standen da und weinten um Nadja, um Denitschka und um sich selbst.

Als ich nach Hause kam, schlief mein Mann schon. Ich zog mich im Flur aus und hörte, wie er sich im Bett hin und her wälzte. Das Quietschen der Sprungfedern klang genauso unzufrieden wie sein Herumwälzen.

Mein Mann drehte sich noch einmal auf die andere Seite, dann stand er auf. Seine Silhouette zeichnete sich im Türrahmen ab.

»Wir haben Nadja beerdigt«, erklärte ich meine späte Heimkehr.

Mein Mann schwieg. Das war ein respektabler Grund.

»Und, wie war es?«, fragte er.

»Wir dachten, ihr Mann würde vor Kummer auch sterben, aber er hatte die ganze Zeit schon ein Verhältnis mit der Pflegerin.«

»Na und?«, sagte mein Mann ganz ruhig. »Man kann vor Kummer sterben und mit der Pflegerin schlafen. Das eine hat mit dem anderen nichts zu tun.«

»Doch, das hat es wohl«, widersprach ich. »Es schließt sich gegenseitig aus.«

Ich rief mir die zwei Gesichter von Denitschka ins Gedächtnis. Das eine neben Karina, strahlend vor Glück, das andere am Sarg, unter der Hochspannung des Kummers. Denitschka war da wie dort aufrichtig gewesen. Das eine hatte mit dem anderen tatsächlich nichts zu tun, es waren die beiden Seiten einer Medaille. Denitschka starb wirklich vor Kummer, aber ›lebend kriecht man nicht in den Sarg‹, wie es im Sprichwort heißt, und so schlief er mit der Pflegerin. Und überlebte.

Außerdem hatte er einen Menschen gebraucht, bei dem er alles laut aussprechen und so überdenken konnte. Und alle um ihn herum waren besorgt gewesen, dass Denitschka beides bekam: Physik und Chemie. Man konnte es verstehen…

Verstehen konnte man es, aber akzeptieren nicht.

»Es gab Anrufe für dich«, sagte mein Mann.

»Wer war's?«

»Klienten. Wer denn sonst…«

Natürlich. Wer denn sonst? Aber das machte nichts, ich würde jeden Fall sorgfältig prüfen und für Gerechtigkeit sorgen. Viele kleine Gerechtigkeiten würden sich zu einer großen summieren.

Ich warf alle Kleider ab und ging ins Bad, stellte mich unter den heißen Wasserstrahl. Das Wasser lief über mein emporgerecktes Gesicht, meine Schultern, die Arme, rann meine Beine entlang und strömte in die Abflussöffnung, in das schwarze Loch, wie in die Hölle.

Ich kroch ins Bett und schlief ein, ehe mein Kopf noch das Kissen berührt hatte. Und ich träumte von gar nichts.

Kaffeeduft weckte mich auf. Mein Mann kochte Kaffee. Ein fremdes Aroma wehte mich an. Es war der Geruch Brasiliens, der Duft der Kaffeeplantagen und der portugiesischen Sprache. Auch die Sprache hat einen Duft: Das Englische riecht nach Nebel, das Finnische nach Milch und das Spanische und Portugiesische nach Kaffee. *Aus dem Liverpooler Hafen laufen donnerstags die Schiffe aus und schwimmen davon, auf zu fernen Ufern, nach Brasilien, Brasilien, Brasilien, auch ich will nach Brasilien zu fernen Ufern…* Wie schön hatte Denitschka damals mit hoher Stimme dieses Lied gesungen, und seine Frau etwas tiefer die zweite

Stimme. Nadka hatte mit den Händen auf dem Tisch den Takt dazu geschlagen, ich hatte getanzt, geschmeidig wie eine Katze, und mein Romeo hatte seine Gitarre umarmt und die Saiten in einem ganz bestimmten Rhythmus gezupft. Es war der Rhythmus der Jugend, der Hoffnung auf Glück. Damals schien es uns, als wäre das Glück zum Greifen nah und man bräuchte bloß die Hand auszustrecken…

Nach Brasilien zu fernen Ufern…

Viktorija Tokarjewa
im Diogenes Verlag

Zickzack der Liebe

Erzählungen. Aus dem Russischen
von Monika Tantzscher

Die Menschen der Viktorija Tokarjewa rebellieren gegen ein Leben, das mit der Regelmäßigkeit eines Uhrwerks abläuft und keinen Raum für spontanes Glück lässt. Sie träumen vom Überschwang des Herzens und von leidenschaftlicher Liebe – zu deren Unbedingtheit sie sich dann doch nicht entscheiden können. Das Leben zu zweit erscheint wie ein spannender Kampf ›zwischen Wahrheit und Lüge‹. Ironisch und mit Herzblut erzählt eine selbstbewusste Autorin von den Partnerschaftsnöten russischer Frauen.

»Die große Kunst der Viktorija Tokarjewa besteht im äußerst sparsamen Gebrauch der erzählerischen Mittel. Überflüssige Details zu vermeiden und auf kürzestem Weg ins Herz der Dinge und der Menschen vorzudringen ist die Maxime der Autorin. Ihre Erzählungen sind von geradezu elementarer Wucht. Sie ist eine Meisterin.« *Frankfurter Allgemeine Zeitung*

Mara

Erzählung. Deutsch von
Angelika Schneider

Die ehrgeizige Mara hat nur zwei Ziele: Macht und Geld. Da sie beides mangels Ausbildung auf direktem Wege nicht erreichen kann, geht sie den Umweg über Männer. In *Mara* entwirft die Autorin das psychologisch feinfühlig gezeichnete tragikomische Bild einer modernen russischen ›femme fatale‹.

»Ihre Erzählungen führen sehr direkt an das Wesen der Menschen heran. Was sie sagt, sagt sie in äußerst gedrängter Form. Eine ›Vaterschaft‹ Čechovs scheint

vor allem im Umgang mit der Sprache, in der Beobachtungsgabe und im manchmal fast melancholischen Humor durchzuschlagen. Und obwohl Viktorija Tokarjewa in der Sowjetära lebt, sind ihre Figuren zeitlos, sieht man von den wenigen Tönen des Zeitkolorits ab. Wieviel klingt da mit.«
Regula Heusser / Neue Zürcher Zeitung

Happy-End
Erzählung. Deutsch von
Angelika Schneider

Aus purem Trotz heiratet Elja viel zu früh den sie naiv vergötternden Tolik und zieht mit ihm zu seinen Eltern in ein russisches Provinznest. Als sie an der Langeweile des Kleinstadtlebens zu ersticken droht, verliebt sich Elja in den Schauspieler Igor, der so wunderschön Lermontow rezitiert. Sie zieht mit ihm nach Moskau. Aber Igor ist Alkoholiker und hat seit Jahren keine guten Rollen mehr gespielt…

»Vor allem aber liegt der Zauber von Viktorija Tokarjewas Schreibweise in einem čechovschen Humor, der das schwere Leben leichter macht, dazu in gelegentlichen Ausflügen ins Träumerisch-Phantastisch-Absurde, im Witz der Formulierung, der den Geist vom Druck der Verhältnisse befreit.«
Deutsche Welle, Köln

Lebenskünstler
und andere Erzählungen
Deutsch von Ingrid Gloede

»Viktorija Tokarjewas Geschichten sind seit je von großer Anmut, allesamt Kunst-Stückchen, die einem die Vorstellung von Leichthändigkeit suggerieren. Nicht jedoch von Leichtgewichtigkeit. Die Genrebilder aus dem sowjetischen Alltagsleben, die die Autorin in ihrem Kaleidoskop aufleuchten lässt, sind nichts weniger als heiter, sie sind stellenweise sogar nieder-

drückend und bestürzend. Wenn sie uns dennoch ein Schmunzeln entlocken, dann liegt das daran, dass die Tokarjewa über einen ausgeprägten Humor verfügt und diese Gabe durchweg einsetzt. Es ist kein Humor der satirischen Art, eher eine sanfte Ironie, gewürzt mit einer Prise Traurigkeit und einem vollen Maß an mitmenschlichem Erbarmen.«
Sabine Brandt / Frankfurter Allgemeine Zeitung

»Sie erzählt von Menschen – erstaunlich emanzipierten Frauen –, die einem Ideal nachjagen, dauernd im Aufbruch begriffen sind und doch an den realen Bedingungen kleben bleiben wie an Leimruten.«
Die Weltwoche, Zürich

Der Pianist

Erzählungen
Deutsch von Angelika Schneider

Dem Star-Pianisten Igor, für den bisher nur Karriere und Familie zählten, begegnet eine Vamp-Frau, die sein Leben schlagartig verändert; die jüngst verwitwete Maskenbildnerin Lena verliebt sich in einen Fotografen, der behauptet, nur sie könne ihn retten; der junge arbeitslose Schauspieler Nick lässt sich von einem alten Millionär für bestimmte Dienste anheuern; spannend bis zum Schluss bleiben sie allemal, diese drei leidenschaftlichen Geschichten über Liebe, Tod, Macht und Geld.

»Ohne Aufhebens und mit großer erzählerischer Kraft sagt Viktorija Tokarjewa die Wahrheit über Menschen, nichts als die schmerzliche Wahrheit.«
Matthias Rüb / Frankfurter Allgemeine Zeitung

Eine Liebe fürs ganze Leben

Erzählung. Deutsch von Angelika Schneider

Wie viel wirklich große Lieben kann man in seinem Leben haben? Eine, findet Irina – wenn man Glück hat. Als sie nach einer gescheiterten Ehe schon nichts mehr vom Leben erwartet, lernt sie Kjamal kennen. Kjamal ist Aserbaidschaner, jung, schön, und er riecht nach Erdbeeren. Er liebt Irina, aber heiraten kann er sie nicht.

»Zu Irinas Lebensglück fehlt immer ein Steinchen im Mosaik: Erst heiratet sie, ohne zu lieben, dann liebt sie, ohne zu heiraten. Kjamal entscheidet sich für eine andere. Irina verliert dazu noch ihre Heimat, ihre Kinder und ein Dach über dem Kopf. Doch ihr Glaube an Gerechtigkeit bleibt und lässt sie weitermachen. – All das erzählt Tokarjewa rasant, komisch und sehr weise. Herausragend!« *Woman, Hamburg*

»Diese Erzählung muss lesen, wer über die Liebe, über Russland und seine Menschen etwas erfahren will. Denn Viktorija Tokarjewa präsentiert mit *Eine Liebe fürs ganze Leben* die Biographie einer Frau. Und schildert damit wie nebenbei den Zerfall der alten Sowjetunion.« *Sabine Dultz / Münchner Merkur*

Glücksvogel
Roman. Deutsch von Angelika Schneider

Mit sechzehn will sie einen Millionär aus dem Westen heiraten; mit achtzehn angelt sie sich den nächstbesten Touristen und reist mit ihm nach Deutschland. Doch das Leben im goldenen Westen ist ganz anders als in den Hochglanzzeitschriften, die Nadka in Moskau gelesen hat. Ehemann Nummer eins wirft Nadka im Streit raus, Ehemann Nummer zwei entpuppt sich als hoffnungsloser Säufer. Vergeblich versucht Nadka – nun schon mit einem Baby im Arm – Arbeit zu finden. So wird sie die Geliebte eines reichen Franzosen und geht mit ihm nach Paris. Er hält sie fürstlich aus, aber vor seinen Freunden versteckt er sie …
Als die politische Wende kommt, kehrt Nadka nach Moskau zurück und steigt ins Immobiliengeschäft

ein. Kein Kampf, aus dem sie nicht am Ende als Siegerin hervorgeht. Aber auch Nadka hat eine Schwachstelle: Sie verliebt sich in einen verheirateten Mann, und ein verzweifeltes Tauziehen beginnt. Es ist der erste Kampf, den Nadka zu verlieren droht.

»Die Autorin weiß zu beobachten, und sie versteht ihre Beobachtungen ohne ermüdende Weitschweifigkeiten darzubieten.«
Sabine Brandt / Frankfurter Allgemeine Zeitung

Liebesterror
und andere Erzählungen
Deutsch von Angelika Schneider

Mutterliebe ist etwas Schönes, doch wenn sich die Mutter in das Liebesleben ihrer erwachsenen Tochter mischt, wird es problematisch. Spätestens wenn die Mutter nach einem heimlichen Treffen mit der Exfrau ihres künftigen Schwiegersohnes sagt: »Genau wie ich befürchtet habe: Er ist ein Schwätzer und Weiberheld«, wird es sogar kritisch. Und wenn Mama es dann auch noch schafft, bei dem frisch verheirateten Paar einzuziehen, bahnt sich Liebesterror an, denn natürlich will Mutter ja immer nur das Beste für ihr Kind.

»Die realistischen Bilder sind prall von Einfällen, genauen Details und ironisch verkündeten Lebensweisheiten. Ein Lesevergnügen besonderer Art.«
Maria Frisé / Frankfurter Allgemeine Zeitung

»Die Tokarjewa kennt das Leben. Und sie schreibt darüber. Unausweichlich. Mit Kraft, Genauigkeit, Schmerz und Witz.« *Alice Schwarzer / Emma*

Der Baum auf dem Dach
Roman. Deutsch von Angelika Schneider

Vera ist Schauspielerin: blond, blaue Augen, schlank wie eine junge Birke. Zart wirkt sie, aber sie ist zäh.

Zäh genug, um die Belagerung von Leningrad zu überleben, bei der Hunderttausende den Hungertod starben. Am Theater in Moskau spielt sie meistens nur Nebenrollen, die einfachen russischen Mädchen. Und einfach sind auch ihre Wünsche: genug zu essen, ein warmes Plätzchen, und die Liebe. All das findet sie, als sie Alexander begegnet, zehn Jahre jünger und ein aufstrebender Filmregisseur. Den gemeinsamen Sohn hat er sich zwar nicht gewünscht, aber dennoch sind sie beinahe eine richtige Familie. Bis Lena in ihr Leben tritt, Drehbuchautorin und eigentlich alles andere als eine *femme fatale*.

Vera, Alexander, Lena: eine Dreiecksgeschichte. In deren Zentrum aber: Vera. Die Geschichte einer Überlebenskünstlerin und einer großen Liebenden.

»Viktorija Tokarjewas Figuren haben Angst vor der Einsamkeit, sehnen sich nach Liebe und Glück, sind voller Gier nach dem Leben.«
Ralph Dutli / Frankfurter Allgemeine Zeitung

Andrej Kurkow
im Diogenes Verlag

Picknick auf dem Eis
Roman. Aus dem Russischen von Christa Vogel

Als Tagträumer hat es Viktor schwer im Kiew der
Neureichen und der Mafia: Ohne Geld und ohne
Freundin lebt er mit dem Pinguin Mischa und schreibt
unvollendete Romane für die Schublade. Doch eines
Tages bietet ihm der Chefredakteur einer großen Zeitung eine gutbezahlte Stelle an: Viktor soll Nekrologe
über berühmte Leute verfassen, die allerdings noch gar
nicht gestorben sind. Wie jeder Autor möchte Viktor
seine Texte auch veröffentlicht sehen, doch erweisen
sich die VIPs als äußerst zählebig. Bei einem Glas
Wodka erzählt er dem Freund seines Chefs davon. Als
Viktor ein paar Tage später die Zeitung aufschlägt,
sieht er, dass sein Wunsch beängstigend schnell in Erfüllung gegangen ist.

»Kurkow beweist, dass man auch auf Russisch wieder
frische Geschichten erzählen darf: intelligent, witzig,
weder die Realität verkleisternd noch sie ausblendend,
nicht angestrengt antirealistisch, aber auch nicht wirklich traditionell.«
Thomas Grob / Neue Zürcher Zeitung

Petrowitsch
Roman. Deutsch von Christa Vogel

Die Suche nach den geheimen Tagebüchern des ukrai-
nischen Vorzeigedichters Taras Schewtschenko führt
den jungen Geschichtslehrer Kolja in die kasachische
Wüste, wo er in einen Sandsturm gerät. Ein alter Kasa-
che und seine beiden Töchter retten ihm das Leben.
Doch das ist erst der Anfang einer langen Reise – und
einer zarten Liebesgeschichte.

»Viel russische Seele, viel Melancholie und Traurigkeit. Doch dann und wann blitzt auch ein Augenzwinkern durch, ein Funke Hoffnung – worauf auch immer.«
Jürgen Deppe / Norddeutscher Rundfunk, Hamburg

Ein Freund des Verblichenen
Roman. Deutsch von Christa Vogel

Tolja findet das Leben nicht mehr lebenswert, denn seine Frau betrügt ihn. Er würde sich am liebsten umbringen, aber er schafft es nicht. Da kommt ihm die Begegnung mit dem ehemaligen Klassenkameraden Dima gerade recht. Man trinkt auf die alte Freundschaft, erzählt sich sein Leben, und so ganz nebenbei fragt Tolja, ob Dima nicht Kontakte zu einschlägigen Kreisen habe, die einen ›ganz speziellen Auftrag‹ ausführen könnten. Dima, der glaubt, Tolja wolle den Liebhaber seiner Frau aus dem Weg räumen lassen, verspricht Hilfe. Aber da trifft Tolja Lena und hat plötzlich gar keine Lust mehr zum Sterben. Doch der Profi ist bereits unterwegs...

»Die Idee ist so verrückt, wie sie nur in einem Roman von Andrej Kurkow vorkommen kann, der hintergründige Komik und sarkastischen Witz auf die Spitze zu treiben versteht. Eine fesselnde Geschichte, zugleich traurig und komisch, nicht ohne Tiefgang, aber mit unglaublich leichter Hand präsentiert.«
Eckhard Thiele / Berliner Morgenpost

Pinguine frieren nicht
Roman. Deutsch von Sabine Grebing

Auf der Polarstation in der Antarktis, wohin Viktor vor der Mafia geflüchtet ist, hält er es nicht lange aus. Das Vermächtnis eines ebenfalls ins ewige Eis geflohenen, sterbenden Bankiers und nicht zuletzt der Gedanke an den Pinguin Mischa, dem Viktor noch etwas schuldig ist, lassen ihm keine Ruhe. Doch Viktors Hausschlüssel passt nicht mehr, und in seinem Bett schläft inzwischen »ein anderer Onkel«, wie ihm die kleine Sonja vertrauensvoll mitteilt. Doch all das und anderes kann Viktor nicht von seiner Suche nach Mischa abbringen.

»Gibt es etwas Anrührenderes als einen melancholischen Mann und einen Pinguin? Ja. Noch anrührender sind ein ukrainischer melancholischer Mann und ein einsamer Pinguin. Ein wunderbar abgründiger Roman.« *Tobias Gohlis / Die Zeit, Hamburg*

Die letzte Liebe des Präsidenten

Roman. Deutsch von Sabine Grebing

Macht macht einsam. Das spürt auch der Präsident der Ukraine im Jahre 2013. Im Parlament wimmelt es von Intrigen, und Sergej Pawlowitsch weiß nicht mehr, wem er überhaupt noch vertrauen kann. Den Parteifreunden, die ihn um ein Haar vergiftet hätten? Dem Arzt, der ihm ein fremdes Herz transplantiert hat? Doch da taucht eine unerfüllte Liebe aus früheren Zeiten wieder auf. ›Alte Liebe rostet nicht‹, spürt der Präsident – und wagt einen Neuanfang.

»*Die letzte Liebe des Präsidenten* zeigt Kurkow auf der Höhe seines literarischen Schaffens. Ihm gelingt das Kunststück, das Tragische, Komische und Groteske seines nahen Zukunftsentwurfs in eine überzeugende Erzählung zu bringen.« *Neue Zürcher Zeitung*

Herbstfeuer

Erzählungen. Deutsch von
Angelika Schneider

Iwan wird Stammkunde in einem kleinen Feinschmeckerlokal, dessen Chefkoch Dymitsch er kennen- und schätzenlernt. Eines Tages ist Dymitsch verschwunden, doch hat er extra für Iwan eine Folge von Gerich-

ten hinterlassen, die ihm seine Nichte Vera kochen und an fünf Abenden hintereinander servieren soll. Alles schmeckt köstlich, doch wieso hat Iwan später winzige Sandkörnchen zwischen den Zähnen? Und was will der Rechtsanwalt, der am fünften Tag zum Abendessen erscheint?
Poetisches, Humorvolles und Skurriles aus der Ukraine – vor und nach der ›orangen Revolution‹.

»Kurkow ist ein Meister der bösen Pointe und einer, der den abstrusesten Situationen noch eine komische Seite abgewinnen kann. Seine Geschichten machen süchtig. Wer einmal angefangen hat, der will immer weiterlesen.«
Ursula May / Hessischer Rundfunk, Frankfurt am Main

Der Milchmann in der Nacht
Roman. Deutsch von Sabine Grebing

Jeden Morgen um halb fünf, in Dunkelheit und Eiseskälte, steigt die junge Irina in den Bus nach Kiew. Dort wird ihr die Muttermilch gegen bares Geld abgepumpt, während ihre eigene kleine Tochter sich mit Pulvermilch begnügen muss. Bestimmt kriegt irgendein Kind reicher Eltern ihre Milch, denkt sich Irina. In Wahrheit dient sie einem einflussreichen Parlamentarier als Wundermittel... Als Irina sich verliebt und nicht mehr als ›Amme‹ arbeiten will, ist der Politiker alles andere als erfreut.
Andrej Kurkow verflicht die Lebensläufe dreier junger Paare auf virtuose Weise miteinander. Ein aberwitziger Roman aus der Ukraine, einem Land, in dem die Realität absurder ist als jede Phantasie – selbst eine so wilde Phantasie wie die von Andrej Kurkow.

»Es war einmal ein Schriftsteller, der konnte Geschichten schreiben, so leicht und traurig wie das Leben selbst. Klug komponierte Romane mit viel hintergründiger Komik.« *Annett Klimpel / Kölnische Rundschau*

Doris Dörrie
im Diogenes Verlag

»Doris Dörrie ist als Erzählerin Spezialistin in diffizi-
len Angelegenheiten der kleinen Rache und gezielten
Ohrfeigen zum Zwecke der Unterstützung des eigenen Selbstwertgefühles. Sie ist eine sehr gute Kurz-
geschichten-Schreiberin mit der erforderlichen Prise
Selbstironie und mit stilistischer Eleganz.«
Annemarie Stoltenberg / Die Zeit, Hamburg

»Es ist vollkommen gleichgültig, ob Sie Doris Dörrie
in der Badewanne, im Intercity-Großraumwagen, im
Lehnstuhl oder in der Straßenbahn lesen, nur: Lesen
Sie sie!« *Deutschlandfunk, Köln*

Liebe, Schmerz und
das ganze verdammte Zeug
Vier Geschichten
Daraus die Geschichte *Männer* auch
als Diogenes Hörbuch erschienen, gelesen von Anna König

»Was wollen Sie von mir?«
Erzählungen. Mit Fotos von Helge
Weindler

Der Mann meiner Träume
Erzählung
Auch als Diogenes Hörbuch erschie-
nen, gelesen von Heike Makatsch

Für immer und ewig
Eine Art Reigen

Bin ich schön?
Erzählungen

Samsara
Erzählungen

Was machen wir jetzt?
Roman

Happy
Ein Drama

Das blaue Kleid
Roman

Mitten ins Herz
und andere Geschichten. Ausgewählt
von Daniel Keel. Mit einem Nach-
wort der Autorin

Und was wird aus mir?
Roman
Auch als Diogenes Hörbuch erschie-
nen, gelesen von Doris Dörrie

Kirschblüten – Hanami
Ein Filmbuch

Alles inklusive
Roman
Auch als Diogenes Hörbuch erschie-
nen, gelesen von Maria Schrader, Petra
Zieser, Maren Kroymann und Pierre
Sanoussi-Bliss

Kinderbücher:

Mimi
Mit Bildern von Julia Kaergel

Mimi und Mozart
Mit Bildern von Julia Kaergel